U0096956

民國文化與文學研究文叢

十四編

李 怡 主編

第22冊

文學與歷史之間的王氏家族（上）

王 瑞 華 著

國家圖書館出版品預行編目資料

文學與歷史之間的王氏家族（上）／王瑞華 著 -- 初版 -- 新
北市：花木蘭文化事業有限公司，2021〔民110〕
目 4+250 面；19×26 公分
（民國文化與文學研究文叢 十四編；第22冊）
ISBN 978-986-518-533-6（精裝）
1. 地方文學 2. 家族 3. 中國文學
820.9   110011221

特邀編委（以姓氏筆畫為序）：

丁　帆	王德威	宋如珊
岩佐昌暲	奚　密	張中良
張堂錡	張福貴	須文蔚
馮　鐵	劉秀美	

ISBN-978-986-518-533-6

9 789865 185336

民國文化與文學研究文叢
十四編　第二二冊　　　　　　　ISBN：978-986-518-533-6

文學與歷史之間的王氏家族（上）

作　　者　王瑞華
主　　編　李　怡
企　　劃　四川大學中國詩歌研究院
總 編 輯　杜潔祥
副總編輯　楊嘉樂
編　　輯　許郁翎、張雅淋、潘玟靜　美術編輯　陳逸婷
出　　版　花木蘭文化事業有限公司
發 行 人　高小娟
聯絡地址　235 新北市中和區中安街七二號十三樓
　　　　　電話：02-2923-1455 ／傳真：02-2923-1452
網　　址　http://www.huamulan.tw 信箱 service@huamulans.com
印　　刷　普羅文化出版廣告事業
初　　版　2021 年 9 月
全書字數　314236 字
定　　價　十四編 26 冊（精裝）台幣 70,000 元　　　版權所有 · 請勿翻印

文學與歷史之間的王氏家族（上）

王瑞華　著

作者簡介

王瑞華，山東諸城人，現任山東大學（威海）文化傳播學院教授。在南京大學文學院獲得博士學位，美國德州大學訪問學者。已經出版學術專著《中國痛苦：殖民與先鋒》等四部，依據作者親自調查挖掘出的大量詳實史料，對諸城相州王氏家族做了系列研究。在《文學評論》《中國現代作家研究叢刊》《當代作家評論》《新文學史料》等刊物發表論文多篇。歡迎學界同仁和王家後裔批評指教。

提　　要

　　山東諸城相州王家是書香門第、世家大族，在家國動盪的年代湧現出了在文壇享有盛名的六位作家，分為三派，至今分化於海峽兩岸，從未被整合到一起，他們是：五四老作家王統照、王希堅（本名王燾堅）、王願堅、王力，詩人臧克家，臺灣作家姜貴（本名王意堅）等，均是這個家族成員，其中，王統照為長輩叔叔，「三堅」則是堂兄弟，臧克家、王力是王家的女婿。他們家族血緣關係相近，政治傾向相異，作品風格各有不同，卻不乏內在的呼應與承續關係，是中國現當代文學史乃至中國文學史上最龐大、最複雜、影響也最深遠的一個家族作家群體。

　　同時，這個家族成員，在中國現代政治、歷史上扮演了重要角色，政治上是一家三黨。王翔千、王盡美是山東共產黨的創立者；王樂平是「五四」割讓青島時山東赴京請願團的總指揮，山東最早的同盟會員之一，山東國民黨的元老與創始人之一，與堂弟王立哉等成為國民黨要員，因當時力主國共合作，1930年被暗殺；其後曾經追隨他的王深林亦被開除國民黨黨籍並被捕，出獄後長期被國民政府派遣留學德國，後與同仁發起成立農工民主黨。王樂平與王立哉兄弟早年推薦到黃埔軍校的王叔銘則成為臺灣國民黨的空軍總司令。

　　王家的這些作家以自己的家族為原型，創作了在兩岸文壇影響深遠的文學作品，如王統照的《春華》，姜貴的《旋風》《重陽》等，拙作結合這些作家作品，對這個家族做全面系統的研究。王家與國家同命運，與民族共患難，王氏家族作家們穿越歷史的硝煙與兩岸的隔閡經過近百年的分離才團聚在一起，是中國歷史、中國文學史的一個縮影與經典代表，是一個家族命運與國家命運的共同體現，是可代表中國新文學的特徵的作家群，並該以此永載史冊。

謹以此書獻給國難當頭之時
浴血奮戰的王家先輩

這是中國版的《根》
　　——北京大學　張頤武教授

研治文學史的方法與心態——代序

李　怡

　　我曾經以「作為方法的民國」為題討論過中國現代文學研究的「方法」問題，最近幾年，「作為方法」的討論連同這樣的竹內好－溝口雄三式的表述都流行一時，這在客觀上容易讓我們誤解：莫非又是一種學術術語的時髦？屬於「各領風騷三五年」的概念遊戲？

　　但「方法」的確重要，儘管人們對它也可能誤解重重。

　　在漢語傳統中，「方」與「法」都是指行事的辦法和技術，《康熙字典》釋義：「術也，法也。《易·繫辭》：方以類聚。《疏》：方謂法術性行。《左傳·昭二十九年》：官修其方。《注》：方，法術。」「法」字在漢語中多用來表示「法律」「刑法」等義，它的含義古今變化不大。後來由「法律」義引申出「標準」「方法」等義。這與拉丁語系 method 或 way 的來源含義大同小異——據說古希臘文中有「沿著」和「道路」的意思，表示人們活動所選擇的正確途徑或道路。在我們後來熟悉的馬克思主義哲學中，「世界觀」與「方法論」的相互關係更得到了反覆的闡述：人們關於世界是什麼、怎麼樣的根本觀點是「世界觀」，而借助這種觀點作指導去認識世界和改造世界的具體理論表述，就是所謂的「方法論」。

　　在我們的傳統認知中，關於世界之「觀」是基礎，是指導，方法之「論」則是這一基本觀念的運用和落實。因而雖然它們緊密結合，但是究竟還是以「世界觀」為依託，所以在「改造世界觀」的社會主潮中，我們對於「世界觀」的闡述和強調遠遠多於對「方法」的討論，在新中國改革開放前的國家思想主流中，「方法」常常被擱置在一邊，滿眼皆是「世界觀」應當如何端正的問題。這到新時期之初，終於有了反彈，史稱「1985 方法論熱」，

一時間，文藝方法論迭出，西方文藝社會學、心理學、語言學、原型批評、接受美學、結構主義、解構主義、新批評、現象學、存在主義、解釋學、以及借鑒的自然科學方法（系統論、控制論、信息論、模糊數學、耗散結構、熵定律、測不準原理等等），這些令人眼花繚亂的「新方法」衝破了單一的庸俗社會學的「舊方法」，開闢了新的文學研究的空間。不過，在今天看來，卻又因為沒有進一步推動「世界觀」的深入變革而常常流於批評概念的僵硬引入，以致令有的理論家頗感遺憾：「僅僅強調『方法論革命』，這主要是針對『感悟式印象式批評』和過去的『庸俗社會學』而來的，主要是針對我們把握世界的『方式』而言的。『方法論革命』沒有也不能夠關注到『批評主體自身素質』的革命。」〔註1〕

平心而論，這也怪不得 1985，在那個剛剛「解凍」的年代，所有的探索都還在悄悄進行，關於世界和人的整體認知──更深的「觀念」──尚是禁區處處，一切的新論都還在小心翼翼中展開，就包括對「反映論」的質疑都還在躲躲閃閃、欲言又止中進行，遑論其他？〔註2〕

1960 年 1 月 25 日，日本的中國研究專家竹內好發表演講《作為方法的亞洲》。數十年後，他已經不在人世，但思想的影響卻日益擴大，2011 年 7 月，溝口雄三《作為方法的中國》在三聯書店出版。〔註3〕 此前，中文譯本已經在臺灣推出，題為《做為「方法」的中國》。〔註4〕而有的中國學者（如孫歌、李冬木、汪暉、陳光興、葛兆光等）也早在 1990 年代就注意到了《方法としての中國》，並陸續加以介紹和評述。最近 10 年的中國思想文化與文學批評界，則可以說出現了一股「作為方法」的表述潮流，「作為方法的日本」、「作為方法的竹內好」、「亞洲」作為方法，以及「作為方法的 80 年代」等等都在我們學術話語中流行開來，從 1985 年至 1990 年直到 2011 年，「方法」再次引人注目，進入了學界的視野。

這裡的變化當然是顯著的。

雖然名為「方法」，但是竹內好、溝口雄三思考的起點卻是研究者的立場和研究對象的特殊性。中國何以值得成為日本學者的「方法」總結？歸

〔註1〕吳炫：《批評科學化與方法論崇拜》，《文藝理論研究》，1990 年 5 期。

〔註2〕參見夏中義：《反映論與「1985」方法論年》，《社會科學輯刊》，2015 年 3 期。

〔註3〕溝口雄三：《作為方法的中國》，孫軍悅譯，北京：三聯書店，2011 年。

〔註4〕林右崇譯，國立編譯館，1999 年。

根結底，是竹內好、溝口雄三這樣的日本學者在反思他們自己的學術立場，中國恰好可以充當這種反省的參照和借鏡。日本學人通過中國這樣一個「他者」的來參照進行自我的批判，實現從「西方」話語突圍，重新確立自己的主體性。竹內好所謂中國「迴心型」近現代化歷程，迥異於日本式的近代化「轉向型」，比較中被審判的是日本文化自己。溝口雄三批評那種「沒有中國的中國學」，其實也是通過這樣一個案例來反駁歐洲中心的觀念，尋找和包括日本在內的建立非歐洲區域的學術主體性，換句話說，無論是竹內好還是溝口雄三都試圖借助「中國」獨特性這一問題突破歐洲觀念中心的束縛，重建自身的思想主體性。如果套用我們多年來習慣的說法，那就是竹內好－溝口雄三的「方法之論」既是「方法論」，又是「世界觀」，是「世界觀」與「方法論」有機結合下的對世界與人的整體認知。

事實上，這也是「作為方法」之所以成為「思潮」的重要原因。在告別了 1980 年代浮躁的「方法熱」之後，在歷經了 1990 年代波詭雲譎的「現代—後現代」翻轉之後，中國學術也步入了一個反省自我、定義自我的時期，日本學人作為先行者的反省姿態當然格外引人注目。

如果我們承認中國當代學術需要重新釐定的立場和觀念實在很多，那麼「作為方法」的思潮就還會在一定時期內延續下去，並由「方法」的檢討深入到對一系列人與世界基本問題的探索。

在中國現當代文學的領域中，我堅持認為考察具體的國家社會形態是清理文學之根的必要，在這個意義上，「民國作為方法」或「共和國作為方法」比來自日本的「中國作為方法」更為切實和有效。同時，「民國作為方法」與「共和國作為方法」本身也不是一勞永逸的學術概念，它們都只是提醒我們一種尊重歷史事實的基本學術態度，至於在這樣一個態度的前提下我們究竟可以獲得哪些主要認知，又以何種角度進入文學史的闡述，則是一些需要具體處理、不斷回答的問題，比如具體國家體制下形成的文學機制問題，國家觀念與民族意識的互動與衝突，適應於民國與共和國語境的文學闡述方法，以及具體歷史環境中現代中國作家的文學選擇等等，嚴格說來，繼續沿用過去一些大而無當的概念已經不能令人滿意了，因為它沒有辦法抵近這些具體歷史真相，撫摸這些歷史的細節。

「民國作為方法」是對陳舊的庸俗社會學理論及時髦無根的西方批評理論的整體突破，而突破之後的我們則需要更自覺更主動地沉入歷史，進

入事實，在具體的事實解讀的基礎上發現更多的「方法」，完成連續不斷的觀念與技術的突破。如此一來，「民國作為方法」就是一個需要持續展開的未竟的工程。

對文學史「方法」的追問，能夠對自己近些年來的思考有所總結，這不是為了指導別人，而是為自我反省、自我提高。自我的總結，我首先想起的也是「方法」的問題，如上所述，方法並不只是操作的技術，它同樣是對世界的一種認知，是對我們精神世界的清理。在這一意義上，所有的關於方法的概括歸根到底又可以說是一種關於自我的追問，所以又可以稱作「自我作為方法」。

那麼，在今天的自我追問當中，什麼是繞不開的話題呢？我認為是虛無。

在心理學上，「虛無」在一種無法把捉的空洞狀態，在思想史上，「虛無」卻是豐富而複雜的存在，可能是為零，也可能是無限，可能是什麼也沒有，但也可能是人類認知的至高點。是一個複雜的概念。在今天，討論思想史意義的「虛無」可能有點奢侈，至少應該同時進入古希臘哲學與中國哲學的儒道兩家，東西方思想的比較才可能幫助我們稍微一窺前往的門徑。但是，作為心理狀態的空洞感卻可能如影隨形，揮之不去，成為我們無可迴避的現實。這裡的原因比較多樣，有個人理想與社會現實感的斷裂，有學術理念與學術環境的衝突，有人生的無奈與執著夢想的矛盾……當然，這種內與外的不和諧本來就是人生的常態，對於凡俗的人生而言，也就是一種生活的調節問題，並不值得誇大其詞，也無須糾纏不休。但對於一位以實現為志業的人來說，卻恐怕是另外一種情形。既然我們選擇了將思想作為人生的第一現實，那麼關乎思想的問題就不那麼輕而易舉就被生活的煙雲所蕩滌出去，它會執拗地拽住你，纏繞你，刺激你，逼迫你作出解釋，完成回答，更要命的是，我們自己一方面企圖「逃避痛苦」，規避選擇，另一方面，卻又情不自禁地為思想本身所吸引，不斷嘗試著挑戰虛無，圓滿自我。

這或許就是每一位真誠的思想者的宿命。

在魯迅眼中，虛無是一種無所不在的「真實」，「當我沉默著的時候，我覺得充實；我將開口，同時感到空虛」（《野草》題辭）「絕望之為虛妄，正與希望相同」（《希望》）「於浩歌狂熱之際中寒；於天上看見深淵。於一

切眼中看見無所有；於無所希望中得救。」(《墓碣文》)所以，他實際上是穿透了虛無，抵達了絕望。對於魯迅而言，已經沒有必要與虛無相糾纏，他反抗的是更深刻的黑暗——絕望。

虛無與絕望還是有所不同的。在現實的世界上，盼望有所把捉又陡然失落，或自以為理所當然實際無可奈何，這才是虛無感，但虛無感的不斷浮現卻也說明在大多數的時候，我們還浸泡在現實的各自期待當中，較之於魯迅，我們都更加牢固地被焊接在這一張制度化生存的網絡上，以它為據，以它為食，以它為夢想，儘管它無情，它強硬，它狡黠。但是，只要我們還不能如魯迅一般自由撰稿，獨自謀生，那就，就注定了必須付出一生與之糾纏，與之往返。在這個時候，反抗虛無總比順從虛無更值得我們去追求。

於是，我也願意自己的每一本文集都是自己挑戰虛無、反抗虛無的一種總結和記錄。

在我的想像之中，每一個學術命題的提出就是一次祛除虛無的嘗試，而每一次探入思想荒原的嘗試都是生命的不屈的抗爭。

回首這些年來思想歷程，我發現，自己最願意分享的幾個主題包括：現代性、國與族、地方與文獻。

「現代性」是我們無法拒絕卻又並不心甘情願的現實。

「國與族」的認同與疏離可能會糾結我們一生。

「地方」是我們最可能遺忘又最不該遺忘的土地與空間。

「文獻」在事實上絕不像它看上去那麼僵硬和呆板，發現了文獻的靈性我們才真的有可能跳出「虛無」的魔障。

如果仔細勘察，以上的主題之中或許就包含著若干反抗虛無的「方法」。

2021 年 6 月於長灘一號

專家推薦意見

王德威：哈佛大學教授

　　王瑞華教授這個課題是非常有文學／文化／政治史的意義，對於打通兩岸文學史書寫尤其會有貢獻。

　　王氏家族的研究計劃，對從事文學研究的我們而言，的確非常有意義。如果能夠結合政治，文化，文學，地方，家族各各角度，可以寫出一本有分量的書來。

王中忱：清華大學教授

　　王瑞華教授的研究成果《王氏家族：政治海峽　文學兩岸》（原擬書名）選題新穎而又獨特，具有鮮明的學術創意。一般有關作家群體的研究，多以社團、流派或某種思潮為基本單位，本項研究選擇出身於山東相州王氏家族的幾位作家作為研究對象，把家族史和文學史結合起來考察，在中國現當代文學研究領域拓出了一條新路徑。

　　王瑞華教授充分注意到了相州王氏家族和中國現代社會歷史的密切關聯，通過對大量第一手資料的發掘，再現了王氏家族伴隨中國現代政治風潮起落而發生的巨大變化，在此背景上，深入考察了王統照、姜貴（王林渡）、王願堅等幾位作家的文學創作、人生道路和政治選擇。而由於相州王氏與現代中國革命、國共兩黨的鬥爭、大陸和臺灣的複雜糾結，也使得這一課題的研究具有了厚重的歷史內涵。

　　本項研究的突出特色是社會政治歷史分析與文學文本分析的結合，王瑞華教授對所選幾位作家的代表性文本分析深入細緻，提出了新的闡釋，

且通過個案分析，進而探討現代中國革命歷史的複雜性及其文本形式，達到了相當的理論深度。

張頤武：北京大學中文系教授

這部著作是中國版的《根》，是作者多年研究的成果積累而成，通過對家族史的探究，展現了中國文學的一個獨特的方面。感性和理性，描述和解析結合的相當精妙生動，是一部有重要意義的著作。

龔鵬程：北京大學特聘教授

這是深度研究海峽兩岸文學的一個重要突破性成果，王瑞華副教授用心查找、挖掘史料，發現一些長期被忽略的重要研究領域，並在此基礎上分析論證了一些重要文學現象：比如諸城文學現象、王氏家族作家群現象、海峽兩岸紅白文學現象，指出現當代文學研究的一些瓶頸問題，這些都是很好的學術發現，在此基礎上，對二十世紀文學與歷史、政治的複雜現象作出一些獨創性的分析見解，比如：知識分子與中國革命，中國國民性問題、家族問題、女性問題等都有很好的分析論證，既令人耳目一新，也顯示出超越性、前瞻性的學術眼光與視野，可以想像，本著作將對兩岸文壇產生的重要的影響，並對現當代文學的未來研究有很好的導向作用，是一部有重要價值的學術著作。

瘂弦：臺灣著名詩人

姜貴是從人性的角度來看那時代的情況，跳出意識形態的爭辯與迷思，以一種高度的悲憫看出民族的悲劇。我曾多次與他吃飯聊天，有很好的友誼與交流，是很好的朋友。他內心的掙扎很深邃，知道他用什麼態度來寫作。

緒論：從「諸城現象」看現當代文學研究的侷限與困境

　　諸城，比鄰高密，只是一個縣級市，卻在海峽兩岸湧現出十幾位著名作家，在中國現當代文學中扮演了重要角色，「諸城現象」在中國現當代文學史上的地位與影響是不該被忽視的，卻不幸地偏偏被忽視了，而這正折射出當下中國現當代文學研究的侷限與困境。

一、諸城人物對現當代文學的多方面參與

　　從現當代文學的發生學來講，諸城作家王統照是新文學最早的倡導人之一，是文學研究會的重要發起人，並以創作實績與主編刊物等參與了新文學的進程，影響培養了幾代作家，可謂新文學的奠基人與中流砥柱。

　　其後，隨著國內形勢的發展，國共兩黨的對立與爭鬥，文學上，出現了與政治密切相關的共產黨的紅色文學與國民黨的反共文學，這兩股文學潮流在海峽兩岸長期成為各自政黨倡導的文學主流，而在雙方文學陣營同時唱主角的領軍人物就是諸城王氏四兄弟：內地的王願堅、王希堅、王力，臺灣的姜貴（王意堅），而王家的女婿，同為諸城人的臧克家的詩歌創作幾乎貫穿了一個世紀，經歷並參與了現當代文學的各個歷史階段。文革的八大樣板戲是在江青的參與下完成的，是文革的實際「太后」。而在臺灣，有著「京劇皇太后」之稱的「老虎」將軍、國民黨的空軍總司令王叔銘正是她的諸城同鄉，這海峽兩岸的「兩太后」，在長期對立的政治氛圍裏不約而同地倡導、致力於中國京劇的改革與發展，實在是意義重大、影響深遠的。著名戲劇家孟超（1902～1976）文革戲劇界的「第一炮」正是三個諸城同鄉打響的，「三個老鄉一臺戲」，康生、江青、孟超三人圍繞著孟超的戲劇《李慧娘》的衝突、鬥爭，被認為是拉開了文革的序幕。江青與康生雖是政治人物，卻對中國當代文學與

藝術產生過難以估量的影響。著名導演崔嵬則是五、六十年代中國內地電影當之無愧的領軍人物。到了當代，唯一獲得諾貝爾獎的中國籍作家莫言，就在諸城的鄰縣高密。姜貴在《旋風》中多次提到出外要到「高家集」坐火車，接外地人要到高家集去接，這「高家集」指的就是高密。當時的諸城不通火車，而膠濟線火車在高密有一個站，直到八十年代末，在交通不發達的情況下，諸城人要到外地坐火車的，基本都到高密，是當時距離諸城最近的火車站。現在高速公路縱橫交織，諸城本身也通了火車，到高密坐火車的已經很少了。而在姜貴那個年代，則幾乎是必經的站點。因此，在他小說裏頻頻出現，是符合諸城實際交通狀況的，這兩個縣地域相連相接，原來同屬古密州，現在同屬山東濰坊市，隨著變化不斷的區域劃分分分和和，但基本屬同一文化領域，說著同樣的方言土語，有著相同的民情風俗，莫言的成就說明該地區的文學與文化依然保持著強大的活力與生機。莫言本人也與諸城頗有淵源，他坦言王願堅是他的「文學引路人」，現任諸城作協副主席傅培宏提到了諸城與莫言的密切關係：

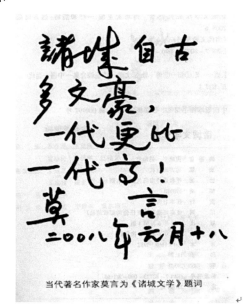

诸城自古多文豪，一代更比一代了！
莫言
二00八年元月十八

当代著名作家莫言为《诸城文学》题词

　　陽曆 2008 年的 1 月 18 日，在高密的莫言家裏，有牧文引見和陪同，我們諸城作協一行有幸見到了真真實實的莫言老師……首先見到的是我們稱之為嫂子的莫言的妻子，嫂子不矮的個子，勻稱的體型，不白不黑的中性皮膚，見人就是滿臉的笑容。牧文將我們介紹給嫂子，嫂子回頭對著屋裏面喊一聲：「諸城客人來啦！」應聲出

來的莫言老師，中等偏上的個兒，白皙的膚色，略圓的臉型，一邊不緊不慢地朝我們走來，一邊伸出手來和我們握手，嘴裏說著：「你們來了，歡迎歡迎！」在沙發上坐定後，我和胡培玉主席分別送上了《諸城文學》和長篇小說《鄉鎮幹部》。莫言老師說：「我在北京經常收到你們寄過去的《諸城文學》，辦得不錯，胡培玉的《鄉鎮幹部》也是一部成熟的作品。」莫言老師遞給我們每人一個蘋果，接著說：「我和諸城很有淵源，80年代我去過諸城，諸城歷史上出過很多文學大家，你們的文學氛圍挺好的。我在軍藝上學的時候，雖然王願堅先生沒有直接教過我，但他對我的文學影響還是蠻大的，他是我的文學引路人。」當胡培玉問起自己的新作《鄉鎮幹部》還需要有哪些注意的問題時，莫言說：「你的語言沒有問題，你已經具備了寫小說的所有素質，下步就是你寫什麼，怎樣寫的問題，對於別人已經寫過的東西，你也完全可以寫的，你要想超過別人，關鍵就是表達方式上的創新。」當我邀請莫言老師去諸城講學時，莫言老師竟然一口答應了，他說：「小傳，這樣吧，正月裏我去一趟，你們組織一部分文學愛好者，我和他們座談一下。」〔註1〕

莫言也欣然為《諸城文學》題詞：「諸城自古多文豪，一代更比一代高！」其後，莫言在大年初三就趕到諸城，與諸城的文學愛好者做了深入的交流坐談，並一直保持著密切的聯繫，對諸城文學新人也多有鼓勵支持。

從題材門類上，諸城作家幾乎涉及了現當代所有的藝術門類，小說、詩歌、散文、電影、戲劇、曲藝、京劇等均出現了中流砥柱式的領軍人物。王統照是小說、詩歌、散文、戲劇等全方位涉獵，王氏四兄弟基本以小說見長，其中王願堅被稱為紅色小說短篇之王，《黨費》《七根火柴》長期入選中學課本，根據《黨費》改編的電影《黨的女兒》成為紅色文學經典代表作，後又被改編成戲劇、電視劇等，他還擔任過電影編劇，七十年代著名的電影《閃閃的紅星》就是他擔任編劇，而王希堅則有幾部長篇小說與多部詩集出版。王力因早期小說《晴天》受到毛澤東的賞識而從政，作為文革的重要人物與參與者，他後期的回憶錄中的政論文與詩歌不能不說意義重大，影響深遠。臧克家一直都是詩人，是世紀詩人，而崔嵬（1912～1979）則是著名導演，他是中國電影史上里程碑式的人物，先後主演了《海魂》《老兵傳奇》《紅旗譜》等影片，在銀幕上

〔註1〕見傅培宏《我和莫言》，諸城《超然臺》雜誌，2012年5期，53頁。

塑造了一系列性格鮮明的藝術形象；導演了《青春之歌》《小兵張嘎》《北大荒人》《天山上的紅花》《紅雨》《山花》等故事和《楊門女將》《野豬林》等戲曲片，對中國電影的貢獻是有口皆碑，幾乎引領影響了一個時代電影風潮。

另一位諸城籍導演劉藝 1975 年在臺灣以《長情萬縷》獲第十二屆金馬獎最佳導演獎。戲劇方面，孟超是中國最著名的戲劇家之一，他的戲劇《李慧娘》在中國戲劇史上成就卓著，影響深遠，在文革中坎坷波折的命運成了一場文學運動的標誌性事件。而在曲藝方面，陶鈍長期擔任中國曲協主席，中國曲藝（比如相聲、評書等）直到現在都是老百姓喜聞樂見的娛樂形式，許多藝人如著名評書演員劉蘭芳等還是他的學生，作為曲協長期的領導與指導，他這位當年畢業於北大的高材生可謂功不可沒。

當下文壇，諸城籍作家在海峽兩岸依然人才輩出。在臺灣有：著名詩人丁文智（諸城人，1930～）現任臺灣享有盛名的創世紀詩社社長，曾獲金馬獎的著名導演劉藝（諸城人，1930～1990），作家岳宗（本名裴源，諸城人，1937～）遷臺以後出生的一代，平路（本名路平，祖籍諸城，1953～）裴在美（本名裴洵言，祖籍諸城，1957～裴的姥姥家就是王家，與裴源是同父異母，其父即是著名民主人士、臺灣國大代表裴鳴宇）著名詩人劉小梅（1954～）生於臺北市，祖籍諸城，劉小梅家學淵源，父親是書法家，臺灣《聯合報》報頭即是其手筆，都是目前活躍在臺灣文壇的知名作家、詩人。故土情深，他們有的已專程回諸城探親交流過。2010 年，臺灣著名詩人、書畫家岳宗專程到諸城進行了 20 天的講學和文學交流活動。

而在大陸內地，也有多位有影響的知名作家。王金鈴就是其中一位。1941年生，是一位學者型作家，具有深厚的國學功底，除大量的文學創作和文學翻譯外，在文史研究和辭賦寫作等方面，亦頗有建樹。主要文學作品有《虞舜大傳》《靖康之變》《訪歐散記》《齊賦》《奧運賦》《糖都賦》《航天賦》《廉政賦》《儒賦》《辛亥賦》《國香賦》等。

知名兒童文學家王欣，筆名東武客，也是山東諸城人。1960 年畢業於山東大學中文系。歷任濟南文聯副主編，濟南作協副主席、主席、名譽主席。1985 年加入中國作家協會。著有長篇小說《包泉胡泉和牛泉》《畫苑風雨情》（合作），短篇小說集《誰挑的水》《王欣短篇兒童小說選》，中短篇兒童小說集《馬多寧復仇記》等。

值得指出的是王金鈴、王欣也是諸城相州王氏族人，鑒於相州王家在文

壇上新人不斷湧現，也因此，本書中提出的「王氏家族作家群」是一個開放的概念，隨著王家作家的不斷出現而繼續向前開放性發展。

另外，諸城作家岳南也是當前活躍的知名作家，原名岳玉明，1962年生於諸城，先後畢業於諸城五中，解放軍藝術學院文學美術系文學創作專業，北京師範大學・魯迅文學院文藝學研究生班。中國作家協會會員，中華考古文學協會副會長，臺灣清華大學駐校作家。他的代表作《南渡北歸》三部曲一直暢銷不衰，影響深遠。

可以說，諸城一帶的作家幾乎參與了新文學的每一個歷史發展階段，引導甚至決定了某一時期的文學潮流。

諸城出的政治人物同樣幾乎參與了中國現代每一段歷史與政治事件。他們與諸城籍的文學人物本身也有著錯綜複雜的呼應關聯與糾葛。

諸城辛亥起義是2011年全國各地風起雲湧的起義中最為慘烈的一役，三百多志士仁人在起義中犧牲，諸城這些作家的先輩幾乎都曾參與，姜貴的肆父王鳴韶就是烈士之一、義勇隊隊長，臧克家的家人是主要領導人與參與者，他同一家族的曾祖父臧漢臣是主要領導人，被剖腹挖心，他父親也參加了，並在跳牆外逃時摔的吐血。當時孟超的伯父孟慶陸留下了起義的記述文章，成為珍貴史料，為諸城的文學與歷史掀開了悲壯的一頁，這些無形當中影響了成長在這裡的人們。也為諸城文學起伏跌宕的歷史命運揭開序幕。

臧克家在1983年12月寫給諸城文史資料委員會的信中，提到辛亥革命後曾有「南有孫中山，北有劉大同」之說，見證諸城人劉大同曾在歷史上扮演過的重要角色。

劉大同（1865～1952）原名劉建封，山東省諸城縣芝畔村（今屬安丘市）人，是劉統勳的第三代直系孫。劉建封1905年加入中國同盟會，與孫中山、黃興、宋教仁、章太炎、廖仲愷、陳其美等交往密切。他曾在東北安圖縣任職，引領許多諸城人移民那裡。1911年，武昌起義爆發，劉建封得悉立即在安圖響應舉義，宣告成立「大同共和國」，並通告中外。他激情滿懷，引吭高歌：「桐葉一落天下秋，梅花一放天下春。試問秋興共多少，畢竟不如看花人。」他還為自己改名為「大同」，為三個孫子分別取名為「平民」、「平權」、「平等」，以示自己矢志革命、創建大同世界的政治抱負。

「大同共和國」作為新生的共和政體，比1912年1月1日孫中山在南京成立的中華民國臨時政府早兩個多月，是中華民族歷史上的第一個脫離封建

王朝統治的真正意義上的共和國。

　　畢業於北京早稻田大學，與李大釗一同站在絞刑架下赴死的路友於烈士，是王統照的同班同學，國民黨早期北京的重要領導人之一，臺灣著名作家平路的伯父，當時年僅 17 歲的平路父親路君約去給哥哥收屍，成為他一生揮之不去的至慟，到臺灣後，一遍一遍講給獨生女兒平路聽，成為平路日後創作長篇小說《行道天涯》的契機。

與李大釗一起站在絞刑架下的路友於烈士（左一）

路友於侄女、臺灣著名作家平路

　　山東三個黨派的創始人也都在諸城誕生、成長，並長期以諸城為依託從事政治活動，多是諸城辛亥烈士的後裔。主要是相州王氏家族成員，山東早期黨史幾乎等同於王家家史，就是陳獨秀、羅章龍所說的王姓世家。王翔千、王盡美是山東共產黨的創立者，王樂平是「五四」割讓青島時山東赴京請願團的總指揮，山東國民黨的元老與創始人之一，與堂弟王立哉等成為國民黨要員，因當時力主國共合作，1930 年被蔣介石派人暗殺，其後曾經追隨他的王深林亦被開除國民黨黨籍並被捕，出獄後長期被國民政府派遣留學德國，後與同仁發起成立農工民主黨，王樂平與王立哉兄弟早年推薦到黃埔軍校的王叔銘則成為臺灣國民黨的空軍總司令。文革中，有兩位重要人物來自諸城：康生、江青。

　　這些政治人物皆有很高的藝術素養也是一個客觀事實，是諸城籍政治人物的一個重要特徵。

　　康生的書法造詣相當了得，他對古玩、字畫等鑒賞水平與保護功勞也已經得到肯定。

　　江青本是演藝出身，她的詩曾得到毛主席的題字和讚賞，她的攝影技術也不錯，尤其表現在電影與音樂上，文革八大樣板戲，她是重要的參與者與推動者。

　　而王力本就是作家出身，是因為小說寫的好才「學而優則仕」的，晚年著述甚豐。

　　國民黨空軍總司令王叔銘對京劇的癡迷與投入在臺灣影響甚大。現在的臺灣空軍夏瀛洲上將也是諸城人，目前主持發行《民族　團結　聚行》雜誌，呼籲、致力於國家統一大業，對兩岸關係的推動發展貢獻巨大。

　　這些政治人物不但對文藝參與很深，與作家、藝術家們也頗多往來。文史不分家，諸城文學就是先天性地與諸城歷史、政治結合在一起的，甚至是相伴相生的，這成為諸城作家的一個突出特色。

　　當代著名畫家劉大為也是諸城人，曾任中國美術家協會主席。2015 年舉世矚目的「習馬會」，習近平送給馬英九的禮物就是劉大為的畫作，他經常說：

　　　　諸城是我的家鄉，是一個人文薈萃、文化昌盛的地方，是這塊
　　土地給予了我明德和融、孝友仁愛、積極向上的精神力量！〔註2〕
　　這些也都說明諸城雖小，參與的事件卻大，反映的問題也正是當下現當

〔註 2〕見《超然臺》雜誌，濰坊市地方文化研究會主辦，2012 年第 5 期，5 頁。

代文學遇到的瓶頸問題：海峽兩岸長期隔阻、一些重要文學人物與事件至今都是禁區，牽扯的歷史文化背景敏感複雜，難以深入，或者學者的知識儲備和學術視野有相對侷限，因此，對諸城的研究是既考驗學者的勇氣，也考驗學者的智慧，而突不破這個瓶頸，中國的現當代文學研究的很大一部分就是支離破碎不完整、不系統的。因此，這也是中國現當代文學研究面臨的一個重要考驗與轉折點。更有甚者，某些學者淺嘗即止，想當然地認為現當代文學已基本沒什麼問題可研究，一任這麼重要的文學領域長期被忽視、漠視。因此，對諸城的研究必須提到日程之上，否則，中國現當代文學就將一直處於分散、偏頗的片斷化狀態。

二、諸城深厚的歷史文化底蘊

諸城作家之所以能在現當代文學中發揮如此重要的作用，佔有如此重要的地位是與諸城濃鬱的地域文化氛圍相關聯的。具體到諸城的村名、地名都包含著深厚的歷史文化傳統底蘊。

韓信溝兒、韓信壩這些極其鄉土的村莊名字是以歷史名將韓信的名字命名的，他曾經在此領兵打仗，大戰龍且。相州鎮旁邊的漢王山，風景談不上多麼優美，卻是當年漢王劉秀駐軍的地方，周圍的村莊名字也因之得以命名：料睡村是當年供應糧草的，營睡村是當年駐紮兵營的，還有以他部將命名的銚期嶺、岑彭嶺等；漢王山上的寶塔、廟宇、石像歷經千年在文革中被紅衛兵炸毀。山東四大名寺，諸城境內就有兩個：青雲寺、白雲寺，周圍村莊有的直接以此為名，青雲村就是當年的青雲寺所在地，文革中被毀，現在只留下一棵近兩千年的銀杏樹；還有觀音山、三皇廟等地名。姜貴小說裏以他家鄉相州鎮為核心，提到的周圍村莊名字（小梧村）、東嶽廟（又叫倒座觀音廟（裏面觀音倒座，兩邊楹聯：問觀音為何倒坐，歎眾生不肯回頭）、牌坊街道等都是當地真實的名字，這些村莊地名直到現在都還延續著，無形中滲入諸城的文化命脈。

一直關注研究漢王山的馬新義先生曾提到當地文化對作家王願堅的影響：

　　王願堅是諸城相州鎮人，離漢王山只有十里之遙，十幾歲的時候他曾到老梧村的親戚家躲過戰亂，他跟我談起這段生活時說：「當時，因涉及到我的伯父王翔千參加革命的事，我父親抓走，為了躲避敵人，母親把我送到老梧村的一個親戚家，記得我親戚家有一個

大鬍子老人常領我到村旁漢王山清涼寺去玩，那裡有座古老的寶塔，平時常聽大人說話口頭語『塔（他）在老梧村』，這次才真的見到。在廟裏我望著那各式各樣的神像和牆上美麗的壁畫直發呆，這也是一種故鄉文化的陶冶啊！」

當我對他講寶塔和廟宇以及相州的牌坊已全部被毀時，他惋惜地直搖頭：「這個損失是不可挽回的，說到底還是個文物意識和文化素質的問題。破壞名勝古蹟是千古罪人，愧對子孫後代啊！」〔註3〕

諸城歷史上不僅是兵家必爭之地，也是文人薈萃之所，山不在高，有仙則名，諸城境內的大小山包幾乎都留下歷史名人的足跡與佳作。蘇東坡當年被貶到密州（諸城），是他人生仕途的不幸，卻是詩壇、諸城的大幸。在任職密州期間，正如他在《超然臺記》中所說，落寞中超然尋樂，不但修築了「超然臺」，寫下散文名篇《超然臺記》，他的足跡幾乎踏遍諸城的山山水水，而諸城的山水也給了他無盡的創作靈感，他的諸多名篇都是在諸城完成的，如：《水調歌頭・明月幾時有》（有人曾評說：中秋詞自東坡《水調歌頭》出，餘詞盡廢）、《江城子・密州出獵》《江城子・十年生死兩茫茫》,《望江南・超然臺作》等，在密州期間創作的、至今流傳的作品有 200 多篇，且多是他的精品、代表作，成為他創作生涯的一個空前的高峰。值得一提的是蘇東坡並不是以詩人的身份在自吟自樂，而是對當地百姓而言實權在握的知州大人，這樣的知州統領的詩風文潮，對諸城的文風鼎盛曾產生過多大的影響力實難估量，而諸城本就被稱為「文鄉」，蘇東坡在諸城激發出的非凡才情也正是文人與文鄉相互交流融合的結果。

蘇東坡最著名《水調歌頭　明月幾時有》既是在諸城修建的超然臺上所寫：

明月幾時有？把酒問青天。不知天上宮闕，今夕是何年？我欲乘風歸去，又恐瓊樓玉宇，高處不勝寒。起舞弄清影，何似在人間？

轉朱閣，低綺戶，照無眠。不應有恨，何事長向別時圓？人有悲歡離合，月有陰晴圓缺，此事古難全。但願人長久，千里共嬋娟。

諸城城北常山，蘇東坡的名作《密州出獵》就是在這裡打獵「老夫聊發少年狂」的。常山上有一泉，名雩泉，據清代《諸城縣志》記載：「宋熙寧八年（公元 1075 年）建雩泉亭」。蘇軾十分推重此泉，專門寫了一篇《密州常

〔註 3〕見馬新義《逝去的輝煌》,《文博研究》第二輯，戴維政主編，文物出版社，2002 年版，236～261 頁。

山雩泉記》，云：「乃甃石為井，作亭於其上，而名之曰『雩泉』。」雩泉亭歷經滄桑，今已無存，但雩泉尚在，今被姑子庵村群眾用作水井。井底呈方形，鑿痕宛在，即為原雩泉。

蘇東坡《密州出獵》的常山

蘇東坡不但在此留下詩作，也與當地人結下了深厚的感情，元豐八年（1085）十月，蘇軾在赴知登州（也在山東）途中路過密州，又專門去了常山，寫了《再過常山和昔年留別詩》：樞倦山前夾，迎我如迎新。那知夢幻軀，念念非昔人。江湖久放浪，朝市誰相親。卻尋泉源去，桃花應避秦。他當年離開密州時，寫了《留別雩泉》詩，即詩題中所說的「昔年留別詩」。昔日《留別雩泉》是為了回答密州父老的常山相送。「但樓山前夏，迎我如迎新。」這是寫密州父老今日相迎。送、迎之間看出諸城父老與蘇軾的眷眷深情。

城南障日山海拔 461 米，與青島、嶗山遙相呼應，有「姐東妹西」之稱，是道教、佛教鼎盛之地，孕育了障日山獨特、濃鬱的宗教文化內涵。蘇東坡遊障日山之後，留下千古名句「長安自不遠，蜀客苦思歸；莫教名障日，喚做小峨嵋。」因此，障日山又喚小峨嵋山。現在也流傳著「不到長城非好漢，不看障日真遺憾」的說法。

馬耳山，是魯東南最高的一座山。主峰二巨石並舉，遠望狀如馬耳，故名。酈道元《水經注》曾記載：「山上有長城，西接岱山，東連琅琊巨海，千餘里，蓋田氏所造也。」「齊長城」經歷的諸城段，西自郝戈莊的馬耳山，東延至皇華鎮的龍灣頭，再延至石門鄉的馬山後，桃園鄉的臺家溝南嶺，然後入膠南市境，全長 30 多公里。

馬耳山自古有名。唐開元年間，官秘書正字、史館待制的「蕭夫子」──蕭穎士，「慕名托疾」不遠萬里，來諸城馬耳山遊覽，寫下了《遊馬耳山》著名長詩：

> 茲山表東服，遠近瞻其名。
>
> 合冥盡溟漲，渾渾連太清。
>
> 我來疑初伏，幽路無炎精。
>
> 流水出溪盡，覆蘿搖風輕。
>
> 高深度氣候，俯仰暮天晴。
>
> 入谷煙雨潤，登崖雲口明。
>
> 乾坤正含養，種植總滋榮。

蘇東坡也在此留下名篇《江城子·前瞻馬耳九仙山》：

> 前瞻馬耳九仙山。碧連天。晚雲閒。城上高臺、真個是超然。
>
> 莫使匆匆雲雨散，今夜裏，月嬋娟。
>
> 小溪鷗鷺靜聯拳。去翩翩。點輕煙。人事淒涼、回首便他年。
>
> 莫忘使君歌笑處，垂柳下，矮槐前。

還有《雪後北臺書壁》等佳作：

> 黃昏猶作雨纖纖，夜靜無風勢轉嚴。
>
> 但覺衾裯如潑水，不知庭院已堆鹽。
>
> 五更曉色來書幌，半夜寒聲落畫簷。
>
> 試掃北臺看馬耳，未隨埋沒有雙尖。

臧克家也對馬耳山情有獨鍾：「鄉音入耳動我心，故里熱土暖我身。五嶽看山歸來後，還是對門『馬耳』親」。

蘇東坡對諸城的影響可以從臧克家的《仰望蘇東坡——蘇東坡在密州代序》一文中領路一二：

> 蘇東坡，是我最景仰、喜愛的古代大作家。我十一二歲時，就讀了古文近七十篇，詩詞幾十首，其中東坡的作品最多。前後《赤壁賦》《喜雨亭記》《記承天寺夜遊》《超然臺記》……少年時讀的，九十歲了，大體還能背得出。他雪後的詩句「試掃北臺看馬耳，未隨埋沒有雙尖」，描寫的是我故鄉的景色，親切有味。至於他的詞句「但願人長久，千里共嬋娟」，當年對於它的內涵並不瞭解，但讀起來覺得有味。
>
> 歲月日增，對東坡作品讀的越多，喜愛之情越深。他的全集、東坡研究專家陳邇冬同志編的《蘇東坡詩選》及《詞選》，我經常放

在枕邊，常讀常新。關於他的生活、經歷的各種文章，見到必詳讀。三十多年來，對於他的詩詞、文章，我也發了好幾篇文章，我愛東坡的才華。東坡的創作，意真情且，行雲流水。故有「韓潮蘇海」之稱。他的文章，在唐宋八大家之列，他的詞作，開豪放派之先河，李清照雖對之有「句讀不葺之詩」之譏，從反面看，足證詞到他的手中，在題材擴大，氣魄宏偉、字句超越諸方面表現出的創新精神，使「艷科」之詞，天地乃大。

……

我對東坡的創作、才華、人品是大為景仰的。可是，與眾不同，我對他還有點特別情分。少年時代，讀了他的詩文，也認識了他的「人」──多次登上他的「超然臺」，拜望他白面有須的塑像。北俯，未見濰水，南望，馬耳隱約，似有似無。東坡懷古抒懷，馳騁想像，一個少年那能理會？至於他打獵的常山，我到過。他筆下的我故鄉的山山水水，人情風俗，我全熟悉，感到十分親切！走下臺階之後，回頭望牆上「超然臺」斗大的三個字，聽說是東坡親筆題寫的。這座歷史上有名的高臺，我珍存有一幅解放前滿身彈痕的照片，而今無蹤無影，無法再「超然」於時代了。而蘇東坡，他的業績，他的聲名，卻萬古超然！

1995 年 2 月 12 日

原載齊魯書社 1995 年 9 月版《蘇軾在密州》〔註4〕

城東南有一盧山，蘇軾在其《超然臺記》中也曾寫道：「……其東則盧山，秦人盧敖之所從遁也。」盧敖，本是秦始皇的博士，因議論秦始皇的暴政，恐獲罪名而逃匿於琅玡故山，並以此引發了 460 餘名儒生被坑殺的事件。（一說盧敖為秦始皇求仙藥而不得，便隱遁盧山）

諸城城裏有一池水塘，名為滄灣，（原名滄浪灣），傳說清朝漢族大臣竇光鼐在滄灣崖上讀書時，曾命令灣中蟾蜍不得鳴叫，從此滄灣就沒有蛙聲了。而實則因滄灣水含鹼分太多，破壞了蛙的鳴囊所致。康生舊居也在滄灣邊上，他小時候常到此戲水玩樂。

〔註4〕見《臧克家與諸城》，中國文史出版社，2006 年版，125 頁。

這些氤氳著濃厚的歷史文化的鄉土親情，無形中滋養、孕育著成長在這土地上的人們。

正是這深厚的歷史文化積澱，諸城名人輩出並不是現代歷史上才發生的事，而是自古如此，代代相傳，無數的歷史名人從這裡走出：

舜帝、公冶長、諸葛亮、《清明上河圖》的作者張擇端，趙明誠夫婦（李清照是諸城媳婦）丁耀亢、大學士竇光鼐，劉墉（劉羅鍋）（因被拍成電視連續劇，是目前最知名的諸城人，北京的「劉羅鍋食府」據說是諸城人在北京的聚會之所，有著濃厚的諸城風味）這些諸城名人後來又多告老還鄉，把京城文化再帶回諸城，使諸城文化形成良好的循環互動，也使偏遠鄉下的諸城始終與北京等文化中心交流互通，接受新事物、新思想較為容易。

2001 年國內第一個縣（市）級恐龍博物館在諸城市建成，並展出目前世界上最高大的巨型鴨嘴龍化石骨架和 100 多件恐龍化石。諸城市以出土巨型鴨嘴龍化石而聞名，被稱為「鴨嘴龍的故鄉」。自 60 年代以來，這裡先後發現、發掘出土鴨嘴龍、霸王龍、鸚鵡嘴龍和原角龍等多種恐龍化石，出土地點多達 20 餘處，舉世罕見。目前開放發掘的恐龍澗、暴龍館等恐龍化石遺址轟動海內外，已變成旅遊景點，也可見證這片土地久遠非凡的歷史，諸城簡直就是一座活的歷史、文學博物館。

著名物理學家丁肇中到諸城紀念辛亥起義犧牲的外祖父，
參觀恐龍澗化石長廊（其背後既是）

三、諸城獨特的地域文化氛圍

諸城曾作為密州的治所（州衙所在地），但與密州並不是一回事，諸城與密州是隸屬關係，而不是沿革關係，諸城是與密州同時存在的兩級建置。諸城建縣之初，叫東武縣，新莽天鳳元年（14）改名為祥善，9 年後又恢復東武縣名，隋開皇十八年（598）改名為諸城縣，1987 年改為諸城市。中間除幾次改名外，從沒有間斷過，迄今已 2079 年。

北宋時的密州比今天的諸城要大得多，它還包括安丘、高密、五蓮、膠南一些城鎮和地方。現在的諸城市是縣級市，而當年的密州是地區級即州府。

諸城土地肥沃，諸城人智慧勤勞，工商業發達，自古富庶繁華，直到現在都是全國經濟百強縣之一。

臧克家曾回憶自己的家鄉：

> 我的故鄉是山東諸城，屬於膠東半島，第一次世界大戰時，青島德國人的大炮，震得我家的窗紙響。這個縣屬古琅琊，秦始皇東巡，曾在這兒刻石記功，這就是有名的琅琊刻石，我的村子——臧家莊，在西南鄉，離城十八里路。〔註5〕

諸城文史資料記載，諸城比較著名的五大家族分別是：臧氏——明工部尚書臧惟寧（臧克家家族）；王氏——諸城王氏分布較廣，家族較大，聲名較顯，宗支較多，主要有三；劉氏——清代東直閣大學士劉統勳族（劉羅鍋家族）；李氏——著名的有三大家（江青）；丁氏——明監察御史丁惟寧家族，這些大家族都是名人輩出。

對諸城的描述，沒有人比蘇東坡的《超然臺記》更知名、也更權威的了（「超然臺」在諸城已得到修復與重建，就在現在的市政府旁邊，現在的市政府也是蘇東坡當年辦公的地方，據說是歷史最悠久的衙門所在地）：

> 凡物皆有可觀，苟有可觀，皆有可樂，非必怪奇瑋麗者也。哺糟啜醨，皆可以醉；果蔬草木，皆可以飽。推此類也，吾安往而不樂夫所為求福而辭禍者，以福可喜而禍可悲也。人之所欲無窮，而物之可以足吾欲者有盡，美惡之辨戰乎中，而去取之擇交乎前。則可樂者常少，而可悲者常多，是謂求禍而辭福。夫求禍而辭福，豈人之情也哉物有以盡之矣。彼遊於物之內，而不遊於物之外：物非

〔註5〕《臧克家回憶錄》中國工人出版社，2004 年第一版，2008 年 4 月 2 版，103頁。

有大小，自其內而觀之，未有不高且大者也。彼挾其高大以臨我，則我常眩亂反覆，如隙中之觀鬥，又焉知勝負之所在。是以美惡橫生，而憂樂出焉，可不大哀乎。

余自錢塘移守膠西，釋舟楫之安，而服車馬之勞；去雕牆之美，而蔽采椽之居；背湖山之觀，而適桑麻之野。始至之日，歲比不登，盜賊滿野，獄訟充斥；而齋廚索然，日食杞菊，人固疑余之不樂也。處之期年，而貌加豐，髮之白者，日以反黑。余既樂其風俗之淳，而其吏民，亦安予之拙也。於是治其園圃，潔其庭宇，伐安邱、高密之木，以修補破敗，為苟完之計。而園之北，因城以為臺者舊矣，稍葺而新之。時相與登覽，放意肆志焉。南望馬耳、常山，出沒隱見，若近若遠，庶幾有隱君子乎！而其東則盧山，秦人盧敖之所從遁也。西望穆陵，隱然如城郭，師尚父、齊桓公之遺烈，猶有存者。北俯濰水，慨然太息，思淮陰之功，而弔其不終。臺高而安，深而明，夏涼而冬溫。雨雪之朝，風月之夕，余未嘗不在，客未嘗不從。擷園蔬，取池魚，釀秫酒，瀹脫粟而食之，曰：樂哉遊乎！

方是時，予弟子由適在濟南，聞而賦之，且名其臺曰「超然」，以見余之無所往而不樂者，蓋遊於物之外也。

超然臺歷史照片，如今已按原貌恢復

　　大詩人的精妙文筆即為諸城地域風貌賦形，更為諸城人的豁達超脫賦神，形神交融中，在文壇上留下古諸城的千古風姿神韻。

　　著名戲劇家孟超對諸城的戲劇文化傳統有著專門的文章介紹，尤其是對諸城地方戲茂腔《拳拳鄉情談茂腔》，全文引錄如下：

　　　　快六十歲的人，加上離開家鄉也近四十年之久，「鄉情」二字真如輕煙薄霧，在腦子裏是十分淡漠。即使頌到「鄉音無改鬢毛衰」的名句，也恍恍忽忽地感到人情味那麼濃鬱，但似乎是抒發別人的心情，無感於己。可是不知為什麼這次青島茂腔劇團來京演出（指1959年8月的晉京演出），卻油然的蔚起了鄉情之感，引動了說不出的興奮與快慰，兒時的回憶又浮上了眼前。

　　　　記得我在八九歲的時候，那時還在辛亥革命以前，在家鄉每次秋收農忙已過，敲打起了鑼鼓，空曠的街頭田埂便作起場來，引動男男女女聚攏成圈，特別是小孩子更手舞足蹈的夾在人叢中，心裏樂開了花。那就是當時叫做「茂肘鼓」、現在叫做茂腔的戲上演了。如今回想起來，還彷彿有「斜陽古柳趙家莊」的感覺哩。

　　　　我們家鄉的戲，一種叫作「大戲」，包括皮簧、梆子，是要在臺上演的，大都為了酬神，每年才上演三天到五天。另外就是「茂肘鼓」了，這種戲，也許不屬於「陽春白雪」，難登大雅之堂，也為神靈之所鄙薄，曾不予以垂顧，因此也只能是打地攤演出了。大戲多為士紳、有墨水的人所傾倒；而「茂肘鼓」則為一般村農、婦女所狂愛，因此也叫做「拴老婆橛子」，言其能牢牢地迷得住人的。

　　　　這種戲是沒有職業演員的。一些滿肚皮唱腔唱詞的藝人們，平時都是打短工幫人務農的，一到農忙過了，生活毫無保障，難免飢饉之虞，幸有這點演唱本領；可是做戲也等於行乞，他們每日各村流浪，多半在傍晚開場，演至新月度上天邊，有時直至月落雞啼才煞住鑼鼓。他們演的都是小戲，每一戲終，全體演員和場面上人員，一齊走到人叢裏，向觀眾收錢，而觀眾雖然花的不多，三文兩文也都極樂捐輸，很少有白看戲的人。可是儘管這樣，他們的收入也僅可吃幾張煎餅、幾棵大蔥而已。

他們沒有女演員，都是男扮女。更置辦不起漂亮行頭，多是藍粗布衣衫，常常穿隨身衣服上場。音樂也很簡單，只有大小鑼鼓和小鈸，唱時用胡琴作奏；有的窮的連這些樂器都不全，只有一個小鑼，當當不幾聲，就演唱了起來。

他們的舞蹈步伐有似於扭秧歌，所以我們家鄉對好扭捏作態的人，常有一句調皮話叫做「你是唱肘鼓的——扭的厲害」。這種戲出在膠東一帶，包括日照、安丘、高密、諸城、即墨（青島原屬即墨）各縣，雖然這些縣分語音微有不同，但總的說來，鄉音較重但婉轉有致，許多豐富的民間語彙妙造自然的構成了民歌風格的曲句，因此才能使人感到倍加親切動人。

我記起了當時常聽的幾齣小戲，一齣是《王定寶借當》，演書生王定寶向他的未婚妻借當去趕考，情節和別的劇種差不多。一齣是《王婆罵雞》，最受觀眾歡迎，每次作場總少不了這齣戲，戲裏的王婆為丟失了一隻雞，手執著菜刀，滔滔不絕地罵四鄰，罵得十分有趣，比如說：大姑娘偷了雞兒去，繡花鋼針扎在針尖上；學生偷了雞兒去，……不能進考場。全場觀眾聽她（他）多般不同的巧罵，有時會心地輕笑，有時鼓掌哄場，演員也越罵越有勁，直到這戲完結。另外，還有一齣《孔子絕糧》（也許戲名叫做《孔夫子厄於陳蔡》，現在記不真切了。）據說會這戲的藝人並不太多，我只看見過一次，戲中的這位孔先生扮作老婆婆，頭戴藍布包頭，張皇扭捏地唱到：「孔聖人氣衝衝，罵一聲陳蔡狗東西。……」當時我還在私塾裏讀「詩云子曰」，一天到晚被那苦澀乏味的《論語》《四書》逼得十分煩惱，一聽這戲，非常振奮，小小的心裏也覺得作為牌位供養的「至聖大成先師」的孔老二，只有唱肘鼓的才敢對他加以戲謔、諷嘲，像是替自己出了一口氣，真是說不出的痛快哩。

這些情景雖然沒有甚麼值得惋惜的，可也時光一閃成了陳跡了。這次來北京的李玉香同志告訴我說：茂腔戲雖然也有百、八十年的歷史，可是因為終是嫩枝幼苗，經不起風雨摧殘，在解放前一個時期的中斷，幾乎使它難以恢復，老藝人傷怠盡；她自己也叫花子般行乞過。解放以後，黨的文藝政策使她得到復蘇，不但政治上

不斷的提高，而藝術上也有了發揮的機會。特別是有了自己的劇團，不再在地攤上演唱，而能搬上舞臺了，成了百花園中活潑而清新的花朵。這使我不能不為故鄉野生的劇種得到培植而深為慶幸。

他們這次帶來的有新編的大戲，也有幾齣傳統小戲。我希望在新編改編的劇目中看到他們的戲曲改革工作中的成就；更希望在傳統小戲中，領略到幽蘭野菊般帶有故鄉土壤氣息的芳香。她還告訴我說：茂腔中許多傳統小戲，由於過去沒有文字記錄，許多曲詞、唱腔，即使在老藝人口中也有很大不同，這樣，在發揚與繼承上就更感到困難了。是的，正因為這樣，它的挖掘與整理，更彌足珍貴。溫故而知新，只有在傳統的基礎上，才能提高，才能革新。因此，我願他們除了演新編的戲以外，對原有的小戲的繼承、發揚，也要精進不已！〔註6〕

如果說蘇東坡詩詞是一個外來者與諸城的交融契合，那麼孟超則是寫出了從諸城自己的土地、人心裏自然生發出來的藝術品類與藝術氛圍。戲鄉戲情幾乎是生長在這片土地上的人一種與生俱來的自然成長因素，就像這裡的空氣與山水一樣。難怪從這裡走出來的人骨子裏都是帶著藝術的因子走四方的。諸城普通百姓在生活中也常跟著吟詩打趣，文風興盛。

戎馬箜篌、出生入死的「老虎」將軍，一到臺灣當起空軍總司令，王叔銘就立即戲癮大發，在兵戈鐵馬的空軍營盤中辦起了劇院，這就是典型的諸城人的癖好。他小時候在家鄉讀書時也登臺演出過，扮演勇士樊噲，一些諸城同鄉回憶起來津津樂道，這在諸城文史資料裏有記載。

臺灣國大代表裴鳴宇，早年就曾參加諸城辛亥起義，出生入死，到臺灣後在澎湖山東流亡學生事件中，一直剛直不阿，據理力爭，為冤死的教師、學生奔走呼籲，為冤案的最後平反竭盡全力，他的兒子裴源、女兒裴在美日後都成為著名作家，他的兒女中學者、藝術家多人。

現在的臺灣空軍上將夏瀛洲也是出生於諸城，這些年來他在臺灣致力於國家統一，正直敢言，所談「共軍、國軍都是中國的軍隊」、「臺灣支持日本就是與中華民族作對」等都引發兩岸媒體輿論的強烈關注，這些在臺灣的諸城人表現出的為國為民正直敢言的品格也是諸城人的一大特點。

〔註6〕轉引自《超然臺》雜誌，諸城市地方文化研究學會主編，2008 年 2 期。

筆者在臺灣與夏瀛洲上將（右三）、考試院院士周玉山教授（左二），
著名學者武之璋（右一）、輔仁大學教授習賢德（右二）、
著名統派郭冠英（左三）、等合影

諸城雖小，卻把整個國家抱在懷裏，儘管地處偏狹，諸城人卻多是站在國家、民族的角度思考問題，參與國家大事，典型的家國同構的思維方式。北京、上海等其他地方人的特點，人們常可以有幾句經典話來概括，但小小的諸城，卻難以用幾句話來概括。諸城雖小，思考參與的問題卻大，也因此諸城人的個性差別也大，簡直南轅北撤。江青與康生、孟超三個諸城老鄉的對立與衝突能拉開文革的序幕，一個王家能形成紅、白、中三大文學派別，在海峽兩岸引領風騷幾十年，同時誕生三個黨派的創始人，每個人都能很突兀地獨立於他人，缺乏共同特點，這或許也正是諸城人的特點。這也正體現出諸城文化的包容性與開放性，新文學與舊文學在北京爭得頭破血流，在相州王氏私立小學卻能平和地同時講授，三民主義與共產主義的鬥爭是國人的世紀主題，但在這所小學，一開始就和平共處，同時在這個小學活動、講授，甚至兩黨的政治人物都在這裡得到鍛鍊成長。「小學」雖小，卻比大學包容性更大。這樣的小學培養出的人才能個性相同才是真正的怪事，正是因為個性不同，諸城人才幾乎全方位地參與了中國現當代的文學與歷史。

阿基米德曾說給我一個支點，就能撬起地球，如果有一個支點能撬起中國現當代文學與歷史，這個支點非諸城莫屬，給我們一個全方位探討中國現當代文學、歷史的極佳角度。

總之，諸城人物幾乎參與了每一段現當代文學歷史的進程，且多次扮演

領軍人物，也幾乎參與了所有現當代文學藝術的門類，在每個門類中都有各領風騷的人物，在海峽兩岸廣有影響力的諸城籍作家、詩人、導演等有十幾位，幾乎佔了中國現當代文學的半壁江山，某些政治人物某些時候嚴重左右甚至決定了文學藝術的命運，因此，中國現當代文學研究不能繞過諸城，其文學地位一直沒有得到應有重視與研究是現當代文學的巨大缺失。

空前的悲壯與慘烈：不該被遺忘的諸城辛亥起義

1911 年，舉世震驚的武昌起義後，山東諸城，也在革命黨人的策動下，於是年底舉行了獨立起義。這次舉義遭到了清政府的血腥鎮壓，360 多名志士仁人英勇捐軀。其悲壯與慘烈的程度遠超出黃花崗起義，卻不見於經傳，甚少被提起，但我輩後人不應忘記：朗朗乾坤有他們的浩然正氣！皇天后土，有他們的錚錚硬骨！他們從未遠離，他們始終和我們在一起！

三百多遇難烈士，多是知識分子、世家子弟，清兵攻陷諸城後，進行了整整六日的屠城，其慘絕人寰，歷史上的「揚州十日」與「嘉定三屠」亦不能比。現在烈士們的後代已遍及世界各地，並在不同行業取得了非凡的業績。起義的主要領導人之一、被砍成數段、死得最為慘烈的王以成烈士的外孫丁肇中已獲諾貝爾獎，時年他的女兒、丁母年僅三歲；寧願與城同亡的義勇隊隊長王鳴韶的嗣子姜貴（王意堅）成為臺灣最著名的作家之一。他的家人亦先後成為國共兩黨在山東的創始人，無數族人奔赴疆場……被剖腹挖心的士紳、議長臧漢臣的族孫是著名詩人臧克家，臧克家的父親亦是起義的參加者並在跳牆外逃時摔得吐血……清兵以最後的血腥與瘋狂宣告了一代王朝的覆亡，烈士們則用生命與鮮血祭奠了民主共和的黎明！諸城這片神奇的土地上，人傑地靈，英雄輩出，無數的諸城子弟踏著烈士的鮮血前赴後繼……

諸城辛亥起義對打擊清王朝的反動統治，建立了不可磨滅的歷史功績。清兵血腥屠殺後即是新年，先烈們卻在爆竹聲中以熱血與青春之軀熱烈地擁抱了他們摯愛的大地！親人們也失去了新年團圓的幸福，面對血腥滿地，並被追捕逃亡（時年僅六歲的臧克家就被帶上假髮跟著家人逃難），而今，曾經的墳塋已被鏟平，難覓蹤跡，高樓大廈覆蓋烈士英骨。烈士們的壯懷激烈、為國捐軀，理當永載史冊，世代傳頌，然而一百多年過去了，先烈的事蹟依然未彰，千古功業不為世人所知是我輩的失職，比之敵人的兇殘，更讓先烈

們九泉之下難以瞑目矣！

　　因此，祭奠烈士，也是告慰我華夏烈士子孫後裔，先輩的熱血流在一起，後世子孫無論海內外，都該團結一心，同仇敵愾，再次為我中華的崛起而奮起、拼搏，以傳承烈士之志也！

　　今筆者根據收集到的諸城與臺灣等地的相關史料整理如下，以就教於各方賢達，盡我後輩之責，期盼這過百年的「集結號」早日吹響，以告慰我九泉之下的烈士英靈！

　　山東諸城在秦時被置琅琊郡，宋時為密州郡，歷代是人文薈萃之地。1905年孫中山先生在日本成立了同盟會，短短一年中，國內入會者即愈萬人。山東得風氣之先，同盟會組織發展很快，數年之間，革命空氣彌漫全省。1908年，濟南的山左公學被清廷查封，高密老同盟會會員劉冠三又同昌邑的陳乾和即墨的呂子人等在青島創立了震旦公學。從此，即墨、高密、青州、諸城等縣的同盟會員，均以這裡為聯絡點，秘密進行革命活動。是年秋，震旦公學又被清廷查封，劉冠三就推起了獨輪車由諸城開始，周遊數省，遍訪同志，開展革命宣傳聯絡活動。他在諸城月餘，先後介紹城北隋家官莊隋理堂、泊里鎮（現屬膠南市）北吳家村吳大洲、城裏裴鳴宇和農林學堂學生臧文山等參加了同盟會，並與諸城城裏的同盟會員王心源、王心葵、臧迪卿、臧少梅及百尺河鎮小仁和村同盟會員鍾孝先等進行了秘密接觸。在他的影響下，隋理堂在村中發動子侄10餘人加入了同盟會。稍後，高密另一同盟會員王麟閣專程來諸城到城裏太古園（臧姓堂號）會見了曾任過京議員的王景檀和臧文山等，就發展同盟會員、醞釀起義等事項進行了秘密交談。這時河北省的老同盟會員商晨也自挑行李擔來到諸城，先住在臧迪卿和臧少梅家，又到小仁和村鍾孝先家住了一段時間。

　　在這些同盟會員的宣傳和鼓動下，一大批有識之士也很快覺悟起來，傾向了革命。諸城仁里村（現屬五蓮縣）臧漢臣，光緒末年捐了個貢生，在河南省通許縣任知縣三年，期滿返鄉後，接受了革命思想，常以金銀資助同盟會，並秘密與臧少梅去青島購買槍支，以備革命黨人舉義之用。城西臧家莊翰林臧際臣，清末曾任過湖北省學政，返鄉後因率饑民到城裏「搶糧」，被清廷革職，此時也與族中子侄聯絡革命黨人密謀反清。晚清翰林丁昌燕（諸城皇華鎮下六穀村人），在四川省大足縣任知縣時，曾因支持當地農民起義被革職，回鄉後作為一名開明紳士也由同情革命到支持和參加革命。

　　武昌起義後，山東迫於形勢曾有過短時間的獨立，但在袁世凱的高壓下，

獨立旋被取消。在這種情況下,革命黨人不得不另謀他途。他們雲集青島,計議在青州、諸城、高密、安丘等地發動獨立,特別是諸城,多山近海,可戰可守,作為革命根據地比較理想。為此,王麟閣、邵麟勳、王以成等外地同盟會員曾來諸城串聯多次,決定以農林學堂和東武公學為主,成立歃血團,作為諸城獨立的中堅力量。農曆十月,以藏文山為首的 18 人組成的歃血團成立。他們宣誓,為了推翻滿清,救我中華,凡參加者定要同生死,共患難,革命到底,決不變節。每人刺破手指,把血滴在一起,歃血為盟,以示決心。歃血團成立以後,秘密與革命黨人和開明紳士緊密結合,積極作獨立前的組織和物質準備。

辛亥年冬,革命黨人趙象闕、王長慶、鄧天乙等在青州發動獨立,班麟書、邵麟勳、王麟閣等在高密起義,並約同駐膠濟鐵路的丈嶺車站的路軍哨官劉懋德率部起義。不料青州事泄,趙象闕犧牲。王長慶、鄧天乙、王以成、賈次瑤等數十人,行經安丘到了諸城城北的五里堡。高密於農曆十二月初九日宣布獨立,因劉懋德起義失敗,清兵統領張樹元率部向縣城進攻,不得不於次日到諸城與青州同人會合。

1912 年 1 月 30 日(辛亥年臘月十二日),由安丘來的民軍司令王長慶、鄧天乙、王麟閣、王以成、賈次瑤等數十人,帶領民軍數百人。臂纏白布,手持土槍、火炮,首先佔領了城北五里堡。諸城知縣吳勳聞訊後大驚,命令緊閉城門,嚴密防守。革命黨人傳書吳勳,要他開門迎接,他執意不肯。當時駐在城裏的清兵巡防營一個哨,約 50 人左右。哨官楊子維與吳勳商量,企圖出兵五里堡,擊退革命軍,但懾於革命軍的威力,未敢輕舉妄動,遂率隊北撤。在藏文山、鍾孝先、王心葵、臧少梅、劉仲永、臺正齋等人的策應下,城內群眾歡迎革命軍入城的空氣日益高漲,吳勳如熱鍋上的螞蟻,十五日晚上,在有五坊坊長和鄉紳參加的集會上,吳勳和少數鄉紳堅持頑固立場,拒絕革命軍入城。正在爭論不下的時候,開明士紳臧漢臣手捧「炸彈」斬釘截鐵地說:「誰要敢阻擋諸城獨立,我就讓他嘗嘗這炸彈的厲害!」這下嚇得吳勳和那些頑固派不知所措,被迫同意革命軍入城。當天深夜,在一些革命黨人與開明紳士的歡迎下,城外革命軍從東北北圩子門進了城。吳勳和把總金洪奎則逃匿到德國的天主教堂。

革命軍進城以後,便以縣署為軍政府。王長慶係關東綠林出身,擅長射擊,大家公推他為司令,鄧天乙為副司令。參謀賈次瑤、馬魯芹、周錦,軍需馬倬章、潘子玉、邵文麒,稽查王偉庭、邱漢西,庶務王香谷、丁景先,交涉

張魯泉、李星若、王舜五，軍官李鳴岐、朱星垣、王福亭、王海民、潘宏遠，諜報王心源、徐瑞如。

諸城同盟會員於辛亥臘月十六日（1912 年 2 月 3 日）宣布諸城獨立。成立山東軍政分府。臨時議會選舉臧漢臣為臨時民政長，王景檀為議長兼副民政長，教育為隋理堂、臧秀池、王景韓，財務為臧著興、孟昭潤、臧夢蠣，農務為臧少梅，文牘為張子良、王曾唯，庶務為王文山、夏洛堂。設司法科，科長臧著信、劉逢源、徐熾昌，檢查員為邱鑒西、王翰維，典獄員朱鏡清，書記王仲雨。設立團防和巡警，以加強城池保衛和社會保安。防團以丁昌燕為團長，徐毓沛為副團長。警長為臺振初、吳大洲，訓練邵小南。

成立紅十字會，以東武公學為會所，王文山為會長，王質夫、田師顏、張介理為副會長。軍政府成立以後，一面張貼布告，宣布保護教堂、學校、商紳和居民安全，號召凡願剪掉髮辮者皆可加入革命黨；一面組織宣傳隊在街頭巷尾開展宣傳活動，號召各界人士響應起義，推翻滿清。一時群情激奮，社會安定，除了少數地主、富商恐慌不安，爭相出城外，廣大居民生活如常，秩序井然。

招募壯丁六十人成立防禦會，以丁昌燕任會長，並成立敢死隊，舉隋理堂、王鳳翥、臧著儀為團長，成立臨時議會，由王鳳翥為議長，丁昌燕為副議長，議員為王心源、孟昭鴻等人。在「驅除韃虜，恢復中華，創立民國，平均地權」的革命口號鼓舞下，短短幾天，革命軍就發展到 200 多人。革命軍初來時，四鄉土匪乘機而起，城東黃睡村和城南蔡家溝等村發生過土匪焚殺搶劫行為，革命軍迅速前往捕拿，很快平息。革命政府的所作所為，深得民心，受到了廣大群眾的歡迎和擁護。

當時司令王長慶帶領革命軍要到天主教堂擒拿吳勳，農林學堂教員、擔任軍政府交涉的張魯泉則揪住他的衣領說：「你們這樣做要引起國際交涉的，萬萬不行！」說得王長慶就此止步，以致給吳勳與顧思德喘息之機，留下巨大隱患。

正在革命運動準備向外擴展的時候，清知縣吳勳在天主教堂和神甫顧思德相勾結，探知民軍槍械不足，人力不多，遂電請沂州巡防營出兵，反攻諸城。德國神甫顧思德以調停為名，來往偵探義軍情報，王以成與他有交往，基於友誼，不識其真相，把情況均據實相告。顧還把清兵暗藏在柴草中偷運進城。農曆臘月二十四日，清兵繞至城東，從東大門向城裏革命軍發起攻擊，參謀李鳳官在城樓上指揮作戰。潛伏在城內的清兵則四處縱火，製造混亂。

革命黨人受到內外夾擊，處於被動狀態，1912 年 2 月 10 日，民軍令城防戒嚴。當夜，清兵攻城，城內軍民奮勇抵抗，清兵被殺甚眾。終因眾寡懸殊，力不能支，2 月 11 日，清兵入城，焚殺擄掠，大肆屠殺，凡剪掉辮子的人均被殺害，計有三百餘人壯烈犧牲。戰鬥中，革命軍雖然兵力、裝備均處於劣勢，但都英勇奮戰。壽光人趙玉璋在城牆上禦敵，持槍奮擊，不幸陣亡。敢死團長、濰縣人丁學舜手刃清兵數人，被捕後，清兵嫉其戰鬥之勇，先刖其足，學舜大罵不止，最後壯烈就義。當清兵攻進縣署時，鄧天乙等數十人在司令部堅持抵抗，兩手執炸彈做投擲狀，炸開一條血路，與王長慶、裴鳴宇等乘機突圍而去。他雖腹部受傷，仍用手槍向敵人射擊，終於虎口脫險。

臧漢臣越牆到王少舲家躲藏，王竟將其獻給清兵，遂被綁至縣署內的一棵古槐樹上，清兵營官知臧漢臣頗有家資，便提出要臧漢臣出金贖命，臧漢臣答：「我有錢辦革命，無錢飽爾私囊！」營官惱羞成怒，立命哨官楊茲維將臧漢臣綁在縣衙內古槐樹上剖腹挖心，並割頭梟首，暴屍縣衙門前，頭懸於樹，以恐嚇民眾。

臧漢臣（1877～1912），字植堂，堂號望山（下圖為臧漢臣畫像）。清末監生，捐資任河南道許縣知縣。他民主思想較強，又生性豪爽，為政清廉，深得民心。後因得罪上官，遂棄官回鄉。回鄉時，當地老百姓依依惜別，紛紛歡送，送「萬民傘」一把，「萬民衣」一件，以示紀念。回鄉後，經劉冠三介紹加入同盟會。入會後，在仁里村組織了三百多人的義勇軍，孫中山親派一委員在其大廳院裏，訓練三月有餘，成為諸城獨立的一支骨幹力量。

臧漢臣畫像

　　臧漢臣家財雄厚，對革命慷慨贊助，曾出資為劉冠三、陳幹在青島創辦震旦公學。辛亥歲，臧漢臣捐白銀 4000 兩，與臧少梅到青島購買槍械，密謀諸城獨立。其時，孫中山的三民主義在諸城廣泛傳播，「共和」思想廣泛流傳。革命軍入城後，成立民政府，由於臧漢臣的聲望高，被公推為民政長，並以他家望山堂（那時，諸城城裏有臧漢臣的房屋）為民政府辦事處。

　　臧漢臣之妻王氏、姜李金鳳驚聞事變，逃至李的娘家，哥哥不准開門接納，並說：「你們是逆屬，趕快去自首吧！」兩人無奈，便往王少聆家，王家同樣對待，兩人大罵於門前，服毒自殺。

　　在臧殉難一週年時，革命黨人曾在諸城城裏舉行追悼會，到會 200 餘人，對他為諸城獨立捐軀隆重悼念。

　　革命黨人賈次瑤、邵麟勳、王明槐等被捕後均不屈，慘遭殺害。其時，殺紅了眼的清兵凡剪去髮辮者，均殺無赦。有個乞丐，人稱「禿六」，是個沒紮過辮子的禿頭，被清兵搜出亦非殺不可，後經多人再三說明，才幸免。

　　除臧漢臣少數人屍體運回家安葬外，其餘埋在城北白玉山子村前的兩個大墳裏，在城東北的墨水河的東側，也埋葬了一部分屍骨。以上這三座墳，人們稱為「義和墳」。直至袁世凱稱帝垮臺之後，受害人家人始開墳認屍，但屍體腐爛不能辨認，人們復以石灰掩埋之。這三座大墳曾被樹碑紀念，文革中被破壞，而今，隨著房地產的開發，已難覓蹤跡。

丁肇中為外公王以成在他的犧牲地諸城德式教堂旁所立紀念碑

諸城城破之翌日，清帝即宣布退位。但清兵卻控制郵局，壓下信息，繼續以捕拿黨羽為名大肆屠殺，連紅十字會員也不放過，瘋狂的屠殺延續至臘月二十九日（大除夕）封刀後，仍未停止。並藉此對殷實的富商大戶任意搶掠，太古園、硯香堂、戲院、賜書堂、班荊堂等大戶人家，均被劫掠殆盡。硯香堂門前的銅錢灑落在地上厚厚一層，裝滿細軟的包袱扔的到處都是。全城被搶的達百餘家，諸城數百年之精華毀於一旦。

起義的主要領導人之一、老同盟會員隋理堂的小女兒隋靈璧留下了珍貴的回憶資料，在文章裏寫到：「到我家躲藏者曾有多起，那時我方九歲，不識其姓名，只記得家中大門關閉以後，他們便摘下帶有假辮子的小帽墊，脫去外衣，內著圓領衣衫，說是：『還我漢時裝。』他們盤腿坐在炕上，高談闊論，談到激昂處，慷慨流涕，引亢高歌。記得他們唱的愛國歌，其上半段是：『一統舊江山，亞西亞，文明古國四千年。最可憐，猶太、印度與波蘭，亡國詩讀之心寒。我唱愛國歌，愛我同種非愛它，急奈何，四萬萬人多睡魔，好男子，且莫蹉跎！』因為他們連續地唱，久了，我就記得了。這些人在我家住些時候，便找村中可靠農民，在夜間用小木輪車送到高密蔡家莊上火車，因防高密車站有清兵檢查，蔡家莊站有同盟會員進行接應。」（參見《諸城文史集萃》諸城政協學宣文史委員會編 51 頁）

諸城獨立失敗後，一部分革命黨人僥倖逃脫，他們滿懷悲憤，圖謀再舉，以求為死難烈士報仇雪恨。臧文山、李珂臣、王薦秋等歃血團成員離開諸城後，到青島參加了章尚武、趙志剛領導的暗殺隊。這時的濟南，政局異常混亂，山東巡撫孫寶琦取消獨立以後，袁世凱派其爪牙吳炳湘、張廣建取代了孫寶琦，吳任巡警道，張任巡撫，二人狼狽為奸，心狠手毒，大肆搜捕革命黨人。臧文山等隨暗殺隊秘密赴濟，偵得吳炳湘要於民國元年正月初三在杆石橋召集各部開會的消息後，遂秘密部署，暗中埋伏，想途中除掉這一巨奸，不料事泄未遂。無奈，他們又轉赴煙臺。原來濟南獨立取消後，革命黨人又在煙臺建立了山東革命軍都督府，南京臨時政府派胡瑛為都督。臧文山等到此，與歃血團的涂彝侍、涂彝奉、徐士湘、王墨田、王佐明會合。他們又與早些來到這裡的諸城籍同盟會員王樂平、吳大洲和王耀東領導的五縣流亡來煙臺的人，同去都督府請願，懇求發兵為諸城死難者報仇，但那時的都督府勢單力薄無能為力，他們只得再到濟南。實現共和以後，濟南局勢漸穩，在濟的諸城籍革命黨人推舉王樂平、吳大洲、臧少梅、臧貫禪、臧書田（臧漢臣之

胞弟）等組成公案代表團，就諸城辛亥慘案向當局提出公訴。然而當時忠於
袁世凱的山東省政府卻極力推諉敷衍，採取封官許願的辦法，對公案代表團
進行分化瓦解，並逮捕了臧少梅、隋理堂等人。至此，公案一事不了了之。起
義的義勇隊隊長、王鳴韶的侄女、山東第一位女共產黨員王辨後來在給諸城
文史資料委員會的信中寫道：「臧少梅是我胞妹王成（諸城鄉師畢業）的公公，
聽王翔千說過，臧在獄中，被釋放時出於意外，以為是上法場，驚出病來死
的」。（參見《諸城文史資料》一至七輯合訂本 163 頁，1987 年 12 月版）可見
這場革命，不只當場被慘殺的，後續仍有太多人獻出了生命。

公訴團成員吳大洲被任命為煙臺警察廳廳長，王樂平任省政府秘書，張
喜海和臧貫禪被任命為縣長；對於臧少梅、丁欣甫、臧耀西、隋理堂、臧秀池
等則誣之為「土匪」加以逮捕，後吳大洲流亡日本，王樂平去陝西，公訴徹底
失敗。

1916 年 5 月間，中華革命軍東北軍第二支隊長馬海龍率部來諸城獨立
時，曾帶領一支騎兵隊到白玉山子村隆重祭墓，當時許多官兵都痛哭失聲。
1938 年初，日寇的鐵蹄踏入諸城時，泊里鎮（當時屬諸城）的劇團曾自編自
演了話劇《慘殺記》。該劇以此為背景，塑造了革命黨人臧漢臣英勇不屈的高
大形象。王永慶等也曾在濟南籌劃演出《諸城血》被取締。解放後，人民政府
將白玉山子村的「義和墳」定為重點保護文物，但不幸於文革期間被破壞，
再也未被修復。

八十年代諸城市曾搜集整理起義資料，寫成相關文章保存在諸城市文史
資料裏面，一些當事人也留下了珍貴的回憶資料，臺灣國民黨元老丁惟汾先
生不但親自收養烈士遺孤丁肇中的母親王雋英，到臺灣後還督率動員許多當
事人廣泛搜集，分別執筆，整理成《山東革命黨史稿》，為這次起義留下珍貴
的記錄，著名作家、王鳴紹烈士的嗣子姜貴也在他的自傳《無違集》中專闢
《風暴瑯琊》一章，對此起義留下詳細敘寫。烈士們的許多事蹟也在諸城當
地的老百姓中口頭流傳，臧漢臣的事蹟被一些人寫出劇本演出傳頌，近年投
資浩大的諸城紀念館剛剛竣工，就把臧漢臣烈士的畫像與起義的畫圖掛在了
上面。但仍侷限於諸城當地，並且隨著年代的久遠而淡出人們的視線。又因
國共雙方的長期隔閡，年代的久遠，許多史料不詳與模糊，而今，隨著海峽
兩岸的進一步溝通與交流，我們期盼雙方攜起手來，面向全世界的華人後裔
廣泛徵集史料，尊重歷史，尊重先烈，使烈士們的事實、資料更加完備詳實

地重現在世人面前，英烈們為國家民族而死，理當受到全民族的尊重、祭奠與懷念，以告慰歷史，面向未來！

中華巍巍千年屹立，是有巨大的民族精神支撐的，諸城辛亥烈士慷慨就義就是這淵源流長的中華民族精神的一次集中體現！烈士們是滿懷著對國家民族的希望與期盼，慷慨赴國難，視死忽如歸！正如王以成烈士面對兇殘敵人的凜然高呼：「速倒爾戈，共圖富強。不然，余固不惜死也。天下黨人，滔滔皆是，均能繼革命，革命終必成功，獨不能殺汝輩呼！」而今生活在和平幸福中的我們，包括無數的烈士後裔們，忘記他們豈不是罪莫於大焉？我們又有何面目去面對我們的子孫後代？列寧說過，忘記歷史，意味著背叛！

我們感謝留下珍貴史料的前輩，並強烈呼籲海峽兩岸攜起手來，共同紀念、祭奠諸城辛亥死難的烈士們！

諸城辛亥烈士不朽！

諸城辛亥烈士千古！

本文的主要資料來源

1. 孟方陸《諸城辛亥獨立始末記》。
2. 李森整理《難忘的辛亥諸城舉義》。
3. 隋靈璧《隋理堂與諸城辛亥革命》。

    以上三篇見《諸城文史資料精粹》諸城市政協學宣文史委員會編，濰坊市新聞出版局准印證（2001）第 003 號，2001 年 1 月印刷（33〜55 頁）。

4. 臺灣著名作家姜貴的自傳散文《無違集》中《風暴瑯琊》一章，臺灣幼獅文藝出版社，1974 年版（14〜55 頁）。

前言：「風」乍起，吹散百年的 家族再聚首——當《旋風》 終於「刮」回「家」……

　　淺淺的一道海峽，直到現在還橫梗在那裡，如國人倔強的脾氣，冰冷而僵硬地流著，儘管底下不乏暖流湧動，加上交通信息的不發達，竟然把國人連同相關信息隔了半個多世紀……

　　被夏志清先生認為是現代中國最偉大小說之一的《旋風》（作者姜貴，本名王意堅，二十世紀中文小說一百強第 49 名）在海峽的對岸刮了整整半個多世紀，才終於回到作者的家鄉、家族，回到故事的發生地與原型人物：山東諸城相州的王家後人那裡。

　　《旋風》的頭號主人公「方祥千」的原型王翔千當初在山東與王盡美、鄧恩銘等人創辦馬克思學會的時候，他教導下的兒子王希堅、侄子王願堅與女婿王力、堂侄姜貴（王意堅，臺灣）日後也領軍了海峽兩岸的紅白文學，他本人也成了兩岸作家熱衷於描寫的人物，尤其是最反對他的姜貴，對他文學敘寫也最多，成了《旋風》的頭號主人公原型。令王翔千始料未及的或許是他不但參與改寫了中國歷史，也參與改寫了中國文學史……

　　曾經愚鈍、少不更事的我，和別人一樣，總覺得外面的世界更精彩，外面的世界更令人嚮往與期待，卻沒想到學了十年臺港文學撞到了自己的家門口……

　　我也模模糊糊也聽說夏志清先生那本著名的《中國現代小說史》是有刪減的，但刪了誰，刪了什麼內容，從沒覺得跟我有什麼關係，我連去查查的

想法都沒有，那裡會想到刪的就是寫我家的，作者就是我同一家族、血緣關係相近的爺爺？家鄉、家族，在我眼裏從來就是「尋常巷陌，普通人家」，更那裡會想到自己的家族、自己的家鄉早已變成小說文本在海峽的對岸，在哈佛、哥倫比亞那些著名學府裏被夏志清、王德威這些著名的學者們津津樂道地研究、講解著？如果不是我的麻木與遲鈍，《旋風》或許刮進來的更早些。

　　我開始跟隨劉登翰教授讀臺港文學專業，是上世紀九十年代末，劉老師是國內臺港文學研究的權威人士，厚厚的兩卷本《臺灣文學史》就是由他親自主編，直到現在都是大學中文系臺港文學專業的重要教材，我是他帶的第一個碩士研究生。我與劉老師此前素不相識，他卻在初次面試後，就在幾名報考的學生中當即選定了我這個不是中文出身的人，直到現在想來都充滿感激。跟他讀碩士三年，可謂遍讀臺灣作家作品，他卻既沒提過，我也從未聽說過姜貴與《旋風》，也沒聽說過與其相關的任何信息。其後，在南京大學都博士畢業了，也多次跟隨導師參加這領域的研討會，也始終未聽同行專家學者提到過。劉老師治學不可謂不嚴，一篇論文逼我改了十幾遍，至今記憶猶新，當時所用的臺港文學教材幾乎都是他編寫的，可我竟然讀了十幾年的臺港文學才讀到自己家人在臺灣寫的家族文學，姜貴與大陸的隔閡之深由此可以想像。我生在諸城，長在諸城，又同屬王氏家族，他們真實的人物我是約略知道一些的，一開始模模糊糊聽到《旋風》的事，覺得裏面人物的名字怎麼那麼耳熟呢……我非消息靈通人士，一向遲鈍，什麼新聞到我耳裏都屬「晚間新聞」，《旋風》其書我一直未得見，也不知去那裡找。直到 2008 年十月份的一次學術研討會上，一個偶然的機會，北師大的楊聯芬教授告訴我她那裡有，是她在美國哈佛做訪問學者期間，聽到別的教授對它的評價頗高買的，她慷慨借我複印一本，其後，又複印了無數本（到底複印了幾本我也記不清了），一一分贈王家後裔，也有王家後裔知道我這裡有，找我要的，這樣，王家人才真正知道了以自己家人、家族為原型的這部作品。這些都是 2008 至2009 年間的事情，也就是說，《旋風》從 1952 年在臺灣完成，到終於回到自己「家」，過了整整半個多世紀之久。

　　曾經龐大的文學家族，現在專業學現當代文學的只有我一個，身為王家後人我自然該盡我的本分，立即著手搜集資料準備研究，或許當我生在王家，長在諸城，大約就開始這個課題研究了，儘管我自己是渾然不知的。

王統照二兒子王立誠（中）找來山東當年山東的
土改秘書長謝華（右）與作者一起核實史料

歷史的滄海桑田，曾經鮮活的一切而今都只能借助作家文本、借助老人們的回憶去追尋、感觸了，在歷史的起伏動盪中，他們是承受了太多的災難與創傷的一代人，這些回憶都不免飽含滄桑。

我到相州，對著幾個八十多歲的老人，順著《旋風》裏的人名諧音發問，他們好多已經聾的厲害，還有同去的替我在旁邊吆喝著，這些老人關於相州、關於王家的雞毛蒜皮都成了珍貴史料。

最令我如獲至寶的是找到鄭伯祥老人，他是當年參加過相州土改的幹部，擔任過一個現在已經沒有了的火柴廠廠長，他一連與我侃侃而談了三天，幾乎把當時相州的情況都告訴了我，可為第一當事人，他與小說裏的人物原型多有交往接觸。2009 年 10 月期間，我去找他，87 歲的他竟然耳不聾眼不花，我們很是歎服，陪我去的大哥還和他探討了許多養生之道。可當我 2010 年過年回家，再次想去拜訪他，他兒子卻悲傷地告訴我，他已經離開了人世，歷史有時候離我們那麼近，有時候又是那麼遠。

最難忘的是見到王志堅的女兒王南。在她喃喃的講述中，我一直地盯著她看，她年輕時的照片是那樣美麗無限，而今卻是在歷史的跌宕中歷盡艱辛痛苦的孤苦老人，她那滄桑的臉上，我彷彿看到了那遙遠的逝去的歷史。她的父親王志堅，是王統照與姜貴都極為關注敘寫的家族人物（王統照《春華》

的頭號主人公「堅石」原型，《旋風》中「方天芷」原型）一大代表王盡美的同班同學，當年一起創辦馬克思主義學會，後來全身投入教育救國，王家這麼多的作家、政治人物都曾接受並聆聽過他的教誨，兒子孫子卻都成了文盲，王南說，她的堂姐王翔千的女兒聽到此當即落淚「他一輩子教書育人……」

已八十出頭的王願堅夫人翁亞尼與女兒王小冬認為，王家有責任也有義務把姜貴的《旋風》捐到圖書館去，我告訴她們已經買不到他的書，只有複印件，她認為複印件作為資料也是可以的，於是這光榮的跑腿任務交給我，我不辱使命地把《旋風》分別去捐給了諸城圖書館與中國現代文學館，當然是以王願堅的名義捐的。就這樣，「白色」哥哥的書，以「紅色」弟弟的身份捐了。

《旋風》以「反共」著稱，但恐怕被描寫的最好的也是這些共產黨人了。頭號主人公「方祥千」的原型「王翔千」，是山東共產黨的創始人之一、山東最早的共產黨員之一，1928 年就與黨組織失去聯繫，基本脫離政治了，姜貴卻把他的政治生命在小說裏大大延長了，在小說裏比現實中來了一番更加偉大蓬勃的共產主義事業。姜貴在自傳中曾說：最讓他不快的就是這位管教他的「翔千六伯父」，小說對他最好的「報復」就是把王翔千曾反對的左派做法統統加到他頭上去了。

更令人驚歎的是「方培蘭」的原型王培蘭，他除了早年替父報仇那點事，幾乎沒有任何政治活動可言，連個村幹部都不是，小說裏卻讓他與「方祥千」合作出了番轟轟烈烈的共產主義事業，一個令人膽寒的「旋風」縱隊。這位相州普通百姓地下有知，不知會不會激動地從墳墓裏跳出來，要知道這裏是共產黨領導下的社會主義國家，如果他早點知道《旋風》，那怕跟著望風捕影一下，那他還英雄了得嗎？要知道多少歷史從來都是空穴來風，何況他還有「風」可捕，對他而言，《旋風》實在傳回的太晚了！當然，這也只是我的小人之心，他老人家是否真會感激那還要另當別論呢。

關於他與王翔千的交往，我很認真去問幾乎見到的每一個相州老人，他們顯然都不知道《旋風》，除了否認他們之間有來往之外，甚至很奇怪我會這樣問，他們說「人家王翔千是知識分子，是大學生，人家怎麼會與他來往呢，他幹過土匪！」相州到底是書香之地，就是土改幹部也以寫一手漂亮的毛筆字為榮，顯而易見地保持著對知識者的尊崇。

國內一直沒讓《旋風》刮進來，實在沒必要，看看，他把一大代表王盡

美寫的簡直比我們的教科書寫的還要完美無缺，而最令人匪夷所思的是鄧恩銘，他那些被我們黨努力地尷尬遮掩的歷史，姜貴卻在海峽對岸的「反共」小說裏把他堂而皇之幾近美化成聖人，連同他的家世。他的父親只是偏遠貴州的一個貧苦農民，他到濟南是投靠做生意的叔叔上學，小說卻把他的家世寫的十分尊貴、顯赫！相形之下，那些國民黨的家人、族人卻被他寫的太顛倒是非黑白了，最潔身自愛的王樂平父女被寫的最放蕩不堪，心思單純的作家們被寫的最陰險投機，國民黨人士的名字多數是真名直接倒過來，比如吳大洲，小說裏稱為「周大武」，王樂平變成「樂平三」（他行三）「羅聘三」……姜貴的《旋風》到底能否稱得上「反共」小說，在我看來實在是大可懷疑的事情！小說裏到處可見的都是這樣明顯顛倒的敘事：「陶祥雲」的原型刁祥雲是小個子，外號「小耗子」，槍法特准，當過土匪，小說裏卻寫他是個黑臉大漢，頗得女人歡心。總之，姜貴老家、偏遠鄉下的諸城相州街上的王家族人與一干普通百姓，都被姜貴的「旋風」捲起來刮到臺灣、哈佛、哥倫比亞及世界各地的大學課堂上，成為文學經典人物了，但相州、王家的後人們幾乎全不知情。

王辯的女兒趙國柳是王翔千的外甥女，很是委屈地跟我說：「寫我姥爺別的都對，就是後面我大舅出賣他不對，因為我大舅也是個很厚道，很老實的人，他無論如何做不出那種事來！」

王翔千女兒王成的女兒則說「寫的什麼都不對，我姥爺從未對自己的信仰動搖過，就是把我姥爺的強脾氣寫對了！」不過她又補充說「不過王翔千的那本菜譜是真的」，「我家裏就有一本，是我姥爺親自寫的。我奶奶家人曾嫌我媽不會做飯，我就拿出來給他們看，她家出過菜譜的，她是因為參加革命才沒學會做飯，要不會做的很好的！」（補充一句：年輕的王家後裔們，也即我的姑姑、叔叔們大都做一手好菜，仍見遺傳）。

王翔千的孫子王肖辛是直系親屬，我徵詢他的意見，他很認真地思考後，認為：「《旋風》與王家是有出入，但與整個大趨勢是吻合的」。

王翔千唯一還在世的女兒、九十多歲的王成老人看到《旋風》描寫的她的姐姐方其蔓（原型王辯，1925 年留學蘇聯，與鄧小平、蔣經國同班同學）「又矮又胖，像個冬瓜」，就氣的擱下不看了，她的記憶裏，姐姐還會唱蘇聯歌曲，還是很活潑可愛的。她也還記得姜貴的原配太太。她年事已高，想來看的也吃力。王成是王翔千的女兒中公認最漂亮的一個。也可見，「美」才是

女人終生追求的事業，投身革命一生，戎馬倥傯，多少風雲跌宕之後的世紀老人還會為沒把姐姐寫的漂亮而生氣！

王統照的兒子、八十二歲的王立誠，看到寫自己家族的文章很激動。我把《旋風》與刊有姜貴自傳的《姜貴中短小篇小說集》送給他，看到《旋風》裏「方祥千」去敲詐「方通三」500元那段，「這絕無可能！」他看後的第一個反映：「那時五百元可不是個小數目，家裏肯定拿不出！」他又補充說「王翔千也不是那種人！」

第二天一早他又打電話來：「姜貴逃到上海沒錢了，找的那個東萊銀行的親戚我知道啊，前幾年他有個孫子考大學考到北京來，還來託我給照顧照顧，我自然責無旁貸，去他學校看過幾次……」

王統照自己在上海的住院日記裏也提到東萊銀行的親戚到醫院看過他。

幾乎所有人看過後的第一個反映就是：「這到底是不是真的？」對此，一些王家人表現出了極大的熱情。

為了幫我查清歷史，2008年那個寒冷已及的冬天，王立誠老人特地找了當年山東土改的秘書長、已八十八歲高齡的謝華前輩來給我講山東的土改情況。兩個八十高齡老人的那堂課，且不說讓我獲得了當事人的第一手資料，而且那種認真、執著的精神給我上了生動的一課，令我長久地感動。

不過他也不放心地問：「那個『旋風』縱隊到底有沒有啊？」「這個我還沒查清啊……」

但在最後查清多數歷史基本屬虛構時，這些老人們幾乎是普遍地義憤填膺，一位老人看到夏志清先生為之寫的序言甚為生氣，立馬囑託我：搜集證據，去與夏先生辯論，去決鬥！我尋思著，就我這手無縛雞之力的本領，怕是打不過夏先生，喏喏著，沒敢接受這光榮的使命，想來也是沒有先輩的熱血豪情，我這沒信仰的後輩也許令他們失望……而我最愧疚的也是不該把《旋風》複印了送給他，這位本在頤養千年的耄耋老人，兒孫滿堂，其樂融融，卻不想晚年生活部分地被這書給毀了，正是「風乍起，吹皺一池春水」。看到他那些情誼深厚的家人、族人被妖魔醜化的如此不堪，他氣得食不下嚥，睡難安眠，我輕率地給他看了，實在是欠缺考慮。怪不得自從八十年代以來，臺灣不少王家族人回鄉探親，還曾回相州續家譜，把姜貴的全家福及他《無違集》畫出的家族表格都帶回來了，就是沒有任何人說起或帶回《旋風》。《旋風》在夏志清先生的推崇下，在臺灣風行一時，但在臺灣的王家家人、族人

都對此保持了沉默。中國有句俗話「家醜不可外揚」，姜貴本人的家族仇恨也不過就是家人給他娶了個他不喜歡的原配太太而已。從洞房裏逃走、并從此與家族斷絕關係的他年僅 17 歲，此前一直在家人的照顧之下，這點他在自傳中也沒迴避，這位空等了他一生的原配，姜貴就是鐵石心腸，對這麼一個不幸的弱女子，何以就演化成對家族、家人永不可化解的仇恨？小說人名基本都是諧音，部分事實也有，卻是基本虛構。姜貴從小叛逆，小說中更是虛構、編寫了許多家族「醜事」，六十年後，依然對家人、族人構成殺傷力，這到底是把王家推上文壇，還是推向祭壇？我們固然不必提倡為家族歌功頌德，但這樣的扭曲醜化也實在是中外罕見，也就只當它是文學虛構好了。

王家人基本上越是年紀大的，對《旋風》的憤怒也越大，他們對小說裏的人物原型多有接觸與交往，也因此更加痛恨那些加在他們身上的虛構與醜化描寫。許多長輩怒氣衝衝地給我電話：只是澄清事實遠遠不夠，你必須狠狠地反擊，否則你就不是王家的子孫！王家政治上一家三黨、文學上一家三派已經爭鬥了近一個世紀，我現在最想做的是化解家族矛盾、讓王家至少在文學上團圓、和諧，卻沒想到在這些老人心中引出更大的矛盾與不和諧。

《旋風》以王家人為原型，卻又有著太多虛構、誇張與諷刺，它隔了近六十年才傳回它早該傳回的地方，當事人與原型人物多已離世，或許也是一種幸運，否則以王家人的熱血，不知又會上演一番怎樣的爭執。這些本該「把酒問盞」的兄弟家人，為了他們各自的理想與信仰，一直到今天，分歧與紛爭依然存在。

好在，年輕的後輩都已經能比較平和地看待歷史，看待創作，能把它當成一個虛構的小說文本來看待，而不再執著地去對號入座。五十年代完成的《旋風》是預言小說，是寫給未來的，由此也可以得到部分驗證。

比之姜貴的小說，倒是他的自傳《無違集》讓王家人更感覺親切。那字裏行間對家人、故鄉的眷眷深情怎能不打動這些家人的後人，那流淌在文章裏的骨肉親情真的是筋骨相連，割不斷、理還亂，牽動著每一個王家人。重要的還有一些意想不到的意外收穫。姜貴小學的同班同學王笑房的兒子、現任國家行政學院教授的王偉，他以前只知道他父親的兄弟排行是從五大爺王深林開始的，前面的那四個「大爺」是什麼情況到那裡去聯繫已全然不知，而姜貴的《無違集》裏卻清清楚楚地寫明他們是留在了他爺爺當年做過縣官的福建仙遊縣。姜貴自傳裏寫到曾見到他們到相州探親：「他們說的話相州人

全不懂，相州人說的話他們也不懂。」年代的久遠、局勢的動盪，再加上地域的隔閡，即便同在大陸，一些親人也難以聯繫了。也因此《無違集》成了整個大家族珍貴的家族史料與家族記憶。

兄弟相爭，沒有贏家，他們都付出了代價。國民黨立法委員、山東國民黨黨部的實際負責人、到臺灣後長期擔任考試院考試委員的王立哉（《重陽》錢本四原型、王樂平堂弟），四個兒女都留在大陸，他太太在臺灣天天抱著一隻小狗（最小的女兒屬狗）呼喚女兒的名字，直到 1985 年去世，至死未能相見。他們是擔憂著對岸在政治風暴中掙扎的兒女們憂傷而逝的！誰能體會海峽那邊憂心如焚的父母心，誰又能感受這邊孩子不敢言說的兒女情！小女兒王缽直到 2008 年才得以跟著旅遊團到臺灣偷跑出來一天到父母墳上祭拜，當她終於能在父母的墳前痛哭一場，已是陰陽相隔了二十多年……

捨身報國的抗戰英雄王叔銘將軍，飛赴臺灣前特地駕機到家鄉諸城的上空繞行三圈，那長長的弧線，或許畫出了他對家鄉、家人永難忘卻的懷念與思念……

王叔銘將軍

諸城人至今把諸城沒受空中轟炸的功勞歸到王叔銘將軍頭上，他們認為這是他眷顧故鄉的結果。

胡適先生認為沒寫充分的「方天茂」的原型王懋堅，這位 1925 年留學蘇聯的革命前輩中最小的那個，後來成為國民黨的炮兵團長，攻打諸城的時候，他跑到十五個「堅」字輩堂兄弟的老大王心堅那裡去說：「每打一炮心裏就咚咚地跳，不是個滋味！」

　　戰火彌漫、硝煙籠罩的兄弟戰爭，沒有人心裏會是個滋味！

　　人們看的見的是炮火、是硝煙，同時伴隨著多少看不見的、說不明的親情憂傷與心靈悲愴？

　　這些先輩們已基本都到了另一個世界，我們只能祈願：歷盡劫波兄弟在，相逢一笑泯恩仇！在另一個世界裏他們能兄弟怡怡，言笑晏晏！

　　相州王家儘管人才輩出，但家族並不是很大，主要集中在諸城的相州村，是鎮居地。地主家本身就地多、房子多、人口多，再加上為他們服務、做工、種地的佃戶就已是很大的村鎮，所以王家人家族關係與交往都是相當密切的。王家遷到相州是明末清初，與同時遷到桓臺的王士禎家是兄弟，到我這「水」字輩（諸城土話「瑞」讀「水」）才是第18世，從三世才開始分成三支，因此整個大家族並不是很大，血緣關係也不遠，所有人家都還沒出十五服。老三支的專出作家，都還沒出十服。卻在兩岸分割了近百年，現在由我這個當孫女的出來打撈歷史，重整家園，我內心的萬千感慨和萬般心酸真是難以言衷！

　　我本人與這些前輩那個也沒見過，但是透過他們的文章，我感覺每一個都與我那麼親，那麼近，無數次，我抱著東奔西走找來的資料淚流滿面，許多時候忍不住找個角落痛哭一場……

王樂平孫女王洽（右）與作者合影於青島王統照故居前（王統照救過王樂平）

　　跨過冰冷的海峽水，同樣熱的家族血脈依然在兩岸流淌，兩岸的家譜上，相州王家子孫的名字仍然按家規「金、水、木、火、土」排列著，「土」字輩

的姜貴的兒子們是「金」字輩，分別被稱之為「王為鐮」「王為錯」，「王為鉞」；他的胞弟、青島王愛堅的兒子們則是王鋸，王鉗，王力……小時候與姜貴交好的堂弟、土改時被認為是國民黨員被槍斃的王恩堅的三個兒子是王鐵，王鍾，王鐸，同時也是因國民黨員身份與他一起被槍斃的兄弟王德堅的兒子們則是：鈞，鉦，錘，鏢……

我小時候曾自作聰明地認為是排錯了，人家是「金、木、水、火、土」，不懂得先輩們是按生生不息的五行規則排列的，先人原來是多麼地有遠見與洞見。

現在隔著海峽，看到他們「鐮頭」、「錘子」敲打的熱鬧，我忍不住心酸，「金、水、木、火、土」依然生生不息，不管政治與歷史的壁壘有多深多廣，家族與家規是依然在默默地傳承著的，家族凝聚力依然存在，這也是最最令人欣慰的：血，永遠濃於水！

2011年6月，我隨福建文聯《臺港文學選刊》參訪團第一次到了臺灣，帶著內地家人的重託與尋找臺灣家人的強烈願望，我終於見到了分散已久的王家族人。姜貴長子王為鐮叔叔當天就和夫人帶著水果、點心一起趕到我入住的賓館，我參加宴會剛回賓館，就聽到他正自豪地對賓館服務員說：「我來找我侄女！」我一開口，那濃重的諸城腔就讓叔叔流淚了，他說姜貴在家裏說話也是這種腔調。

姜貴長子王為鐮與作者合影於國立臺灣文學館前
（這是姜貴後人第一次見到內地王家人）

2014 年 1 月 6 日到臺灣臺中王為鐮叔叔家中做客，在客廳與他們夫婦合影

　　我一路臺北、臺中，王為鐮叔叔都趕過來相敘相聚，給我提供了珍貴的家族資料，王統照侄孫、居易堂長孫王志鋼（他是王統照堂兄王統熙的長孫，也是著名導演崔嵬的外孫，他的奶奶就是崔嵬的姐姐，父親王兆斌就是「方冉武」的原型）也和母親（王兆斌夫人）趕來相見，老夫人一見我就非常激動，數度哽咽。王兆斌故土情深，先後兩次回鄉探親，帶領弟弟家人祭祖，到王統照的墓上放聲大哭……回臺灣後過於傷感離世。他們與姜貴一家都在臺灣，卻也從不知曉，也是這次見面才知道。王志鋼叔叔給我帶來了厚厚的相州王家臺灣族人編寫的王家家譜，裏面姜貴一家的資料就是由他的父親、王兆斌交給編撰者的，可見姜貴與其父是相識的。我看見家譜編撰者寫著自己的父親、兄弟土改中被活埋，曾經的家族庭院被拆毀，但他沒有囑咐後人回去報仇，只是說家鄉還很苦，許多資源沒得到開發利用，只是盼望他們將來能回家鄉幫一下……也可見王家人的博大胸懷與故土情深。也可見，姜貴不只與大陸的家人，與臺灣的族人也很少來往的。而無論大陸和臺灣，家人、族人都從來沒忘記他，王翔千之子王希堅一直說「我們十五個『堅』字輩堂兄弟」就包括姜貴。王志堅女兒王南也回憶說，她大伯王心堅的兒子在 1947 年南京大學讀書期間正值「反飢餓、反內戰」大遊行，他曾去找過姜貴，姜貴拒見。

　　家族、親情真是一種奇怪的感情紐帶，隔著多少年，跨過多少代，我們這些從未見過面，甚至從不相識的王家人，卻一見面就潸然淚下，正如王為鎌叔叔所說「我們一見面就親，有什麼辦法呢！」真是多少隔閡、多少仇恨都割不斷啊，是再深再長的海峽水也阻擋不了的！

　　分離近百年的家族終因《旋風》的回歸而團圓，這是文學對文學家族最大的回報和恩賜！

姜貴長子王為鎌（左）與居易堂長孫王志鋼（右）
在作者王瑞華（後立者）合影

第一章　諸城相州的歷史底蘊與文化環境

第一節　王氏家族歷史、地域淵源考

　　諸城相州王氏家族在海峽兩岸的現當代文學領域湧現出了那麼多著名作家，歷史人物不是偶然的，而是與他們的家族及相州的地域文化環境一脈相承，息息相通的。

　　相州王氏乃琅琊王氏後裔，家學淵源，歷代名人輩出。據《諸城文史資料集粹》記載：

> 　　相州王氏是自明代自縣西小店子遷居相州，傳至清末共二十世。據記載，小店子王氏遷出三支，一遷相州，一遷營子、一遷新城（今桓臺縣，為清刑部尚書王世禎之祖）。

> 　　王沛檀，字汝存，其父王鉞、伯父王瑛、子王棠等，均為清王朝重臣，歷官御史、布政使、給事中、員外郎等職。沛檀康熙年間舉於鄉，歷官漳州同知、四川建南副使、貴州按察使、廣西布政使，雍正四年升左都御史、吏部右侍郎，上疏求歸，以左都御史銜歸。五年後卒，年七十七歲。檀善斷疑案，喜興事功，所至皆有政聲，鄉人敬之。

> 　　王鉞，順治十五年進士，西寧知縣，為官清正廉明，凡幾年境內升平，後以疾歸，居於水西村。鉞文學淵博，嗜墨硯，工詩略，著作頗多，有《水西紀略》《世德堂文集》《詩集》《朱子語類纂》《署窗臆說》《粵遊日記》等。

> 　　王瑛，字伯和，順治六年進士，歷官戶部浙江司主事員外郎、雲南司郎中，十三年進江西饒州道參議，升貴州按察使，康熙二年

升江西布政使，卒於官。瑛性爽慨，不事矯飾，與友人交有始終。著有《破夢齋詩草》等。瑛在江西饒州時，曾監造瓷器，特別是青花瓷，繪製人物、山水、亭榭、庭院，畫工細膩，有分水點，淡繪及濃筆渲染，色調翠蘭沉靜，為當時精品。王瑛監製的青花人物大盤，今尚存於故宮博物館，為國家瑰寶。

王棠，字尚木。沛檀子，雍正二年，捐授工部虞衡司員外郎，後授直隸口北道事，歷任八年後與督府有隙，被誣罷官。乾隆元年昭雪以雲南道府用，棠請歸終養。後乾隆東巡，棠迎於濟南，蒙帝慰問將錄用，俄頃感病而卒，年四十四歲。棠英毅勇往，處事果斷，忠於任事。景陵碑石經年不得，棠獨率石工鑿山得石，才免工部諸官之責。他監督琉璃廠，嘗變賣家產補前官之缺銀，上聞嘉之。引見帝曰：「不自侵欺足矣，代人出金甘之乎？」棠說：「臣父沛檀命臣寧自損，不可以細事瀆天聽也。」上重之，下詔褒獎，謂：「實心任事，內外大小臣工皆如棠，朕復何慮！」可見棠之為人和皇上器重之深了。

相州王氏還有王衍福、王鍾吉、王汝星等人，也為士家。鍾吉曾為湖南學政，清著名書法家何紹基之父何凌漢為其門生，師生親密。鍾吉死，凌漢親帶幼子紹基蒞臨祭奠。並撰祭文由何紹基書寫。祭文尚存在市博物館。另外，何紹基書寫的石碑，文云：「世德毓名流，罕見童年脣勇爵；重闈悲報服，莫將老淚溢琴堂。」今存於市博物館中。

王家巴山支為王氏之最，田產富，官員多。著名人物有：王瑋慶、王恂慶、王琦慶、王踢芾、王錫棨、王緒祖等人，均為清王朝的重臣，尤其是王瑋慶、王錫棨、王緒祖、王濟民祖孫四代，嗜金石、篆刻、古幣，收藏頗富，精鑒賞。著作頗多，是全國著名的金石學家。他們的金石、古幣、篆刻等文物百餘件現尚存在市博物館中。

王氏後代，官員文士層出不窮。據不完全統計：京官、侍郎、御史、司郎中、員外郎等二十六人；布政使四人，監察御史七人；知府十三人；同州二十三人；縣知事三十一人；教諭訓導十三人；守備三人；翰林等十餘人。

他們的後代參與推翻清王朝建立中華民國的民主革命者和建

立社會主義社會的無產階級革命者也為數不少。

如相州的王鳳翥，字景檀，生於 1857 年，卒於 1930 年，享年七十三歲。其雖出身於封建官僚世家，然對清廷政府的腐敗和喪權辱國表示不滿，意圖改進社會，拯救國家。適逢清廷挽救其搖搖欲墜的貴族統治，仿傚日本維新模式，在京設參議員，省設諮議局。鳳翥被選為省諮議局議員，曾擔任過京議院（代理）議長。清廷推行新政，模仿西歐的教育方式：「廢科舉、興學校」，提倡省縣設學堂。議定由王氏祭田捐出土地五百畝（折合市畝一千二百畝），收取地租為建校基金和常年經費；1906 年秋，學校成立，鳳翥任校長，校監由王家樓子王紀龍（舉人）擔任。學制三年，聘當地名流教授古文，聘外國傳教士教授數、理、化和英語課，學校辦得卓有成績，曾獲清廷學部金質嘉禾獎章。鳳翥是早期同盟會會員，辛亥革命諸城獨立，被推為縣議會議長。1916 年袁世凱稱帝，孫中山發動討袁戰爭，王鳳翥積極參加了討袁的軍事活動，對革命軍進諸城發揮了一定作用。

王紀龍（王樂平之父），王家樓子村人，晚清舉人，終生獻身教育事業。當過塾師，辦過小學，任過相州三級學堂學監；民國後，歷任諸城縣學務委員會主任，縣立中學首任校長等職。由於他的艱苦創業，給桑梓青年提供了深造機會，在諸城享有盛譽。他雖係清代遺老，但思想進步，擁護共和，在北洋軍閥統治時，曾兩次被當地劣紳指控為革命黨而橫遭監禁。1928 年病逝於上海。〔註1〕

這就是王家家世、先輩，正是他們的遺傳、家教，才有了中國現當代文學史的最大文學家族與著名政治家族的出現。

同為諸城人的清代著名宰相劉墉也是大書法家，他的母親是相州王家，幼年劉墉常隨母親住姥姥家，對王家感情極深，不僅親筆為王家的家譜作過序，也專為王家題字「種樹」，這塊匾額被王家後人保存至今（見下圖）。這塊木製匾額長約三尺，寬一尺，褐色。除中間有一道不太深的紋路外，相當完好。匾額上書劉墉為相州王家的題字：「種樹」，落款為「已未臨於丹林詩興之軒石庵」。此外還有三顆劉墉的紅色印章。「十年樹木，百年樹人。」劉墉當年題寫「種樹」二字，寓意著相州王氏家族重視培養後人，王氏家族人才輩出。

〔註 1〕見《諸城文史資料集粹》諸城市政協學宣文史委員會編，濰坊市新聞出版局准印證（2001）（818～820 頁）。

（圖片由王家以約堂後裔、王深林侄子國家行政學院教授王偉提供）

王深林家的以約堂家裏的廳堂上長年掛有家訓：「柳知隨俗添青眼；梅不
因寒改素心。」（注：「青眼」典出晉朝阮籍，「青」即「黑」，意指用黑眼珠正
視看人，相對「白眼珠」而言是表示對人的尊重和喜愛；「素心」意指本心平
素，心地純樸。）解放初期在山東省擔任領導職務的康生，非常欽服並曾手
書這幅對聯，並對其家人讚歎道：「上聯講的是靈活性，下聯講的是原則性。」

（圖片由王家以約堂後裔、王深林侄子國家行政學院教授王偉提供）

相州當年的地域文化狀況，1948 年到臺灣，八十年代又專程返鄉探親的相州
王氏族人王金吾先生寫給家鄉親人的《懷念吾鄉——相州》一文中有詳細描
述（他與姜貴同時代，也有相同境遇），屬手寫，沒發表，為尊重這些老人的
故鄉情誼，全文引錄（標點也按他原來格式）如下：

一，御葬林；相州鎮南門外，通往諸城縣的大路上，在高直村的北方，有一片林地（墓地）鄉人稱為御葬林，那是相州王氏五世祖允升墓地，六世中恢基祖亦葬在林內，八世中沛憻公係康熙甲子舉人，歷任巡撫，左都御史等職，後御賜「一品全葬」於同一林內，始稱「御葬林」。古代既為御葬必有牌坊，石桌，石人，石馬，石獅子（獸），以及豎有「文官下轎，武官下馬」以示崇敬的石碑。林的規模浩大，方圓有一華里多，林內樹木參天，尤其是有數株高大的白楊樹成為相州鎮的地標過往行旅，遠遠望去，就知道，已經到了相州。

二，倒座觀音廟；相州鎮大街上，在魁星閣之西有一觀音祠，可能是地形關係，該建築成為全國少有坐南朝北的廟宇，內供奉觀音神像，記得鎮公所曾在辦公，廟門上有一幅對聯，上聯是「問觀音為何倒座」，下聯是「歎眾生不肯回頭」。由此對聯想倒座觀音的含義，但不知出自何人手筆。

三，無主墓冢；大豬市灣北側，趙家崖頭南邊有高大的兩座墓冢，據鄉人傳言，某年墓塌一大洞，見棺木完整，但係站棺（棺木豎立）不知真假，又此兩座墓冢，係何年代？埋葬的又是何人？均無資料可考。

四，王家始祖祠：建祠在東巷子底，坐東面西，祖祠後是始祖墳墓園，樹木扶疏，規模不大，祠堂大門兩幅對聯；

    （一）「源遠流長分一脈，根深葉茂啟三支」（三世三支始發跡）

    （二）「孝悌力田孫子地，文章食報祖宗天」（以此惕厲後人）

五，王氏五世祠堂：位於相州糧市之東，座北朝南，因地形關係需拾階而上，內有高大柏樹數株，環境清幽，進門有照壁，上有康熙，手書大型「福」字，甚為壯觀，大廳內高懸，清世宗雍正帝御筆七言橫匾一方；

    「漁翁獨釣曲江灣，春雨秋風總是閒，

    滿眼兒孫常繞膝，賣魚沽酒醉蒼顏。」

    大廳門柱有趙執信（字秋谷，山東益都人康熙進士）所撰書楹聯；

    上聯；「占盡春秋兩榜，子午卯酉，辰戌丑未，兼之巳歲登科，亥年發甲」；

    下聯；「看來袍笏滿床，祖孫父子，兄弟叔侄，更有外甥宅相，女婿門楣」。

    此聯道盡當年相州王氏家族興盛的實況。

六，山海關與亭子園；相州鎮山海關名稱之由來係王氏九世模公曾在山海關一帶做官而得名，他曾任直隸順德宣化府，滄州延慶順天北路等知府有年，這些地方都在河北省山海關一帶，故鄉人對他的宅院，都稱之為山海關，後因家道沒落（做官公正清廉）將房產賣與同族三支後裔，留下了花園。因園內有數十株松柏樹參天，環境幽美，還有高大假山涼亭突出，被稱之為「亭子園」，山海關與亭子園之間，有「晴雪堂」一家，即係模公之後裔，亭子園內建有王氏八世祖祠，規模宏大，共兩進並有西廂房，其大門有「箕裘百世，俎豆千秋」對聯，大廳上的楹聯是：

「登堂始見承繼遠，守業方知創業難」用以警惕後人。

七，堂號與石牌坊；相州鎮以王氏家族最多占百分之八十，余為孫氏，趙氏，邵家，共有堂號二十餘戶，大都是二進三進的大宅院均有大廳後宅及東西廂房成四合院，建築雄偉富麗堂皇，所有都是明清兩代所建築，與今長江以南各旅遊景點，現保存之大宅院相較毫不遜色。相州大街上一華里縱深，由南到北共豎有九座牌坊，人車均從牌坊下往來其建築雕刻工藝精細，不亞於江南各地及兗州之牌樓，可惜所有大宅院牌坊及前述各景點之文物，均夷為平地蕩然無存，今見江南各遊覽地區之文化遺產雖經破壞，現均已修復，供中外人士遊覽觀光，憶我相州之所有古蹟文物不復再現，令人惋惜。（下圖為遺留下的原相州貞節牌坊照片）

相州牌坊老照片

　　這些都可見，相州王氏在清代時已是鎮上的望族，家族堂號林立，最顯赫的有：居易堂（王統熙、崔嵬姐夫家）、養德堂（王統照）、以約堂（王深林、臧克家岳父家）、帶星堂（王翔千、王希堅、王願堅、姜貴、王力岳家）、冉香閣等，歷史上家族中科舉出仕的人很多，鄉人說他們一族「出的知縣、知府數不過來。」王氏各支派在村中修建宅第時，常以在外做官時的地方和官銜為宅第的名稱，如寶應縣（江蘇）、青口司、山海關等，王統照、王翔千都屬「山海關」一支。從前王氏家族在村中立有九座牌坊，六通神道碑，又有從南方帶回來的「陞官樹」，蓋著魁星樓的魁星街，使得這個大鎮富有濃厚的文化底蘊和家族血緣，豪門巨戶林立。

這就是當年的牌坊街，「相州街南北長，九座牌坊坐中央」的盛況已蕩然無存，如今只有一條光禿禿的水泥路，只有這棵依舊年年發芽的百年古槐見證著歷史的蒼海桑田。圖為王家後裔國家行政學院教授王偉與族人合影（王瑞華攝於 2009.5.13）。

　　王統照之子王立誠在回憶父親的文章裏寫到：

　　　　諸城相州王氏是一個書香門第，我父親曾向我說，遠祖是東晉琅琊王氏。追溯祖先另有一支在元朝末年遷到本省新城縣（即桓臺縣），曾在明末清初出過一位大詩人王士禎，號魚洋山人，和蒲松齡同一時代，曾為《聊齋誌異》書稿題詩：「姑妄言之妄聽之，豆棚瓜架語絲絲，料應厭作人間語，愛聽秋墳鬼唱詩。」他的文壇聲譽很高，幾乎無人不知。但是相州一帶的這一支卻沒有什麼知名的文人，而是舉人、進士，為官的較多，所以在相州的街上歷代相傳樹有十幾座牌坊，一直到土地改革才被拆掉。歷代祖先為官較高的也就是侍郎，省裏的布正使（藩臺）。我記得在上海的一個冬夜裏，父親坐在書桌前，攤

開一本線裝書指給我看說這裡記載的就是我的某一代高曾祖父以侍郎致仕回鄉家居，在乾隆皇帝南巡時又被召到濟南陛見的故事。年代久遠，我已記不得是本什麼書了。這樣的家庭自然是很大的封建官僚地主，地方上的大紳士，擁有的田地最多時達到千頃左右，即所謂「掛了千頃牌」的大地主，遞傳到祖父這一代，田地已經很少了，據說大約不到十頃，但靠祖蔭庇護，在鄉里仍是大紳士，而且名聞遐邇，與山東的許多大家族都有親戚關係，如曲阜孔家、章丘孟家、濰縣丁家等等，正如《紅樓夢》中所敘：「一榮俱榮」。〔註2〕

臺灣作家姜貴在《自傳》是如此介紹自己的家鄉的：

一、我的家世和童年

我的出生地，地名相州，為山東諸城城北四十里的一鎮。東距高密八十里，恰好是雙套騾車一天的路程。高密為膠濟鐵路的一站，火車東去青島約兩小時，西去濟南約十小時。青島及膠濟鐵路曾先後為德國與日本侵佔，因此膠東半島一帶，受這兩國的影響很大。最為顯著的是三多，習德文與日文的多，民間槍支多，德貨日貨多。

……

我家為琅琊王氏。

我的曾祖父取一句古詩「春星帶草堂」，自稱為「帶星堂」。同治光緒以來，「帶星堂」是我家極盛時代，擁有良田百頃。曾祖父去世的早，由曾祖母主持門戶數十年，她治家以節儉與禮法為本，對兒孫管教極嚴。享壽八十幾歲而終。我家歷代以招佃收租、坐享其成為生，而應舉為官為事業發展的唯一路徑。直到廢科舉，興學校，仍然方向不變。

我的第三個祖母為高密蔡氏，她生下兩個兒子，即我的五伯父和我父親。我家排行習慣，是堂兄弟排在一起，夭亡者占去的數位，空懸不予遞補。我的父親排行第七。（我也行七，卻沒有五哥六哥）……〔註3〕

〔註2〕《辦香心語：王統照紀傳》，王立誠著，山西人民出版社，1999年10月版，7～8頁。

〔註3〕《姜貴中短篇小說集》，姜貴著，應鳳凰編，臺灣九歌出版社有限公司，2003.12，20。

　　遠在臺灣的姜貴的代表作、長篇巨製《旋風》，小說裏「方家」基本就是以相州老家的「王家」的家人為原型的，負責照管他的伯父王翔千成為頭號主人公原型，裏面的人物主要活動場域「方鎮」就是他的故鄉相州鎮，與真實的相州地理情況基本不差，有關「方鎮」的風俗人情也基本是相州的現實摹寫，裏面的許多人物掌故並非他的獨創，而是在相州廣為流傳的。如小說中：「你說的這後樓的銀子，」陶隊附糾正他說，「是以前的事了。聽說老太爺去世的那一年，那樓上的銀子都變了白鴿，一夜之間統統飛走了。現在樓門還關著，裏面卻空了。」這些當時的傳說直到現在相州百姓還在流傳。他的另一名篇《重陽》也活躍著家族人物的影子，可以說姜貴的文學想像力始終貼著自己的家鄉、家族飛翔的，而家鄉家族也給他的創作滋養與啟迪。

　　留在內地的王統照、臧克家、王希堅、王願堅、王力都有以相州、王家為寫作對象的作品。故鄉成了他們自覺不自覺的創作源泉與出發點，家人族人成為他們共同的寫作對象。王統照只紀實風格的小說就有寫自己在諸城家庭生活的長篇小說《一葉》，寫相州王氏大家族的《春華》，還有無數散文、詩作直接寫故鄉山水人物的，如《詠漢王山》就是相州旁邊的一座有歷史遺跡的小山，是當年漢王劉秀駐軍的地方。小說裏的人物多展現著自己家鄉、家族人物與人文地理風貌（這些在後面的章節裏面有纖細介紹）。

（姜貴《旋風》中提到的兩棵白松果樹照片，1958年被諸城政府殺掉蓋了政府禮堂，王願堅一直保存的照片1951年攝，他女兒王小冬提供給筆者）

　　一方水土養一方人，相州濃鬱的文化傳統和氛圍滋養了一代又一代的相

州文人作家，可以說「相州」是中國現當代文學的一個重要的文學原鄉，遺憾的是，較之紹興、鳳凰城，甚至鄰縣高密，「相州」這個文學原鄉是太不受重視了，幾乎被忽略！而它卻依然倔強地存在著、生發著，並不斷煥發出勃勃生機！

第二節　家學與家傳：相州王氏私立小學

　　山東諸城相州王家，是近代中國有重要影響力的家族之一，在海峽兩岸湧現出六位著名作家，是山東三個黨派即國、共兩黨及農工民主黨的創始人，都與他們家族辦的私學——相州王氏私立小學有著密切的關係。其中王氏家族的四位作家：王統照、王希堅、王願堅、姜貴（王意堅）都在這所小學接受過初級教育，另兩位王家的女婿：臧克家、王力沒在這裡上學，但對他們影響甚深的夫人都是在這個小學上學的，而王家的三個黨派人物王翔千、王樂平、王深林則即在這所小學受過教育，也曾在這所小學任過教，更以這裡為舞臺，進行過不少革命活動，後在臺灣任國民黨空軍總司令的王叔銘將軍也曾在該校就讀。可以說，這所小學是王家作家們接受教育、接觸政治的基礎與搖籃，也是王家政治人物鍛鍊成長的熔爐。在現代歷史上，從這個偏遠的鄉村小學走出的人才不亞於一所重點大學，聯繫到當前教育的種種問題，回眸歷史上成功的經典範例，或許對後人不無啟發。

　　王家人才輩出，關心文學與政治是與他們家族的傳承、諸城相州當地的教育、思想氛圍、民情世俗等方面密切相關的，王家本身既是一個政治家族，又是一個文學家族，王家六個作家都與政治關係密切，也都是這種家族教育影響的直接結果。現在根據資料對由王家人創辦、王家子弟多在此接受基礎教育的相州王氏私立小學作一下介紹與分析。

　　相州鎮是開化很早的地方。清末，諸城縣城裏還沒有中學，王氏私立學堂就已經辦起了中學班。比起其他鄉村來，相州鎮特別重視文化教育。可以說，不守舊，重革新，這是相州鎮的「鎮風」。相州鎮在京城省府讀書謀事的大有人在。先進思想、新鮮事物得天獨厚地首先在這裡傳播。這個鎮子裏的人，對外界也特別敏感，對新事物也容易接受。還在辛亥革命前夕，中國同盟會舉辦的旨在宣傳三民主義、倡導民主革命的進步刊物《民報》和梁啟超在日本橫濱創刊的鼓吹改良主義思想的《新民叢報》，就曾一齊傳到這裡。

　　19 世紀末，清政府的統治面臨崩潰的危機。清王朝為了維護反動的專制統治和適應帝國主義的需要，宣布實行「新政」，光緒 31 年（1905 年）詔諭全國，廢科舉，建學堂。從此，各級私立和公立的學堂在全國各地興辦起來。諸城縣相州王氏私立學堂，就是在這種形勢下應運而生。

　　王景檀，相州鎮人，清末曾任京議員，是當時諸城縣頗有影響的人物。清廷革新教育的「新政」頒布後，王景檀即與舉人王煒辰（字紀龍、王樂平父親）、秀才王武軒、王明霄、王郁生等人計議償辦學堂，動員統融族人，籌措辦學經費。議定從王氏祭田中捐出五頃，由相州五大戶（以約堂、慶陽府、養德堂、居易堂、保和堂）和巴山前後樓王氏各負擔其半，徵收租金為建校和辦學費用。並由相州地主居易堂王統熙，獻出宋家莊子（現相州一村）大草園作為校址，議定校名為「王氏私立三等學堂」（初小、高小、中學三個階段）。

　　學生入學須經嚴格考察。入中學班的必須是有功名的秀才、拔貢、貢生等。入高小班的必須是在私塾讀過書，有了一定文化基礎的。沒念過書的入初小班。學生除大部分為王氏子弟外，還擇優收取了少數外姓子弟。由於辦學經費出自王氏祭田，所以對王氏弟子備加優待，在校的食宿費用及學生制服、書籍、筆墨皆由學校供給，以鼓勵學生攻讀成名。外姓學生食宿、服裝費用則由自己負擔，只有書籍、紙筆等與王姓學生同樣免費。

　　王氏私立三等學堂所奉行的是洋務派張之洞的「中學為體，西學為用」的主張。即以尊孔讀經的傳統教育為主體，另外學習利用西方的科學技術為封建統治階級服務。在這種理論的指導下，學校所開設的課程，中學班有古文、四書、格物（即物理）、數學、英文、體育；高小班有國文、數學、歷史、地理、英文、音樂、體育、美術；初小班有國文、算術、音樂、體育、美術。雖是小學，卻有著中西兼備、自由並包的辦學氣魄與氛圍。而正是這種自由並包的氣氛，使得共產主義與三民主義能同時在學校得以傳播，它的早期畢業生王樂平、王翔千分別成為國、共兩黨在山東的創始人，後來他們又帶領的學生王深林成為農工民主黨的創始人，後來在文學上，也是一家三派，海峽兩岸著名的紅色作家王願堅、王希堅與臺灣白色作家姜貴（王意堅）都出自這個家族、這所小學，還有始終堅持獨立立場中間派的王統照。這一切顯然都與學校自由的教育氣氛有關。不僅如此，「五‧四」運動的春風也很快就刮到這所小學，得以宣傳與盛行，使在學校就讀的作家們童年就也受到影響與感染。

　　姜貴對當年學校的政治活動曾有詳細描述：

　　民國九年暑假，他（王翔千）由濟南回到相州，在高小的學校的大操場裏搭了戲臺，演出三個獨幕劇。那時稱「新戲」，即進步到現在的「話劇」。戲目為《終身大事》《回門》《瞎子算命》。回門一劇，述說一位剛出嫁的姑娘回到娘家，對妹妹訴說在婆家的種種痛苦，總而言之，婚姻不滿意。五四文化運動的目標之一，是反對父母之命、媒妁之言的婚姻，提倡自由戀愛和自由結婚。這三個獨幕劇，都以此為主題。

　　相州那地方雖開通，但在那時候還請不到女孩子演戲。因此，所有女角只好都以男扮。翔千六伯父指定我演回門中的妹妹。我為這件事情為難得要死，怎麼也鼓不起勇氣來。最後，決定拒絕。逼急了，我就大哭。因為父親、母親、五伯母都站在我這面，無條件支持我總算得到勝利。六伯父於大發一頓脾氣之後，找了別人。

　　演出在下午，到了許多平日絕不出門的老太太和大姑娘。六伯父自飾瞎子的一劇《瞎子算命》放在最後。三劇戲演完了，大家一笑，原本可以圓滿收場了。但六伯父於後臺匆匆卸裝之餘，又跑到前臺演說一番。開口一句話是：「你們的瞎老爺又來了。」

　　「老爺」的爺字，在相州分兩個讀音，而意義不同。讀陽平，與國語無異，如青天大老爺是。讀陰平，則含有輩份較高的意思，如父祖或叔叔大爺是。六伯父這句話，偏偏是讀陰平的，而臺下聽眾，有些是比他高一輩或兩輩的。當時無人抗議，但事後引起責難，背後他被罵得不亦樂乎……〔註4〕

　　與之不謀而合，1941年曾經擔任小學董事長的王笑房是北師大數學系畢業生，曾擔任北師大數學系教授、青島一中（原膠澳中學）校長是臧克家的妻兄，姜貴《無違集》中提到與他是小學同班同學，他在回憶文章《「五·四」火炬照亮了相州古鎮》一文中，對當年王氏小學的師生抵制日貨、宣傳革命的政治活動的回憶基本與姜貴吻合：

　　　　在開展宣傳活動的同時，由於王翔千、王子容、刁步雲、王深林、郝任聲等十餘名師生組成了國貨維持會，一邊大張旗鼓地宣傳抵制日貨，勸說群眾不賣不用日貨，也不要把糧食、雞蛋等買給敵人；一邊組織學生檢查隊在大小路口攔截奸商，查禁日貨。對商店和商販手

〔註4〕姜貴《無違集》，臺灣幼獅文藝出版社，1974年版。

裏的日貨，現存的一律蓋印標記，賣光為止，不准新購。如發現再進新貨即予沒收。因為我們的宣傳打動了成千上萬的人的心，買日貨、用日貨的人越來越少，商店和貨攤上的日貨也大為減少，但還有少數商人唯利是圖，不聽規勸，仍在暗暗地販賣日貨，我們對他們不講客氣，一經查到，立即沒收。一次相州集上，在驢市街將沒收的一批洋布、洋線一火焚之，這一下教育了群眾，打擊了不法商販，以買賣仇貨（群眾稱日貨為仇貨）為恥辱的風氣很快佔了壓倒的優勢。

　　伴隨著反日愛國運動的開展，新文化運動也在相州蓬勃興起。當時私塾很多，尊孔空氣甚濃，「五・四」以後大力提倡新學（當時叫「洋學」），讀白話文，看新書新報，並實行男女合校。學校還新設了手工勞作課，組織學生學木刻，用泥土製造花瓶，老師畫上圖案，拿到附近窯廠去燒。為了破除迷信，揭露封建包辦婚姻的罪惡，學校裏自己編排演出了《瞎子算命》和《傻女婿》等小話劇。在《瞎子算命》一劇中，王翔千親自扮演算命瞎子，我和王蛙鑲等扮演小學生，學生把瞎子領到尼姑廟門前，尼姑走出坐定，請先生算命，算卦先生說：「我算你明年不是抱個孫子，就是抱個外甥。」尼姑說：「了不得先生，俺是出家人。」先生又說：「你八字不清當老僧，我算你炕沿裏抱了個小臭蟲。」這滑稽而又詼諧的表演，把算命先生的騙人伎倆揭露得淋漓盡致，觀眾看了都大笑不止。在向封建迷信和舊道德的挑戰中，王翔千總是首當其衝，他率領學生到學校附近的一座大廟裏砸掉了神像，這在當時是非常驚人的行動，還帶頭為自己的女兒王辯剪了髮。

　　在當時，這一系列的活動並不是沒有阻力的，曾受到來自社會上各方面的非議、責難和破壞。王翔千就被人稱為瘋子，被其父親大罵過，甚至被反動當局當作危險人物看待。有些學生家長怕鬧事、怕惹禍，把自己的孩子關在家裏，不准外出活動。女孩子上學被譏諷為野孩子。有一個學生後來患過嚴重的傷寒病，有人竟說是砸神像的報應。還有些奸商利用封建關係託人情，企圖阻撓抵制日貨等等。

　　（選自《「五・四」火炬照亮了相州古鎮》：王笑房生前回憶材料整理）〔註5〕

〔註5〕《諸城市文史集粹》，諸城市政協學宣文史委員會編，濰坊市新聞出版局准印證（2001）第003號，2001年1月印刷（164～167頁）。

　　可以說，王氏私立小學始終與王家的政治家、文學家們關係密切，是他們宣傳自己的思想與理想的一個重要舞臺，也可見這所小學始終是對社會開放大門，即讓社會上的各種思潮湧進來，又讓學生自由地走出去參加……

　　這所小小的學校始終與時俱進，即與外界的事情經常保持呼應，在老師的帶領下積極有效地參與社會活動，而不是關起門來只為考試做準備。這就有效地鍛鍊了學生的社會實踐與認知能力，又增強了學生對社會的知識與責任感。

　　而傑出人才的湧現顯然與教學的質量與教學方式密切相關。王氏私立三等學堂，對教師的選擇頗為嚴格，被延聘的都是有資歷的「飽學之士」。如聘請晚清舉人王在宣等教授古文、四書，聘請濟南高等學堂畢業生教授格物、數學，重金聘請英、德傳教士教授英文。該校由王景檀任學董，王煒辰任校監，具體負責教學及事務。王統照的堂兄王統熙任首任校長，對這所小學的初期建立與發展打下了良好的基礎。他是著名導演崔嵬的姐夫（是他把從小上不起學的內弟崔嵬培養出來，崔嵬也是諸城人，後來王樂平被殺後，其子女住無定所，也在他家借住或暫住，王統熙在文學與歷史上都沒有留下名字，但對文史的貢獻可謂功莫於大焉）該學堂是從舊的私塾脫胎而來，所以還沿襲了某些舊的習俗。但從課程設置、教材編選到教學方法等方面都有了重大改革，開始呈現出新的氣象。

小學舊址一直保存至今（目前被賣給當地農民私用）

　　這也就是說，王氏私立學堂的興辦，從一開始就與王家許多有識之士的參與、支持分不開的。

　　後來到臺灣的著名作家姜貴（王意堅）對自己當年在王氏私立小學讀書的情景記憶猶新，儘管事隔多年，他在自傳中，對他的這段學校生活依然有很生動的敘寫：

> 　　我沒有趕得上念私塾。民三至民十，讀完七年兩級小學。在高小的時候，正遇上五四，提倡白話文。每天下午，上完了正課，我們也有兩小時的課外補習。由老派的王友冬先生講授舊文學，如古文觀止、論語、左傳、戰國策、古詩源、古唐詩合解等，我們都宣讀過，而且被打著手板子背過，同時新派的王子容先生又教我們新文學，他喜歡讀劉半農的新詩，一首一首寫在黑板上，要我們抄下來。我記得有一首劉半農寫給Ｄ君的「詩信」，我奉命念背過了它，可惜現在早已忘得沒有蹤影了。
>
> 　　王子容先生還給我們講一個對話式的笑話：
>
> 　　甲：作文言文比作白話文難，難能所以可貴。
>
> 　　乙：吃狗矢難能，難道也可貴？
>
> 　　我們當時聽著很覺有趣。但王友冬和王子容倆先生從不互相攻擊。他們倒是商量好了，有計劃地為學生灌輸舊的，也灌輸新的，他們認為兩者都重要，不可偏廢。
>
> 　　……
>
> 　　我們倒常到較遠房的對松堂三叔祖父的畫室裏去玩。三叔祖父有一個從不發怒的好脾氣。自署為「濰水魚郎」，是個畫家，山水人物都馳名於當時當地，求之者眾。但他偏愛畫奇奇怪怪的妖精打架圖，畫了又不收起來，隨隨便便不定那裡一放，我們小孩子都樂於去翻出來欣賞一番。
>
> 　　他是我們高小的圖畫老師。每到星期五下午，該上圖畫科了，學校便派人請他，但十請九不到，偶然到了，也只是和學生說說笑話完事，並不認真教畫。
>
> 　　除了愛畫妖精打架圖外，他還不惜巨金收集「禁書」賣田收入又不夠用於抽鴉片，粉紙刻板，裝潢精緻的「肉蒲團」，在他的畫室

之外，四十年來我從未再見。這些書，後來都隨著張競生的「性史」走進都市的小癟三市場，粗製濫造，錯訛百出為風雅之士所不屑與一顧，早已失去收藏的價值了。

　　恒軒三太爺兄弟三人，他的二哥那邊，有我的一位大叔。他的嗜好是收藏小說，他因此傾家蕩產。他曾用五百吊錢買進一部《金瓶梅》。五百吊錢約合銀元三百或良田二畝。在鄉下地方，這是令人不解的驚人「豪舉」。〔註6〕

這位畫「妖精打架圖」的畫家，在王統照的回憶裏是畫的《西遊記》插圖，他在相州被日本人侵占後，自殺明志殉國了。從姜貴的敘述中，我們不難體會小學當時自由並包的開放學風，以及當地濃厚的國學風氣。而正是這樣寬容、自由的學習氛圍，才使眾多王家子弟從小受到很好的教育，得到多方面的薰陶，後來成為國家的棟樑之才。

不守舊，重革新的「鎮風」直接影響了王家子弟，王統照能夠參加「五‧四」遊行示威運動，成為文學革命的先進分子，與他所處的這種環境是分不開的。如果說十歲之前對他的影響較大的是王氏家庭，那麼十歲之後對他影響較大的則是相州鎮的社會風氣。具體體現就是這所小學。

1911年，辛亥革命震動全國，在諸城也舉行了悲壯的起義，後來遭到清兵的血腥鎮壓，慘絕人寰，姜貴的嗣父王鳴韶是義勇隊隊長（也曾是這小學的學生），就在這場起義中犧牲。當年相州鎮私立學堂的還有幾個畢業生都是辛亥革命的參加者，這次起義自然對相州的影響也不小，而家鄉和母校也因有這樣的先驅而感到自豪，並對他們充滿牽掛和欽敬，從而使他們更加關心政治革命運動。可以說王氏私立小學始終是與時俱進，各種新思想一直都能在這裡得到傳播。在艱難的歷史進程中始終堅持對王氏子弟進行良好而寬容的基礎教育。

1912年，山東共產黨創始人之一王翔千，曾在濟南《齊魯民報》任編輯一年，次年回故鄉，決心在家鄉興辦教育事業。他發起成立了相州國民學校，自己任校長兼教員。這所學校打破慣例，收入女生，所設的課程中西兼有，非常新鮮。在封建統治依然相當牢固的諸城一帶，這所新型的學校成為傳播進步思想的重要陣地。它先後培養的學生，有的成為在社會上卓有名望的人物，這所學校不久也並與相州王氏私立小學。

〔註6〕臺灣作家姜貴（王意堅）的自傳散文《無違集》，臺灣幼獅文藝出版社，1974年版。

　　1914 年春天，在濟南山東學堂（翌年更名為山東省立第一中學）讀書的王統照因病回家鄉諸城相州鎮休養，當時擔任相州鎮王氏私立小學校長的族兄王統熙因事辭職，他抱病代理該校校長，時年僅 17 歲。王統照代任校長後，首先為學生設計、製作了 60 套灰色「八大塊」的制服和大蓋帽。款項由學校經費開支一半，另一半王統照私人解囊相助。15 天後，學生們穿上了整齊的新校服，精神面貌煥然一新。緊接著，他又帶領師生修建校園，利用勞動課，剷除荒草，平整窪地，修葺了水塘，栽上了荷花，並自籌資金，雇用工匠，在荷花池畔建造了一座八角涼亭。之後，又新建教室兩排，每排 15 間，還改造了學校大門，修繕了師生宿舍，開闢了活動場地。操場周邊栽滿了樹木花草。從此，學校一掃頹勢，師生們精神狀態為之一振。半年後，王統照病癒，與學生們依依不捨的回到濟南，這半年校長，為小學注入了新的活力、氣象。

　　據諸城文史資料記載：1916 年，王統熙辭去王氏私立小學校長職務，由舉人王在宣繼任。1918 年，王翔千創辦的相州國民學校並於王氏私立小學，學校規模擴大。1922 年，王在宣辭職，由王序臣繼任。1924 年，改由十五「堅」字輩的堂兄弟老大王鐵佛（又名王心堅）任校長，經過他的苦心經營，學校得到進一步發展。1928 年軍閥張宗昌部下顧震、齊玉衡部進駐相州一帶，給相州帶來巨大災難，學校不得不停辦。

　　民國 18 年（1929 年）春，經原校長王鐵佛與其弟王石佛（又名王志堅）的奔走籌措，王氏私立小學又得恢復，校長由王石佛接任。他與王翔千不顧地方封建勢力的阻擾反對，帶領師生將宋家莊子觀音廟內神像砸爛，改做校舍，在原校設五、六年級各兩個班，改建後的觀音廟設一至四年級 4 個班，全校共 8 個班。

　　王志堅（1897～1947），又名王石佛，1920 年就讀於濟南山東省立第一師範。同年在濟南和王盡美、鄧恩銘等十多人發起組織了勵新學會，創辦了《勵新》半月刊。他曾去杭州當過和尚，1928 年被哥哥王鐵佛找回故鄉相州鎮，此後在相州王氏私立小學當校長。他當校長期間，對學校的治理頗有建樹。

　　恢復後的王氏私立小學，因地方混亂，莊稼歉收，學田收入微薄，學校經費入不敷出。為擺脫財力的困境，王石佛一方面奔走呼籲，四處游說，向社會各界募捐，募得資金千餘元；另一方面，帶領全校教師向學校捐款，每人每月從工資中拿出 2 至 5 元捐獻給學校。同時提倡勤儉辦學、嚴格開支手續，把辦公費用壓縮到最低限度。為了擴大財源，學校還開辦了一個小型商

店，經營的商品多為學習用品，由教師在業餘時間開店營業，以所得利潤彌補學校經費的不足。

1932 年，沙河套村王姓與蓮池村王姓因爭奪兩村建的一塊地而告官起訟。王石佛多方奔走，終於勸兩家罷訟，將雙方爭奪的 100 畝地收為校產，使校田增到三頃半（350 畝），辦學經費的窘況得到緩解。

開源節流、勤儉辦學，使學校在困難條件下能夠生存發展，不但維持了正常的教學秩序，而且增添了部分教學設備。在大災之年，學校圖書館仍能增添一套 400 餘冊的《萬有文庫》和其他書籍。學校規模也在不斷擴大。至民國 26 年（1937 年）夏，全校有初小 6 個班，高小 4 個班，共 10 個班，學生達 500 多人，教職員工 25 人。班數、學生數、教師數都比建校初期擴大了一倍半。

王石佛首先從整頓教師隊伍入手。他堅持選賢任能，選聘思想開明、有學識有才能的人擔任教師，使教師隊伍逐漸得到充實。如先後被聘任教的王硯農、王慰明、王秩翔、王玨琪、孫雨亭、石友奇、王振魯、周仲千、王子可、王聿修、王旭明、楊雨霑、王潤存、孫樸風、趙寶熙等人都係傾向革新的開明之士，且大多是後師、鄉師或中學畢業生，有較高的文化水平和業務能力。教師隊伍的加強為學校的改革和發展奠定了良好的基礎。

其次是改革教學內容。將高級小學以講授古文為主要內容的《國文》課，改為以講授白話文為主要內容的《國語》課。其餘課程也都採用了最新教材。學校採用四、二制（初小四年，高小 2 年）。課程設置：初小有國語、算術、常識、音樂、體育、美術，珠算、公民、勞作、歷史、地理、自然、衛生、音樂、體育、美術。

在改革教學內容的同時，王氏私立小學還大膽地接受了三十年代初陶行知先生所大力提倡的「知行合一」的教育思想，在教學方法上強調理論與實踐相結合。

在那特殊的年代，王氏私立小學不可避免地捲入了歷史的洪流，受到各種政治運動與戰爭的沖刷，其在坎坷多變的歷史命運中艱難前行。

1927 年 8 月，在外地從事共產革命活動的孫仲躍回到諸城，曾由王翔千介紹到王氏私立小學，以教師職業為掩護，宣傳革命，經常在這裡舉行秘密會議，並先後掩護過共產黨員田裕暘、劉子久等。

更重要的，儘管只是小學，卻始終得到許多博學、名望之士的關照。1935

年初，當時在文壇已經成名的王統照旅歐回國後，重返相州。回鄉第二天，他就到學校裏給師生們講話。他結合自己在國內外的經歷和體會，反覆強調學習如逆水行舟，不進則退的道理，並引用了愛迪生的名言：「天才是百分之一的靈感，百分之九十九的血汗。」鼓勵學生們好好讀書，好好做人，將來成為國家有用的人才。講話之後，他問當時的校長王石佛還有什麼要求。王校長就將學校想建圖書館苦於無書的事提了出來。王統照爽快地笑了笑，滿口答應幫助學校籌集圖書，回去之後，他自費購買了《小學生萬有文庫》《水滸》《西遊記》等5000多冊圖書，用木箱子裝著從青島寄了來。隨之，相州小學便在校分院利用一座廟宇「玉皇閣」建立起學校第一個圖書館。學生們讀著這些難得的圖書，開闊了眼界，豐富了知識。可惜，在1938年，日軍飛機轟炸相州時，兩枚炸彈扔在「玉皇閣」附近，圖書館被炸塌，圖書也散失了。

　　王統照這次回故鄉，還應邀為相州小學編寫了校歌，當時歌名為《相州王氏私立學堂校歌》後被整理傳唱為《做一個新兒童》歌詞是：

　　　　明白事理，學習技能，中華疾病弱與窮。身體勞動，精神樸誠，

　　救人救國在於功，大家力合心，同銜土的蟻，釀蜜的蜂，你我他，

　　做一個新兒童，快樂融融，春日的風箏，春日的風箏。

　　歌詞由相州小學音樂教師石友琪譜曲後，在學校裏廣泛傳唱開來，崇尚新思想，追求新生活的政治空氣日益濃厚。應當說，許多畢業生後來成為國家的棟樑之材，與王統照對學校的建樹有密切的關係。其時，1925年留學蘇聯的山東第一個女共產黨員王辯與王懋堅都在這所小學讀書。現在還有那個名家會對一所小學去嘔精竭慮呢？或者他們是否還被允許進入初級學校教育呢？

　　這次，王統照回相州只待了半個來月，還為小學學生編輯出版過一本書。在他回鄉期間，一天校長王石佛抱了一摞小學生的作文抄本給他看，並說明這些作文是學生為練習國語而搜集的當地流傳的故事、歌謠等，請王統照給以改正。王統照看過之後，高興極了。他認真地一篇一篇地圈閱。離開相州時，帶在箱子裏。回到上海後，又把它們編成一冊《山東民間故事》，次年12月，他又寫了序言，1937年3月，由上海兒童書局出版發行，出版後王統照又特為相州小學圖書館寄來一些。王翔千最小的女兒、王力的夫人王平權其時正在小學讀書，她有兩篇作文被選入本書中。因此後來對王統照先生的評

價「不但對人民文學事業的發展有很大貢獻，對教育培養青年一代亦有很大功勳」是不為過的。

王氏私立小學堂，辦學達 39 年之久，歷經了滿清、國民黨和日偽三個時期，她以銳意改革獲得了較強的生命力。特別是自民國 18 年（1929 年），王石佛任校長期間，學校出現了生機勃勃的新局面，後來儘管歷經戰爭等動盪的局勢，仍然屹立不倒。

1937 年 10 月，日寇侵入山東。當時駐守諸城的國民黨 51 軍和縣長杜仲興聞風而逃。相州王氏私立小學由張步雲所設的「後方教育督導處」管轄。教育內容除原國民黨規定的以外，還加上了歌頌張步雲個人的「一個領袖，一個主張」之類的東西。

民國 28 年（1939 年）11 月，日寇進駐相州鎮，以相州一村為據點，把王氏私立小學的師生攆到附近民房，強佔校舍百餘間，並在原學校的操場上建起一座 6 米高的兩層炮樓，四周架設鐵絲網，挖掘壕溝。同時設區劃鄉，編列保甲，建立起日偽政權。他們把相州鎮的小學集中起來，合併為相州區立小學，由偽區長宋珂任名譽校長，地主王君庸任主任，日人吉田俊弘任教導官，兼教日語。吉田弘俊權力甚大，對學校一切進行監督。當時農民的孩子懼怕鬼子，不敢去上學，日寇漢奸就哄著孩子上學，以求免禍。這時的學校除繼續向學生灌輸封建思想外，還竭力宣傳「日中一家」、「大東亞共榮圈」、「中日滿三國提攜」等口號，加強奴化教育。學生念的書都是日偽政府審定編印的教材，主要課程有國語、日語、修身、地理、歷史、自然、唱歌、圖畫、體操等。當時在小學就讀的王願堅因不願每天早晨對日本軍旗敬禮，曾經挨過不少耳光，也由此激發了年僅十五歲的他與十三歲的堂弟王愈堅（王翔千小兒子）就衝上了抗日戰場，後成為部隊作家，中國紅色小說短篇之王。

民國 30 年（1941 年），隨著時局的變化，在日偽政權的干預下，相州王氏私立小學的管理進行了調整。由王氏家族中推舉 7 人組成「校董會」，由王珏琯（又名王笑房，王深林胞弟原青島膠奧中學校長）任董事長，王振千（王願堅父親）任校長，主持學校日常工作。當時該校有高級一個班，初級三個班，共有學生 140 餘人。無論何時，王家都是派出家族中最有文化素養與學識的人來教育、管理學校，而他們儘管曾經在外面很輝煌，也不因出任這所鄉村小學的教育而有所輕視與懈怠，而是個個都當成自己重要的家族責任而盡心盡力。後期到省文化局任局長的王統照依然關心這所這所小學，還託人

送給學校一套銅鑼銅號，對這所小學始終掛念在心。作家們就是從小接受這樣良好基礎教育，為他們以後在文壇上的崛起奠定了堅實的基礎。他們有的後來也沒能讀大學，就靠著這個基礎與後天努力，依然稱雄於文壇，三個派別的六個作家同時得以湧現的壯舉在古今、中外文學史上都堪稱奇蹟。山東三個黨派的創始人也在這裡形成並開始他們的政治生涯。但歷史的動盪不可避免，至相州解放前夕，王氏私立小學經日寇、漢奸踐踏，多年積蓄的元氣已喪失殆盡，校舍破壞，校產流損，到了徹底破產的邊緣。

解放後，相州王氏私立小學收歸國有。王氏私立小學在家國動盪中始終堅持辦學，為國家、民族培養、輸出了大量人才，同時，也實踐、驗證了一種成功的小學教育範例。在中國現當代文學史上、在海峽兩岸培育六位著名作家的成功、成名與眾多黨派知名人士的誕生與成長就是對它最好的見證與證明。這樣的文壇奇蹟與政壇奇觀直至繁榮穩定的今天也再沒有出現過。

本文主要資料來源

1. 張則成、董硯功：《相州王氏私立學堂》，見《諸城文史集粹》，諸城市政協學宣文史委員會編，濰坊市新聞出版局准印證（2001）第 003 號，2001年 1 月印刷（609～618 頁）。

2. 其他資料也是出自《諸城文史集粹》，諸城市政協學宣文史委員會編，濰坊市新聞出版局准印證（2001）第 003 號，2001 年 1 月印刷。

3. 臺灣作家姜貴（王意堅）的自傳散文《無違集》，臺灣幼獅文藝出版社，1974 年版。

第二章　文學家族的文脈與血脈

第一節　隔海相敘：王統照、姜貴海峽兩岸的家族寫作

　　淺淺的一道海峽，猶如一把利刃把本是一體的兩岸文學生生割裂開來，許多筋脈相連的作家與作品也因此被割裂、埋藏於比海峽更深的歷史與政治的海水之下。而今，政治、歷史的潮汐漸行漸遠，一些重要現象隨著退潮的海水與信息的流通而逐漸浮出歷史的海面……

　　海峽兩岸的著名作家王統照與姜貴（本名王意堅），本屬同一家族，在創作上亦頗多呼應與承續關係。王統照兩部未完成且最不受關注的長篇《春華》（又名《春華》）與《雙清》，姜貴作品中最受重視與關注的兩部長篇《旋風》與《重陽》，兩兩對照：《春華》與《旋風》的人物原型基本一致，而《雙清》與《重陽》則都是以 1927 年的武漢大革命為背景的作品。無論寫作背景還是寫作內容上都有著驚人的重合與脈絡關係。尤其是《春華》與《旋風》人物原型基本相同，基本屬紀實作品；而《雙清》與《重陽》儘管其中也有些模糊的家族影子，卻都屬虛構作品。兩位作家不但血緣相近，作品關係亦筋脈相連，為海峽與政治所阻，他們之間的聯繫卻長期未被學界發現。

　　姜貴（王意堅），這位臺灣二十世紀五十年代最傑出的小說家之一，在那個政治壁壘分明的年代，一頂「反共」作家的大帽子，不但使他的作品至今被隔離於海外，也使他的研究迄今也依然被隔離於海外。美國著名學者夏志清在其名作《中國現代小說史》中，對他有專章論述，把姜貴與張愛玲等量齊觀，張早已風行內地，而關於姜貴的專論在內地出版時，則不得不刪除；

頗富盛名的哈佛王德威教授對其研究的專著《歷史與怪獸》至今未能在內地出版。然而，一個被胡適、蔣夢麟等大家們競相推崇的作家會如此簡單嗎？近年他的代表作《旋風》入選兩岸三地評論家們評選的二十世紀中文小說一百強的第 49 名。姜貴離世已三十年，他的文學想像力始終貼著自己的家鄉、家族飛翔……而今，兩岸聯繫越來越趨於緊密，各種屏障都在被打開、疏通，是該讓這位傑出的作家回歸文學本身，回到他的家人、族人中了。

一、《旋風》《山雨》催《春華》

二十世紀初的中華大地上，古老的民族在歷史的轉折時期，國勢衰微、家國動盪，山雨欲來，旋風滿樓，仁人志士們紛紛探求救國救民之路，青年學子更是奮不顧身地投入到了革命洪流當中。「山雨」「旋風」侵澤的土地上，年輕的知識分子「春花」竟放，「雙清」時節現「重陽」，在救國救民的道路上，演義著一曲曲他們自己的「青春之歌」……

山東曾經是中華文明的發祥地之一，百家爭鳴、孔孟之道的發生地，黃河文明、華夏文化曾經以這裡為核心，留下無數在中華文明史上赫赫有名的世家大族。孔家、孟家、王家等。然而，在近代中國，山東卻首當其衝地成為民族災難深重的土地，先後淪為德國與日本的殖民地，抗戰的前沿、國民黨重點進攻的地區、土改中的極左行為等，都給這塊歷史文化積蘊深厚的土地帶來了沉重的災難，也引發了無數山東兒女奮起，為之流血犧牲，其中相州王氏家族子弟衝在了最前面。

相州鎮隸屬諸城，古稱密州，是宋代大詩人蘇東坡寫《江城子・密州出獵》《水調歌頭・明月幾時有》的地方，蘇東坡曾在此留下超然臺與許多詩文，對於密州，他曾說「至今東魯遺風在，十萬人家盡讀書」。遠祖東晉琅玡王氏的王氏家族是山東淵源很久的世家大族，歷代以詩書著稱於世。在山東諸城相州鎮居住已久，史稱「老實王家」，一直過著讀書、耕耘的平靜生活。

然而，正是這個家族成員，在中國現代政治、歷史上扮演了重要角色，政治上是一家三黨。王翔千、王盡美是山東共產黨的創立者；王樂平是「五四」割讓青島時山東赴京請願團的總指揮，山東最早的同盟會員之一，山東國民黨的元老與創始人之一，與堂弟王立哉等成為國民黨要員，因當時力主國共合作，1930 年被蔣介石派人暗殺；其後曾經追隨他的王深林亦被開除國民黨黨籍並被捕，出獄後長期被國民政府派遣留學德國，後與同仁發起成立

農工民主黨。王樂平與王立哉兄弟早年推薦到黃埔軍校的王叔銘則成為臺灣國民黨的空軍總司令。

同時，王家本是書香門第，在文學上也出現了一家三派。從海峽深處浮起了一個影響深遠、卻一直未被整合到一起、隔離於兩岸的王氏家族作家群：五四老作家、文學研究會發起人之一的王統照、紅色作家王希堅、王願堅、王力、詩人臧克家，臺灣作家姜貴（王意堅）等均是這個家族成員，他們血緣關係相近，政治傾向相異，時間、空間跨度較大，有意無意中在文學上呼應唱合，因之相州一度被稱為「作家村」。

王統照的《春華》完成於 1936 年，即以《秋實》的名字發表於傅東華主編的大型文學刊物《文學》上。姜貴《旋風》完成於 1952 年，開始不受重視，作者只好自印五百本送親友，後得到胡適、蔣夢麟、夏志清等人的推薦，直到 1957 年才得以正式出版，並廣受好評。

兩部小說基本是以王家三個黨派的主要人物為原型（也就是陳獨秀、羅章龍所說的「王姓世家」），他們即是當時政治舞臺上有重要影響的人物，也是現在山東黨史、諸城黨史上重點記述的人物，某種程度上，山東早期黨史幾乎等同於王家家史，因此，這兩部小說，不僅有著極高的文學價值，也具有重要的史料價值。

這樣的文學與歷史交互回應、真實與虛構互為交融，不能不引起人們關注的是：在歷史、政治、家族、文學的相互糾葛的複雜關係中，這三十年代大陸版的家族敘事與 17 年後臺灣版的家族敘事有著一種怎樣的呼應與對話關係？家緣與學緣在文學內外是如何延展並承續相繼的？

（一）銀鐘之響於幽谷的王統照：「為人生」的人性關懷與知性反思

王統照（1897～1957）出生諸城相州，他的父親是一位在家讀書的文弱書生，也愛好文藝，對他有直接的影響。母親是諸城城裏人，他的外祖父是清同治七年（1868 年）二甲第二十四名進士，曾做過翰林院編修，名叫李肇錫。母親嫁到王家之前，曾隨其父遊歷雲貴，眼界開闊，又喜歡詩詞繪畫，她對於王統照有很深的影響。王統照少年時的住宅，他的同鄉、作家陶鈍在《為文藝事業鞠躬盡瘁的人》一文中有過記敘：「先生的住宅未遭日寇漢奸摧毀以前也是高門大戶，畫梁雕棟的。記得 1917 年我第一次訪先生不遇，看到他客廳裏陳列的菊花約有三百多盆。客廳的內室的古式書架上插著很多的書籍，牆上掛著名人字畫。」

1918 年王統照考入中國大學英國文學系，開始辦刊物發表文章，與同仁朋友發起成立文學研究會，對中國新文學的發展做出了有力的推動。1930 年創作的長篇小說《山雨》在當時的文壇上曾引起巨大反響，與茅盾的《子夜》並稱《山雨》《子夜》年，取「山雨欲來風滿樓」之意，以他的故鄉山東諸城相州鎮為背景，揭示了農村的破敗、盜匪四起的混亂景象，普通百姓了無出路的生存現實，預示了革命形勢的必然到來。小說發表後遭到當局的查禁，他本人亦被迫出國考察，是王統照最為知名的長篇小說。

王統照歐遊出國歸來後，應時任校長的王志堅邀請，到相州王氏私立學校演講，懷念舊事，感觸頗深，於是以這些家族子弟為原型，以他們的真人真事為基礎，創作了長篇小說《春華》，小說截取了一個歷史橫斷面，主要圍繞著主人公「堅石」在上世紀二十年代動盪不安的大時代潮流中選擇出家的猶豫彷徨及他人對他出家的反應為線索，展現了他周圍如春華吐蕊、綻放的幾個青年學子在那個時代的追求、彷徨或投身科學救國等不同的人生抉擇，是集中展現青年知識分子在那個時代中的思想、人生狀態的重要作品，可以說塑造了那個時代的知識分子群像。著名學者趙園曾稱之為「現代文學史上唯一的一部完整地反映五四退潮期到大革命前夜青年知識者不同政治動向」的作品。

王統照在《春華》序言中寫到：

　　止就上部說：人物與事實十之六七不是出於杜撰──如果是在我家鄉的人，又與我熟悉，他準會按書上的人物指出某某……〔註1〕

《春華》裏面的人物命名則多取「意會」之意，也兼有諧音之謂。頭號主人公原型王志堅又名王石佛，小說裏稱為「堅石」，王深林被稱為「深木」，王翔千稱為「飛軒」，王樂平則為「圓符」，王象舞稱為「巽甫」，堅定的革命者王盡美則取名為「金剛」，鄧恩銘被命名為「老佟」等，他本人則化名「秋思」，也現身小說當中。

1924 年，印度詩人泰戈爾來華，跟著忙前忙後接待並在濟南親作翻譯的王統照專門給《晨報》寫文章介紹泰戈爾：「泰氏恒著玄色、灰色、畫色之長袍，冠印度紫絨之冠……若中國之老叟。每講至重要處，則兩臂顫動，聲若銀鐘之響於幽谷，若清馨之鳴於古寺……」

而這段話甚至引起了毛澤東的一段誤會，《毛澤東文集》第二卷《在魯迅

────────────
〔註1〕見《王統照全集》第三卷，中國工人出版社，2009 年版，248 頁。

藝術學院的講話》中，曾指出「徐志摩先生曾說過這樣一句話：『詩要如銀針之響於幽谷』，銀針在幽谷中怎樣響法，我不知道。」後人查證「銀鐘之響於幽谷」並非出自徐志摩，而是王統照。這些誤會，是調侃詩人浪漫想像的戲言，卻沒有真正去體會、感悟作者的良苦用意，更沒有去重視動盪不安的時代，裏面深藏的一個憂世感懷的知識分子內在的深刻思考所在。

作為一個與政治保持距離的為人生的藝術家，王統照始終與自己家族熱心政治的子弟保持著密切的聯繫。與李大釗一起上絞刑架的國民黨人路友於是王統照的同窗同鄉，王統照早期與他多有書信往來，探討時政問題。王統照與王翔千是同族兄弟，兩人不但早期一起吟詩賦詞，還一直保持著深刻的情意，王翔千去世時，他以重病之軀連做六首悼亡詩。而國民黨那邊的王樂平比他晚一輩，亦交往密切，1928年當王樂平帶著父親的棺材從上海歸鄉，目前仍健在的王樂平的二兒子王鈞吾與兒媳臧任勘告訴筆者，其時王樂平因主張國共合作遭到蔣介石追捕，在最危機的時刻，是躲到王統照家裏逃過劫難的。而王深林則是《春華》裏面寫的最動人的「深木」的原型，當時還是天真活潑的孩子，其後，王統照到歐洲考察期間，在德國，就是由當時在德國留學的王深林陪同的，這在他的《歐遊日記》裏可以看到。50年代，在北京、濟南，他們都還常在一起聚會。王家三個黨派的主要成員，王統照都保持著密切的私人關係與深厚的家族情意，但他又始終保持著知識者獨立的身份與冷靜而睿智的審視與思考，在大動盪的年代，從未加入任何黨派，堅守自己獨立的知識分子立場。

王統照兒子王立誠先生介紹，王統照早年曾加入過興中會，諸城辛亥起義的時候，他曾想去參加，但因為他是家中獨子，被母親嚴厲制止了，此後再未加入任何黨派，50年代，在山東擔任文化廳長期間，黨組織動員他加入民盟，他來北京開會之際，曾就此事與兒子商量，兒子當時是一名年輕的共產黨員，立即脫口而出：黨叫幹啥就幹啥，後來他不知還徵求了誰的意見，就加入了民盟，後來，民盟章伯君等搞大鳴大放，在山東被他嚴厲制止，但在他生病期間，他的下屬還是搞了，結果後來均被打成右派。王統照始終保持了一個知識分子的本色，人未加入任何黨派，作品也不為任何黨派服務。而是始終秉承了他當初發起文學研究會時的宗旨，「為人生」的藝術追求，這是他從已開始確立並一直堅持的藝術追求。

　　這是那個政治洶湧的年代極少見的能保持自己獨立身份的知識分子。體現在《春華》中，他沒有選擇黨派鮮明的人物為主人公，而是選擇了動搖彷徨的知識者王志堅為頭號主人公。沒有站到任何黨派的立場上為某一黨派說話，而是秉持他知識分子的獨立立場。小說中沒有正面去寫主人公們如何組織探討革命的實際行動描寫，而是反覆、著重去寫他們的心靈歷程，對於堅定的黨派人物，他則更注重寫他們性情中「冷」與「硬」，對自己的同胞戰友那冷漠與無情的一面，而正是這一面，使他預感到了將來那慘烈的流血的不可避免。在小說的最後，他是借助於懷疑性特強的堅石，借著法國大革命，表達自己對無論以什麼樣的「革命」的名義，所必然導致的流血犧牲、塗炭眾生的擔憂與反思，不惜大段地引注在文章裏，遺憾的是這樣的真知灼見卻被埋在在深深的幽谷，發出最無力，也終被忽略的呻吟：

　　　　……「顧誰實為之，而使之至於此極與？──誰實為之？」即時，在他突來的想像的腦影中，湧現出一片塗血的原野：殘斷的肢體，頭顱，野狗在沙草的地上瘋狂般的吃著人的血，刺鼻的硝煙，如墜霆的火彈，光了身子逃難的婦孺。金錢，紙幣的堆積，一支支有力的巨手用雪亮的刀鋒割下人民的筋肉，在火爐上烤食。妖媚的女人，獰猛的灰色人。狡猾的假笑，用金字與血液合塗的文告。高個兒綠眼睛的西洋人與短小的鄰人站在高處耍提線的傀儡……轉過了，又一片的淒涼的荒蕪，有血腥氣息的迷霧。不見村落，不見都市的建築，一顆挺立的樹，沒有；一朵嬌美的花，也沒有；甚至聽不到雞啼，連草間的蟲子叫也沒有。一切虛靜，一切死默，全沉落在這一片黑茫茫的氛圍之中！……

　　　　然而很迅疾地，實現在他的眼睛下的又是一般驚心的比較：

　　　　「向也，萬人之死莫不有其自作之孽，抑其黨之無道暴虐而誇詐也，則以為可憫！

　　　　今也，是二百萬人者皆死於無辜；且皆以威力驅凋殘困苦之民以從之，則以為當然而無足念。」

　　　　原來斯賓塞爾在慨歎英國人對於法國大革命之殺戮便著實惋惜，而對於革命後拿破崙不過為了擴大他一個人的野心，四出征伐，連結多年，白種人死於兵事的有二百萬人，而英人反以拿氏為不世英雄，企慕，敬服。是非顛倒到了這樣怪異的程度，他幾乎對於所

謂公道絕望。讀到這個比較，堅石想起作書人的憤慨，將書本放下
了，他緩緩地在狹小的地上來回走著⋯⋯〔註2〕

正是這樣的「為人生」的人性關懷，對於革命者，那怕是他情意深厚的
家人族人，他看到的不是革命激情的高蹈與浪漫，而是對於普通大眾而言的
流血犧牲的不可避免，是戰爭的發動者「拿破崙」會被當作英雄來崇拜。歷
史的發展不幸被其言中。《春華》發表於 1936 年，就已經十分清楚的看到了
未來革命的走向，它無疑是當時極有遠見與深度的長篇小說之一，它對革命
者的描寫沒有走當時流行的革命加戀愛的模式，卻是更真實深刻地反映了歷
史事實本身，令人匪夷所思的是，《春華》與後面的《雙清》長期以來不受文
學界的重視，及至今日，關注或者研究過它們的學者寥寥無幾，能體會他「深
意存焉」的良苦用心的則幾乎沒有。智者的聲音被淹沒，不只是智者個人的
悲劇，也是整個社會時代的悲劇。如果說「銀鐘之響於幽谷」是如何響的，有
好事者認定「只有豬八戒的順風耳」能聽到者，那麼他的《春華》就是這樣一
部藏於幽谷的銀鐘發出的，王統照用自己的作品來告訴人們「銀鐘」是如何
響於幽谷的。

誰能想像，70 年後，深藏於幽谷兀自如銀鐘樣響著的《春華》要靠兀自
在對岸刮著的「旋風」來吹響呢？

（二）「旋風」起兮「家」飛揚的姜貴：傳統與世俗的守護者

姜貴（本名王意堅）（1908～1980），1908 年 11 月 3 日出生於山東諸城相
州鎮。1948 年攜家人到臺灣，背井離鄉，國難家愁之餘，以自己的家鄉族人
為原型，於 1952 年創作完成了長篇小說《旋風》，後來受到文壇名家胡適、
夏志清、蔣夢麟、王德威等推崇，奉為經典。姜貴的《旋風》與《重陽》的命
運，與王統照的《春華》與《雙清》長期的寂寂無名正相反，而是在臺灣和美
國受到文學大家們廣泛的推崇，發揮著持久的影響力。

著名文學評論家夏志清先生為其做序：「《旋風》實在是中國諷刺小說傳
統──從古典小說到近代作家如老舍、張天翼和錢鍾書──中最近一次的開
花結果」⋯⋯蔣夢麟先生更是直接稱其為是一部「新水滸傳」，葉石濤也曾說：
「五○年代文學所開的花朵是白色而荒涼的，缺乏批判性和雄厚的人道主義
關懷，使得他的文學墮落為政治的附庸」，然而，當他分析作家作品時則道：

〔註2〕見《王統照全集》第三卷，中國工人出版社，2009 年版，363 頁。

「在所有反共文學，別具風格，最真實而力的，當推姜貴的《旋風》」

哈佛王德威教授在評論當年的政治小說時亦言：「類似《漣漪表妹》般以家族倫理道德視景批判知識分子的左傾際遇，而能不落俗套者，仍首推姜貴的《旋風》。」王德威教授近年對其多有研究著述，成就最為令人矚目。

姜貴（左一）與夏志清（左三）1979 年合影

姜貴的《旋風》主要是以「方鎮」為中心，主人公方祥千品德高尚正直，一心推崇共產革命，先是在 T 城裏組建馬克思學會，後回到方鎮與遠房侄子「方培蘭」一起組建「旋風」縱隊，兼帶著述及方鎮世家大族「方家」的幾家大戶「居易堂」、「養德堂」「帶星堂」等大家族的生活面貌，及其衰落的命運與腐朽的生活方式，各色人物粉墨登場，歷史動盪與波折盡在其中，最終，方祥千被兒子出賣，才恍然醒悟，自己原來被自己的理想騙了⋯⋯

姜貴 17 歲因反抗包辦婚姻就從家鄉族人生活中消失，從此沒有再回過家，音信亦基本斷絕，因此，他的情況在族人的敘事裏面基本未被提及，只能從他的自傳裏看到一些：

> 但我在濟南，也有痛苦。那些痛苦，都來自翔千六伯父，真個說來話長。他在弄一個什麼馬克思學說研究會，每次開會，都命令我參加⋯⋯
>
> ⋯⋯我在濟南，惟一的家長是翔千六伯父，他在甘石橋省立法政專門學校當「文案」，相當於現在的秘書或文書科長。對於我被錄取在預科，他曾經大發牢騷，怪我：「到底你在小學裏讀的什麼書！」

　　而且逢人輒道，務必讓我在人面前抬不起頭來。一個小學生，剛剛離開家庭便遭此挫折，我為之心情不快者達數月之久。

　　一中校長顏祥卿先生，教務長是范予遂先生。在我的學校保證書上簽名做保證的人是王樂平先生。樂平先生有個簽字看起來像洋文，翻過來看，卻是王樂平三個漢字。以後，我也學他，有過這樣一個簽字，至今猶用……

　　時樂平先生方辦民治日報，民治日報與齊魯書社並為國民黨人聚首之所。民治日報在鵲花橋街，後門臨大明湖。齊魯書社在大布政司街，都距一中不遠，所以，這兩個地方，我都常去玩。王統照先生住西關某街，我只去過一次。那時他還在讀中國大學，小說《一葉》剛出版。但我並沒有讀過《一葉》。我在濟南，正巧魯迅的《吶喊》和《少年維特之煩惱》的譯本出版。我讀了這兩部書，才接觸到舊小說以外的文藝領域，頓覺天地一寬。等以後讀到《復活》，為之心神不寧者多日，其激動有甚於讀紅樓至林黛玉之死，才漸漸有了自己試行寫作的意思……〔註3〕

此時姜貴還是個中學生，就可看出姜貴早年與王翔千、王樂平、王統照等都較為熟識的關係，以及這些長輩對他的關照，王樂平名字的倒著看大概是他小說裏把他名字倒過來稱為「羅聘三」的緣故。

姜貴從小的成長受共產黨的伯父王翔千關照，離家出走後儘管加入了國民黨，但他也不是一個堅定的黨派人物，正如他在《重陽》自序中說：

　　我出身於一個小資產的藥商家庭，我習慣於承認以合理的經營求取合理的利潤，而要求享有不受干擾的個人的，以致家庭的私生活……我不是一個勇猛的鬥士。〔註4〕

《旋風》裏人名、地名多用了諧音或真名，前半部分幾乎可以稱之為紀實小說。小說發生的場域「方鎮」就是相州鎮，其地域風貌基本與相州的真實地理狀況吻合。「方家」即是王家，東嶽廟、牌坊、家族祠堂、方氏私立小學等，如果把「方」改成「王」，基本都能對應。就連那兩棵百年松果樹都是

〔註3〕見《姜貴自傳》《姜貴中短篇小說集》，姜貴著，應鳳凰編，臺灣九歌出版社，2003年版，203頁。

〔註4〕見《姜貴自傳》《姜貴中短篇小說集》，姜貴著，應鳳凰編，臺灣九歌出版社，2003年版，233頁。

真的，民情、風俗等基本是現實描述。情節脈絡也基本上都是以真實的歷史故事為依據，小說裏韓信壩、小梧莊等的村莊名字也是實有的地名。人物名稱多是真實人物名字的諧音。「方祥千」即是王翔千，「方珍千」王振千，「方培蘭」王培蘭，「董銀明」是鄧恩銘（諸城話「董」與「鄧」讀音是一樣的），「尹盡美」是王盡美。「張嘉」是臧克家。王家「土」字輩的年輕人在小說裏變成了「天」字輩，如王心堅小說裏稱為「方天芯」，王志堅稱為「方天芷」王憙堅稱為「方天苡」王懋堅稱為「方天茂」，國民黨要員王樂平，行三，在小說裏直接倒過來「樂平三」稱為「羅聘三」，在諸城「樂」發「羅」音。女性土字輩的王辯，字慧琴，小說裏稱為「方其蕙」，王滿稱為「方其蔓」，所有「土」字輩的男女，名字全部都是「草」字頭，篤信易經風水的姜貴，在小說中對自己家族長輩、兄弟姐妹的命名可謂用心良苦。

但文學畢竟是虛構，姜貴在《旋風》中亦說：「小說，或多或少，都不免是作者變相的自傳。但若干人物的假借和感情的寄託，經過手術，或則縫合重塑，或則分屍銼骨，早已真相模糊，不可復接了。」因此，儘管以真人真事為原型，但經過了作者的「手術」，早已走樣變形，且不可就此把原型人物等同於現實人物。也因此，小說裏的「方家」也不能簡單地與「王家」劃等號。

《旋風》前半部分的紀實與後半部分的虛構，大致以姜貴本人 1926 年前後離開家鄉為分水嶺，前半部分，他生活在家族中，對家族人物與掌故都是熟撚的，而後半部分他與家人決裂，儘管他依然通過多種渠道關注（《無違集》中他提到與胞弟王愛堅的通信、為八姑原型王慧蘭離婚證明等），但基本上不是那麼熟習，而是沿著前面的真人真事往虛構的方向推進，作為預言小說，這也加速了他小說裏的歷史進程，跳出了現實的拘擬與束縛，但距離真實人物與真實事件就比較遠了。王德威教授在《歷史與怪獸》的 139 頁的有個質疑：「倘若他們（指方祥千、方培蘭）不能預見共產主義帶來的結果，那麼他們因為幻滅而說出的反共必勝的一番話又如何可信？方氏二人對共產主義認識既有不足，他們對革命成功的預測就顯得更不可靠。因此這部小說的結論其實開啟了更多的疑問。」這樣的推論可以說是極有洞察力的。

因為他的敘事，又因為他的敘事極為成功，受到幾代文學大家的關注與研究，作為文學經典之作，在臺灣乃至美國的大學課堂，作為中文系學生的必讀書目，使他的作品廣受矚目，王家的「家事」也因此變成了國事、天下

事，連同王家日常瑣碎，都隨著「旋風」高揚飄飛，滿世界起舞，借著小說文本，成為人們認識那個時代、認識那段歷史的藍本與依據。

姜貴在臺灣無論是自傳還是小說，隻字不肯提及他曾加入過山東共青團組織與有個包辦婚姻的原配妻子這個事實，但經查證，直至今天，山東黨史的早期共青團員依然有「王意堅」的名字，他那位原配則在他家鄉等了他一生，這是理解《旋風》家族敘事的一個關鍵點。

與王統照與家族的其樂融融正相反，姜貴早早就與家族鬧翻了臉。在愛情與婚姻上最可看出這叔侄二人的個性與不同，幾乎是截然相反。王統照至死鎖在隨身攜帶的小箱裏的《民國十年日記》，死後多年才被兒子整理遺稿發現，裏面記錄了一段他與諸城同鄉隋煥東小姐的生死戀情，他是遵從母命，為了家族與原配，犧牲了戀人。而姜貴正相反，為了追求自己喜歡的戀人，不惜與嗣母、家族斷絕關係，毫不留情地拋棄了原配。

高陽先生曾研究《旋風》裏面的「補償心理」，對於從洞房裏出逃、從家族生活中消失了的姜貴，卻通過各種秘密渠道對家族事物關注甚詳，念茲在茲，付諸於文字，在小說裏對故鄉人物、人情風俗做出了詳盡的描述與刻畫，離家最遠描述卻最詳，又何嘗不是一種補償心理？那個苦苦在家裏守候著他的原配夫人是他無法直面的現實與無法回歸的家族。對家族的愛恨情殤似乎都只能反映在他的文字當中了。因此，姜貴本人這種對家族的複雜心態該是理解他作品的一個重要切入點，而僅從政治的角度則難免失之一隅。

因此，即便是對本家族成員，姜貴也是帶著極強的個人情感色彩來寫，加上他誇張與諷刺的筆法，已遠沒有與家族和諧相處的王統照的平和與溫柔敦厚，因此，儘管小說裏人名多用諧音，也有部分事實為依據，也且不可把小說人物等同於現實人物。

令人匪夷所思的是姜貴個人無疑是個極為「反傳統」的新青年，而在他的小說裏，卻處處顯示了他保守的一面，體現出對中國傳統文化堅守的立場。小說裏不但採用了章回體的古典小說結構、全知全能的敘述視角，而且，字裏行間都閃現著對傳統習俗的堅守與憑弔，正如夏志清先生所言：姜貴「守住的是孔孟儒家的主義感，倫常觀念，和忠孝精神，……同晚清小說一樣，姜貴個別諷刺對象有封建地主、舊式官僚、頑固分子以及投機取巧、不學無術的新派人物，空頭作家，洋場惡少，但因為他的主題是中國文化的存亡問

題，他們的種種行動，不論自甘墮落也好，自命前進也好，顯得更可笑，更可悲……」也因此，他的小說裏，處處可見他從傳統、文化、世俗角度的描摹社會眾生、刻畫形形色色的人物、風情，並對其被顛覆、摧毀的命運表現出強烈的批判與質疑。

姜貴以自己的世俗平常心展現了社會上芸芸眾生的世俗生活與平常心態。而也正是這尋常世俗，傳越理想與崇高，回歸傳統與本土，見證了歷史與未來……

二、在歷史真實與藝術真實之間

既然《春華》與《旋風》都是在歷史真實基礎上的藝術創作，因此，結合人物原型，也就有必要在歷史真實與藝術真實之間做一下比較分析。

山東共產黨之父、創始人之一王翔千是《旋風》的頭號主人公「方祥千」、《春華》裏面的「飛軒」的原型，他是姜貴（王意堅）的伯父。姜貴的生父王鳴柯（行七）、嗣父王鳴韶（行五）與王翔千（行六）是同一個祖父的堂兄弟，按照王家「土、金、水、木、火、土」的排行規則，他們都是「火」字輩，姜貴是王翔千的侄子，王統照也是「火」字輩，與王翔千是同族兄弟，他們都出生、生活在相州，早期就有密切的家族聯繫與交往。小說之外，王翔千1956年去世時，已病入膏肓的王統照還專門為他做悼亡詩六首：

> 學成恰遇革新初，皮履西裝過市趨，
> 煙斗在懷舌在口，尚餘手筆肆抒籲。

> 諷刺能深指蠹奸，愛憎清辨筆先傳，
> 每朝民報爭來讀，韻語白文曲意宣。

> 同上黃河看巨橋，同評史蹟作詩謠，
> 丸泥刻杖孳孳意，趣永神凝藝事高。

> 中年晦跡似隱淪，灌畦烹鮮趣味真，
> 卻解新思先覺早，卅年前是黨中身。

> 幾年參議在山城，兒女都從鍛鍊成，
> 珍珠泉邊淮水上，掀髯一笑話平生。

> 衰病經春未可醫，良時惜欠到期頤，
> 一言須記君行傳，定識能先永護持。

（王統照手跡、其子王立誠先生贈）

　　這六首悼亡詩對王翔千真實的一生作出追憶與描述，也可見其交往之深，瞭解之詳。王統照第二年，即 1957 年亦離開人世。因此，王翔千不僅與兩位作家關係密切，也是他們都很看重並著力敘寫的人物。

　　王統照的這六首挽詩是得到了王翔千子女的認可的，他們認為王統照在詩中對他們的父親王翔千的一生的概括與評價是比較客觀而真實的。王翔千長子、著名作家王希堅（原名王憙堅），對於《春華》曾寫到：

　　　　在我上中學的時候，已經能夠閱讀這位未見面的大作家叔叔的一些作品。其中給我印象最深的，是他的《春華》這部小說。因為這部書裏寫的基本是真人實事，所以特別感到親切。書中的主角那個堅石，就是我們同一曾祖父的二哥。我們同族的第四代弟兄共有十五個人，都是堅字輩，就是每個人的名子末尾都有個「堅」字。書中人物用的雖不是原名，但我們一看就知道所寫的是誰。另外像堅鐵、身木、義修等，也都是半真半假的化名……《春華》所描寫的那個年代，正是山東和全國處於革命高潮和大轉折的時代。那時候我們家鄉一大批二十歲左右在濟南求學的青年都隨同王盡美、鄧恩銘和我的父親，捲進了這一急風暴雨的浪潮之中，隨後又不斷

分化，像電影《大浪淘沙》中所寫的情景一樣，我那位二哥是王盡美的同班同學，他也是那時勵新學會和馬克思學說研究會中的骨乾和積極分子。但在一次鬧學潮失敗後，他跑到杭州去當了和尚。當了一個時期又回到濟南。有人還記得他當時寫的兩句詩：「出世無因還入世，避秦無計且亡秦。」這以後，國民革命軍興師北伐，他還到部隊裏幹了一陣。隨著大軍北上的半途而廢，他又第二次回到杭州去當了和尚。直到最後，大哥（堅鐵）才去把他領了回來。這個人物有很大的典型性，他的經歷又曲折反覆，所以王統照就地取材，如實描寫，把那一段激動人心的大時代，從一個側面反映出來了。

　　單就這部作品，我們可以看出王統照先生是一位革命現實主義作家。他堅持為人生而藝術的一貫信念，對他親自經歷和接觸過的這一段時代風雲，作了如實的典型化的解剖敘述……〔註5〕

作為原型的子女與當事人，他們的表述也成為我們理解作品的重要基點。王統照在小說裏沒有把王翔千寫的正面，但並不影響他們有很深的私人情意。王統照與姜貴都是在透過家族管窺社會與歷史，而不是為家族樹碑立傳，是借家族「塊壘」澆灌自己的「文學酒杯」，這也是兩位作家作為作家的難能可貴之處。王統照對王翔千本人的六首悼亡詩成為我們認識文學作品中的「方祥千」與「飛軒」的一個重要參照。王統照在《春華》中只展現了「飛軒」在堅石出走時的一個側面，即他對出家的「堅石」冷、硬的一面，篇幅不多。而《旋風》中「方祥千」則是頭號主角。從這六首詩的對比中可發現，前面三首基本是《旋風》前半部分小說文本的詩意概括，佐證《旋風》的寫實風格，後面三首則反證了《旋風》後半部分的文學虛構。詩歌與小說文本構成鮮明的「詩、文」呼應，不僅見證小說描寫的真實程度，亦互為鏡象地我們理解作者與人物提供多重角度。

　　王志堅：《春華》裏面的第一個出場的重要主人公是「堅石」、《旋風》裏「方天芷」的原型，他的父親與姜貴父親是同父兄弟，是姜貴的堂哥，王統照的姪子，在兩部小說裏都是重要人物，他的情況王希堅在前面評價王統照《春華》時已經交代清楚。

〔註5〕見王希堅《一代宗師　名垂千古——回憶王統照先生》《諸城文史集粹》，諸城市政協學宣文史委員會編，2001年版，426頁。

　　王志堅在生活中，正如《春華》中所描述的那樣，平時與「二叔」王統照私交最好，極為私密的出家之事，他也獨與王統照說，而王統照對這個侄子也多有關心照顧，不但在小說裏對他著墨最多，而且在日記裏也多次提到「志堅侄」，並對他回到家後能平靜生活而安慰，特別記到日記裏，而對其他的侄子則甚少提及。其後，在王志堅擔任相州王氏私立小學校長期間，王統照還應他之邀，為學校寫了校歌，去學校演講，捐獻圖書館等，把王志堅拿給他看的小學生搜集的當地民間故事帶到上海，親自作序出版。

　　值得指出的是，直到現在山東黨史上依然把王志堅的第一次出家誤認為他是去蘇聯參加了共產國際大會，而兩部小說則都寫明他是出家了，尤其是《旋風》連他出家的地址半山寺都是確實的。而現在從前蘇聯返回的代表名單裏也沒有王志堅的名字。因此，這裡，小說比歷史更真實地記錄了歷史。兩次出家的王志堅在《春華》裏面是個秉持獨立思考的懷疑論者：「越是別人堅決主張的事，自己越容易生疑」，而在《旋風》裏面則被描寫成沉醉於做古詩、追女人的偏執狂。真實的王志堅則是在兩度出家後，致力於教育救國，王氏私立小學在他的努力下到達鼎盛時期，他曾說：「在任何時代，教書育人總沒錯吧？」，不幸的是他1947年被殺，1979年被平反，兒子、孫子均成為文盲。

　　王樂平：字者塾，在《旋風》與《重陽》裏面都作為原型出現過：「羅聘三」與「錢本三」，《春華》裏面則是「圓符」的原型，王樂平在他那一支的兄弟大排行中是行三。（錢本四原型王立哉是他的堂弟，行五，曾是山東國民黨黨部的實際負責人，到臺灣後，長期任考試院考試委員）。可以說，他是早期王家族人在國、共兩黨裏面最活躍與最有影響力的人物。王樂平亦是相州王家族人，隨著家族的壯大，王家子弟開始到外邊買田置地，逐漸往周圍的村莊擴散。他家從相州搬遷到旁邊的王家樓子村，搬出後還一直與相州保持著密切的聯繫，1906年，相州王氏私立小學成立，他的父親、舉人王紀龍擔任首任校監。王樂平資格雖老，貢獻也大，輩份卻小，是「土」字輩，比王翔千與王統照都晚了一輩，與姜貴是同輩。他是現代歷史上最悲情的政治家之一，他以國民黨員身份為共產黨的創建立下大功，陳獨秀要在山東發展共產黨，首先找的就是他，但他已受孫中山先生委託在山東組建國民黨在先，是他把信轉給王翔千、王盡美（這些現在山東黨史都已明確標明）。他同時培育兩個政黨在山東的誕生與成長。在他忠誠的國民黨那邊，又因主張

國共合作，以國民黨左派身份被蔣介石派人暗殺，可謂兩邊不討好，直到現在在國共兩黨的歷史上都未得到應有的重視與關注。姜貴小說裏對他的描寫也是最值得玩味的，也最可看出姜貴的寫作態度。姜貴頂著「反共」作家的大名，在小說裏卻對共產黨這邊的人物多有美化，儘管理想追求虛無，個人品德卻是個個高尚、正直。儘管史實證明，有些原型並不那麼高尚。比如姜貴的同班同學「董銀明」原型鄧恩銘，姜貴在小說中明顯把他美化了。王用章兄弟叛變後最先報復的人就是「董銀明」，事實也是如此，鄧恩銘最先被出賣、逮捕，後被槍斃，為「革命與愛情」留下了一個最血腥的注腳。這本是姜貴最擅長的題材，他卻在老同學身上忍痛割愛了。而對國民黨那邊的多有醜化，儘管他們本人很高尚，王樂平就是個典型的例子。王樂平對結髮妻子伉儷情深，在家鄉傳為佳話，他到上海後，即把這原配與孩子、老人都接到上海共同生活（他生平只有這一位妻子）。姜貴《重陽》裏偏偏寫他的鄉下妻子私通，他被逼不得不離婚另娶等鬧劇，更把他的女兒在《旋風》裏妖魔化。王樂平被槍殺後，他妻子被刺激的神經失常，三個幼小的兒子即由長女王平（原名王貞民）照顧長大，而《旋風》裏面「羅如珠」為父報仇變成了蕩婦。王樂平是國民黨改組派的實權人物，被殺震驚全國，其時，他的兒子們尚小，年僅 22 歲的王平挺身而出為父親料理喪事、發表聲明等。王平當時已經與丈夫王哲在戀愛，夫妻相伴到老，恩愛一生。王哲是 1925 年留蘇的學生，與蔣經國是同學，五十年代擔任過山東省副省長，八十年代任省政協副主席，兩人有一女兒名海燕。王樂平的老朋友、詩人柳亞子曾寫詩讚美他們的美好婚姻：「合壁連珠喜兩王，嬌雛海燕已高翔，千刀應正元兇罪，萬死難償我友亡。倘見表彰新誥令，難忘神采舊飛揚。懸首太白應非遠，一矢期君返錦囊。」為王樂平復仇處決叛徒的是當時的上海暗殺之王王亞樵。倒是《重陽》中的「錢守玉」與她本人比較一致，總之，小說裏不給這對潔身自好的父女來點色情是不罷休。也可看出，即便同一人物原型，姜貴在不同的小說裏也大不一樣，這只能理解為作者是服從藝術表達的需要。而《春華》裏面，「圓符」出現的場景也不多，主要圍繞他動員巽甫一起去蘇聯的事情，卻把他作為政治人物那種處世的老練與沉穩生動地刻畫出來：「圓符快近四十歲了，短髮，黃瘦的面孔，眼眶很深，從近視鏡中透出那兩份有力的眼光，照在人身上，——經他一看，簡直可以把人的魂靈也看透一般的銳利⋯⋯」不但這段史實是真實的，我們看王樂平本人的照片，他正有一雙目

光如此犀利、能洞察一切的眼睛……

《旋風》裏出場不多的「方八姑」的哥哥「方慧農」原型王深林，在《春華》裏面則是描寫的最生動的「身木」原型。是農工民主黨的重要發起人、主要領導。《春華》裏面對他著墨頗多，寫他最有人情味，「堅石」出走，最著急四處尋找的就是他，其後，他埋頭苦讀，一直在探索科學救國的道路，這是符合實際情況的，與其他專業從事政治的人不同，王深林始終沒有放棄知識的追求，政治之外，他一直還堅持學習，即便被國民黨派遣到德國考察鐵路，他也堅持在柏林大學學習。而《旋風》裏面對他沒有詳寫，他甚至沒有正面出場，只是模糊地說他是個很有能量的人，釋放「張嘉」即是通過他。

《旋風》裏面品行高尚、鞠躬盡瘁的「尹盡美」原型既是中共一大代表王盡美，是《旋風》中寫的最為完美高尚的人，他1925年死於肺病不假，但不是小說裏的死在相州，而是病逝於青島醫院，他死後，孩子由王翔千照顧也不假，但他死時王翔千並不在他身旁。除此之外，《旋風》裏面對他的描寫最為客觀真實。《春華》中則是「金剛」的原型，其時正作為一個最堅定的革命者在為革命奔走，他對「堅石」的出走連說「時代的沒落」，表現冷漠。

詩人臧克家的前妻王慧蘭，又名王深汀，字者香，《春華》裏面只作為給哥哥「身木」寫信的背景人物「身木」小妹，還是個孩子，到了《旋風》則是主要人物「方八姑」的原型了，她在王深林的十一兄妹大排行中行八，是唯一的女孩，大家根據輩份喊她「八姐」或「八姑」，是《旋風》裏面唯一的正面人物，堅持抗戰的硬骨頭。她1928年與臧克家結婚，生下兩個兒子，1938年離婚，姜貴還是兩個簽字的見證人之一。她後來再嫁李滿安，50年代與丈夫一起任駐德外交官。她本人風度翩翩，擅飲酒，個性比之小說，更為潑辣強悍。她從未被日本人逮捕過，是她的七哥王笑房因重慶的胞兄王深林寫來的密信被日本人截獲而被捕過，受盡酷刑，寧死不屈，時任市立青島一中（原膠澳中學）校長。

就具體人物而言，姜貴小說裏貶低打伐最力的，不是共產黨員，而是他的國民黨同仁與作家同行。王家族人中的五個作家有三個被他當作原型寫到小說裏去了（估計是王願堅、王力太小，姜貴對他們不瞭解，故未寫進）。出賣父親、投機逢迎的「方天苡」的原型是王翔千的長子、姜貴堂弟、著名作家、曾任山東文聯副主席的王希堅，既然《旋風》後半部分為虛構，這個當然

不存在。而「投機詩人」張嘉的原型則是姜貴的妹夫、詩人臧克家。儘管情節脈絡基本按他本人的生活軌跡，但把事件的先後次序顛倒了。臧克家因參加1927年的武漢大革命回到家鄉後即與王慧蘭結婚，他出逃東北還是踏著新婚妻子王慧蘭的肩膀越牆而走，王樂平、王深林之所以原諒他並搭救他的一個重要原因是「不能讓王慧蘭守寡啊！」小說裏把他們結婚的時間一顛倒，他們婚姻的性質就完全變了，臧克家青梅竹馬的婚姻就變成政治投機了。王統照則是那個畏縮懦弱、扣門小氣的「方通三」的原型。王統照與兄長王統熙一支，人丁不旺，但家資卻最富，對整個家族事業的支持也大。相州王氏私立小學當初的創辦主要就是王統熙捐的財產、地方，他也因此被公推為私立小學的首任校長，晚輩稱王統照為「二叔」就是相對於他這位「大叔」而言的，他是著名導演崔嵬的姐夫，堂號為居易堂，但這並不等同於《旋風》裏的「居易堂」，因為崔嵬的姐姐本身就是偏房，而王統照之子王立誠說他從未聽說過大房（可能因不生孩子被冷落在相州老家），王統熙的孩子也均是這位崔氏所生，並主持家政，因為姓崔又是偏房，王家認為不吉利，為她改姓傅，取「富」諧音，晚輩稱她為「傅奶奶」。他們一家一直在青島生活，很少回相州，青島房子名為「居易裏」，相州親戚多去投奔，包括王樂平的兒子後來都住到那裡，這棟樓房文革後歸還其後人。王統照小兒子王立誠就是由她接生，因此王立誠一直很尊敬他，後來她到北京探望弟弟崔嵬，還是王立誠陪同去的，當時剛拍完《青春之歌》，王立誠先生記得當時崔嵬還曾對他們說「我跟總理說《青春之歌》拍長了！」總理說「長了好！」臺灣國立中央大學臺文所助理教授陳建忠教授曾作過《旋風》與《青春之歌》的比較研究，可能並不知道作者、導演之間，還有牽連的親戚關係。崔家家貧，崔嵬受姐姐照顧良多，在青島讀書時就住在青島他姐姐家，某種程度上，崔嵬也是王家間接培養出的人才。臧克家曾提及：

> 我在大學讀書期間，認識了崔嵬同志，他住在青島福建路居易裏他姐姐家裏，因為有點瓜蔓親戚，我常到他那兒去玩。他出身貧農，姐姐嫁給了王家，把崔姓改為傅（富），叫起來好聽。崔嵬在我們學校旁聽，搞話劇活動，追求光明，思想先進。他比我小幾歲，個人交往的時間很少。〔註6〕

〔註6〕《臧克家回憶錄》，中國工人出版社，2004年第1版，2008年4月2版，103頁。

　　他們的長子王大奎確有些紈絝之氣，當時他家常請戲班子唱戲，有居易堂大少爺與戲子睡覺的傳言，他曾任山東國民黨省長沈鴻烈的秘書，後隨之去了臺灣，改名王兆斌，身上有些「方冉武」的影子，又在臺灣組建了新家庭。王兆斌故土情深，90 年代先後兩次曾回鄉探親。因為王統熙去世後，家事託付給王統照料理，王兆斌敬之若父，兩家關係極為親密，九十年代王兆斌回大陸，曾去王統照與其父母的墓前祭拜，到二叔王統照墓前放聲大哭，熟悉的親人都已故去，家鄉環境也已發生了很大變化，對他刺激很大，回臺灣後不久離世。他的兩個胞弟均留在大陸，二弟王星奎，一直在青島郵局工作，解放後到了膠州（青島旁邊的郊區縣，有兩個兒子王明端、王迎端），三弟王小奎，又名王拱奎，在山東招遠縣，任過人大常委副主任，目前已離休。在臺灣的王家人亦不少，八十年代，王兆斌還參加過同在臺灣的族兄、國民黨立法委員、考試委員王立哉的葬禮。這是真實的居易堂一家的情況。（王家族人確實有叫「王冉武」的，是王家最有經商能力的人，在青島經商頗有資財，1949 年前後去了臺灣）。與《旋風》裏最腐朽墮落的「居易堂」完全不同。

王統熙青島居易里老照片（照片由王大奎之子王志鋼
在臺灣 2011 年 6 月提供給筆者）

從臺灣回鄉探親的居易堂長子王大奎（左）與王統照長子王濟誠在一起
（照片由王大奎之子王志鋼在臺灣 2011 年 6 月提供給筆者）

回鄉探親的王大奎夫婦帶領弟弟家人祭祖
（照片由王大奎之子王志鋼 2011 年 6 月提供給筆者）

回鄉探親的王大奎（左）與王統照二兒子王立誠團聚
（照片由王大奎之子王志鋼提供）

王大奎夫婦與崔嵬兒子崔金田夫婦合影

　　而「養德堂」則是王統照家的堂號。王統照 17 歲接任過私立小學校長，曾給所有學生捐獻衣服、圖書館等，其時正在就讀的姜貴未嘗就沒分享到，而《旋風》中重要人物八姑原型王慧蘭兩任丈夫出書，都是王統照無私贊助、支持的，他在主編大型刊物《文學》期間獎掖扶持的青年作者更是不計其數，

當然，他個人生活簡樸不假。王統照自家是相州首富，娶的又是山東巨富瑞生祥綢緞莊的獨養女兒，但在抗戰期間，寧願捨棄家產也拒絕日本人的和談回家條件，在孤島上海生活窘困，依然堅持抗戰，藏書與家產均被劫掠一空。

王統照早年成名，如前面所敘對家族子弟多有照顧，捨身仗義，王家子弟也多與他交往甚密，王翔千、王樂平之外，「八姑」兄妹、王志堅等都圍繞在他身邊，王統熙去世後，也把「居易堂」家事託付與他，可見對其的信任（也因此有90年代王兆斌從臺灣回鄉在他墳前祭拜痛哭的一幕）在家族中享有巨大威望。與此相反，17歲就離家出走的姜貴，一直沒有享受到正常的家族生活，就家族而言，王統照所擁有的，正是姜貴所欠缺的，而從姜貴對家族的關注程度而言，這些未嘗不是他所向往的，姜貴自傳中述及晚年總是夢見自己年輕的母親，可以說，家族之痛比政治之痛更讓姜貴刻骨銘心。在自傳裏姜貴宣稱最給他痛苦的是伯父王翔千，並沒有看到他與這些作家們有什麼過節，如此說來，姜貴的文人相輕甚於黨派之爭，他在文學上的「殺父」情結遠甚於他在政治上的「殺父」，或者說他是順著政治的「殺父」更無情地去「殺」他的文學之父……姜貴本人與其胞弟王愛堅作為「方天艾」的原型，在後半部分被妖魔化的最厲害，他最愛的或許被他反寫的最厲害的。《旋風》即是跨越時間與空間的預言之作，有所誇大與變異在所難免，既然他自己與胞弟醜化在先，大概王家族人都該為他的藝術做出犧牲與奉獻……

結合人物原型，我們也可以看到，《春華》自始至終都是以真人真事為依據的紀實文學，是在紀實基礎上的知識者的反思與批判，這與王統照為人謹慎、篤厚誠樸的性格不無關係，王統照是有著極強的家族責任的人，作為家裏唯一的男丁，他長期擔負著整個家庭的重任。姜貴17歲就反抗包辦婚姻離家出走，逃避了原配，也就逃避了他的家庭責任，他對家族的反叛情緒也隔著海峽痛快淋漓地渲瀉到他的小說裏。《旋風》前半部分儘管多屬家族紀實，但也有著他個人的移花接木、刪減、倒置與誇張等在裏面，後半部分更是已相去甚遠，基本是作為政治預言的文學虛構。比如，王翔千早期組建共產黨是事實，但後來基本退出，主要是支持兒女參加。王培蘭殺生二、生三為父報仇是事實，但他不是共產黨員，儘管是本家，也與王翔千來往不多，更無組建旋風縱隊的壯舉。上海代表吳慧銘「史慎之」拿著傳單去敲詐銀行是事實，但只被判了一年半，不是死刑。「巴成德」原型田裕暘在娶親路上被捕是事實，但不是當即槍斃，而是被關押了段時間後被槍斃。「方八姑」原型王慧

蘭抗戰時期不在家鄉相州，而是在重慶，還有過宴會上「搧陳誠弟弟耳光」的壯舉，「方天芷」的原型王志堅，《旋風》裏把他作為一個偏執狂型的人物來寫，而真實的王志堅作為王盡美的同班同學，早期參加共產黨，後來又兩度出家都不假，但他回到家鄉後，並非如《旋風》所寫，只沉湎於舊詩與追女人，而是擔任相州王氏私立小學校長後，全力投身教育，這所小學就是在他的努力下得到全面振興與發展的，這些都有史料為證，因此，《春華》對他的描寫是更為客觀與公正的，王統照在《春華》中對他的評價：「看他從一個筋斗中翻過來，似乎在沉靜的表現上更增加了他在內的熱情。能熬苦，能上絕路，可也能從絕路上另找站腳地，在顯明的矛盾的界限外，他有他的混然內力讀佛經時可以看一切皆空，脫下袈裟便又腳踏實地。」也是符合實情的，而姜貴的就真實性而言則失之偏頗，他關於抗戰的描寫更是完全不合事實，因此，就真實性來講，《春華》的生活真實性明顯高於《旋風》。總之，王統照追求的生活真實與藝術真實的統一，以現實的深刻性見長；而《旋風》的藝術真實明顯是超越了實際的時空，姜貴追求的是藝術真實對生活真實的超越，以遠見與預言見長。

王家特殊的家情、世情，使兩位作家都從「家國同構」的角度，闡發了自己的國家關懷與社會思考。他們筆下「家」即是「國」，從「家族」出發，最終落實到「國族」之上，這也是理解他們紀實與虛構的基點與前提。

三、內地傳統的海峽承續

目前為國家行政學院教授的王偉記得，（王偉的父親王笑房是「八姑」的七哥，姜貴小學同班同學，姜貴自傳中提到干翔千排演新戲，讓他扮演小學生他不肯，就是這位王笑房上去演的，曾任北師大數學系教授、青島膠澳中學（現青島一中）校長，文革期間被迫害致死）50 年代初，王統照到他家做客時曾說起：「巴金寫了一個《家》，而我要寫一個『族』」，他環繞一眼在座的家人，說，「你們都會在裏面！」當時還是個孩子的王偉馬上問了一句：「那我呢？」王統照笑笑說：「你也會在裏面！」只可惜，王統照其後身體狀況每況愈下，不久就離開了人世，對於家族的敘寫，只留下反映時代橫斷面的《春華》，他更龐大的家族創作計劃還沒來得及展開，可謂「壯志未酬身先死」，成年後的王偉對族叔王願堅談起王統照未竟的夙願，王願堅當時曾說：「那我們來寫！」

　　遺憾的是，王願堅在文革時期受盡磨難，亦在創作的盛年離開人世，王家兩代人未完成的夙願，卻沒想到，在海峽的那一邊，他們家族的「逆子」王意堅（姜貴）在那裡洋洋灑灑，把王家的家人家事敘寫成長篇巨製，並引起了巨大的反響，儘管不無誇張、諷刺與扭曲的成分。

　　王統照比姜貴大 11 歲，輩份上，王統照是「火」字輩，王意堅是「土」字輩，按王家金、水、木、火、土的排輩規則，王意堅小一輩，兩人是叔侄，都出生於、生活在諸城相州王家的同一家族。姜貴個人生活與王統照也多有交往，這些從姜貴的自傳性文字裏也能略知一二。

　　1914 年，17 歲的王統照回鄉擔任了相州王氏私立小學校長，姜貴在該校讀書則是在（1914～1918 年），也就是說，姜貴上小學的時候，正好是王統照擔任校長。姜貴剛開始涉足文壇，曾得到王統照的賞識與幫助，姜貴自己也是有記載的：

　　　　他動筆寫的第二部是中篇小說《白棺》，可惜沒有出版；《白棺》
　　由王統照拿去在《青島民報》連載……〔註7〕

　　王統照的中篇小說《苦同學共產記》於 1919 年曾在《中國大學學報》第一、二期上連刊，已經用詼諧的筆調調侃幾個同學實行共產的不現實。《春華》完成於 1936 年，即在當時著名的《文學》雜誌發表，而另一部未完成的長篇《雙清》寫於抗戰時期的上海，曾連載於上海的《萬象》雜誌。《文學》與《萬象》當時都是很知名的文學刊物。其時姜貴也在上海，他從來就愛好並致力於文學，儘管早年離家，但就《旋風》來看，他對家族的大小瑣碎皆了若指掌，有些比根據眾多當事人回憶整理出來的史料還要真實。並且王統照也作為他的小說人物原型出現，對他曾經翻譯出錯、娶的妻子家世這些生活的細枝末節都是完全真實的。因此，說姜貴對家族中當時最知名的作家王統照的在著名雜誌上發表過的作品缺乏關注如何令人可信？王統照《春華》裏面大段引用法國大革命來預言，臺灣學者童淑蔭等也都曾指出過姜貴的「法國大革命式寫作」：「重於語言運動與鮮血橫流的直接聯繫用誇張的戲劇效果呈現革命所需要付出的代價」。無論是《旋風》還是《重陽》，那一部不是大量描述了無辜者的犧牲與流血，那一部少了《春華》預言的具體體現？他們的「巧合」是家族偶然？還是文學相繼的必然？

〔註 7〕見《姜貴中短篇小說集》應鳳凰編附錄二《姜貴的一生》，臺灣九歌出版社有
　　　限公司，2003 年版，239 頁。

　　當姜貴的《旋風》如洪鐘大呂在對岸鳴響的時候，誰能說，他沒有受到王統照的《春華》《雙清》的影響，裏面沒有那響於幽谷的銀鐘的合音呢？

　　前面已提及《旋風》後半部分「旋風」縱隊屬虛構，王統照的《雙清》中確有一段關於「旋風」縱隊的描寫，是主人公笑倩在逃難路上的遇到的，姜貴是否從中得到了靈感與啟發則不敢妄斷：

　　　　突然，像是捲起一陣旋風，怎麼？大約在十幾裏外的河道北面，滾滾風沙顯然包著一線極長的馬陣，彷彿比賽，爭著飛跑。時而有幾聲尖而低壓的槍聲，聽不清晰。——從遠處的高峰上突然看見，是展開一方騎士上陣時畫面，是演出一串墨西哥山間爭礦的馬隊電影？先是，從秫秫稞裏閃過，重行轉出，如一條巨蛇，在草堆上一股勁的向前鑽竄；及至到了全是平地不種秫穀的大河堤岸，沒有遮蔽，更看得出人馬爭弛得的景象；那些雪亮的槍上刺刀，簡直是銀鱗在急流中起伏閃耀。〔註8〕

　　當然，作為各自的獨創作品，他們之間的差異也是顯而易見的。《春華》與《旋風》儘管人物原型基本一致，但無論寫作風格還是寫作思路，都表現出明顯的差異，展現出各自不同的風貌。

　　《春華》裏面的主人公是「堅石」、「深木」，基本是作者的侄子輩年輕人，在《旋風》裏成了次要人物。而《春華》裏面的次要人物「飛軒」王翔千《旋風》裏則是頭號人物「方祥千」，則是作者的長輩……

　　總之，王統照是寫出了時代的「新」，他們即是時代新人，也是文學新人，方法上也是推陳出新；而17年後的姜貴則是寫出了「舊」，不但格式上沿用舊的古典敘事，而且著重表現的也是他們身上的傳統「舊」東西。當然，作為長輩的王統照對家族人物有著一種長輩看晚輩的長者感，也是試圖從他們身上向前看，試圖看出遙遠的將來，而晚輩的姜貴則是「向後看」，對於家族已發生的事情的回眸與反思，試圖探討的是事情發生的原因與由來，追蹤的是事情的來龍去脈。因此，不同的角度，共同的家族人物也使他們的敘事呈現出迥然有異的風格。

　　王統照創作《春華》的時候，正是他剛從歐洲遊學一年歸來，他大學讀的又是英美文學專業，本人又是「文學研究會」的發起人之一，受西方思想、藝術影響較深。小說裏面有直接對斯賓塞的引文等，可以看出，他是有著獨

────────────

〔註 8〕見《王統照全集》第三卷，中國工人出版社，2009 年 4 月版，489 頁。

立思考的知識分子的使命感，對歷史，有著一種基於平民意識上的人性關懷，注重人物的個性描寫，及這個性與時代的互為影響的關係。明顯受到五四新思潮的影響。《春華》採取了截取生活橫斷面的新穎手法，追求「奇峰橫出，飛瀑斷落的興味」。他小說裏人物是清一色的一群青年知識分子，是從知識分子的立場出發，從知識分子與時代的互動關係的角度探討時代問題，時間跨度也很小，是歷史的一個橫斷面，是對歷史的一個切片研究，用他序言裏的話說是一個「時代的側影」。當時創作的 1935 年，社會局勢儘管不是很明朗，但確是各黨派、各勢力錯綜交織、蓄勢待發的時候。

而姜貴小說則是一個時代的「全貌」，有著縱橫交織的廣袤的時間與空間觀念，空間上，「方鎮」「T 城」交叉敘述，從城市到農村無所不包，時間上從上世紀二十年代一直寫到五十年代，前後跨度三十多年，人物更是三教九流各色人等，更有其時的名流、政客、軍閥粉墨登場，從上流到底層各種社會面向與人物盡在其中，有一種大一統的整體的歷史觀念與人物面向，是一個大雜燴的世俗世界。年輕的姜貴在敘事方式上比較「保守」，因從小受古典舊小說影響頗深，他創作的《旋風》亦採取了古典的敘事方式。姜貴從未出過國，從小也是讀中國古典小說較多，因此，無論小說形式還是內容及其觀念都受到中國古典傳統文學影響較深。《旋風》不但採取了章回體的古典敘事方式，也明顯看到《水滸傳》與《三國演義》等歷史小說的影響，也難怪蔣夢麟先生直接稱其為一部「新水滸傳」。他 1952 年在臺灣創作的時候，兩岸對峙的局面已經形成，所有的爭鬥與較量都暫時告一段落，是一個歷史大轉折時期。姜貴有著一種建立於中國知識分子傳統觀念上的大一統的歷史觀念，是天下大勢，分久必合，合久必分的循環往復的一種歷史觀，是在對歷史的循環往復的堅信中，回望歷史，預言未來。

在行文布局上，兩人更是迴然有異。王統照在《春華》序言中曾說「因為我想把這幾個主角使之平均發展，力矯偏重一二個人的習慣寫法，怕易於失敗。分開看似可各成一段故事，但組織起來，要在不同的生活途徑上顯示出有大同處的那個時代的社會動態，縱然對於動態的原因，結果不能十分刻露出來，可是我想借這幾個人物多少提示一點。」小說裏幾個人物都是平行發展的，人物故事即各自獨立，又合而為一，敘事注重個體，是對歷史如探照燈的光束一樣的橫向的切片研究。

王統照是讀大學、辦刊物、做教授、寫作等，自始至終是地道職業的知

識分子，因此，小說裏也體現出濃厚的知識分子氣息，文筆雅致、清氣，不但所寫人物均是青年知識分子，作者自始至終的思考也都是從知識分子角度出發的人性關懷與知性思考。

王統照自己在《春華》序言中說：

借了他們的行程，與奮鬥，掙扎，沉溺，更可顯露出這個時代中社會變動的由來：是——社會生活決定了人生，但從小處講也是——個人的性格造成了他與社會生活的悲劇與喜劇。

可見，王統照自始至終是一個的知識分子角度的「社會問題觀察者」。而姜貴，正如王德威教授所言是一個「社會病理觀察者。」王德威教授在《歷史與怪獸》中認為：「在歷史的演化中，姜貴隨時作為一個『社會病理觀察者』，看出人性的卑劣，革命的理想與實踐南轅北轍也從政治、權力、道德、欲望糾纏中，產生不可思議的畸形怪物」。姜貴本人則是在社會上參軍、經商、歷經軍閥混戰等多種行業都做過之後，再來做文，有一種廣博、深沉的社會歷練在裏面，內容上也是從民情風俗到地理域貌、人情百態博雜並陳，敘事注重整體性，筆法誇張、老辣、恣肆……夏志清《論姜貴的旋風》中曾說：「《旋風》實在是中國諷刺小說傳統——從古典小說到近代作家如老舍、張天翼和錢鍾書——中最近一次的開花結果……因為他的《旋風》是揉合著中國傳統小說和西方『浪人小說』技巧的產品。」

總之，如果說《春華》是展現了一群青年學子的「剎那花開」的歷史片段，《旋風》則是展現了「花開花落」的全過程及其深厚的土壤與複雜的社會背景，是一幅更為廣袤的社會歷史、政治畫卷；如果說王統照是從「鮮花」看到了「血花」；姜貴的《旋風》則是一個傳統倫理被徹底轟毀、摧垮了的世界，一切傳統的秩序與規則都被顛覆、重構了……

就語言上來說，王統照曾自謂「《山雨》取材自我的故鄉——山東諸城，文中還曾大量地採用家鄉的方言俚語」《春華》中寫的諸城子弟也是採用家鄉的方言俚語，而姜貴的小說，儘管多以家族人物、掌故與民俗風情入文，語言也基本以諸城當地的方言與俚語入文，但因姜貴後來長期生活在上海，裏面卻是夾雜了不少的上海的吳方言，姜貴自己曾說，上海是他的第二故鄉，行文表述受其影響也在所難免。但到底是以故鄉為背景來寫的，王統照的語言更為本土地道些。

叔侄同族，文學同源，花開兩岸，依然是同根同種，王統照與姜貴的家

族敘事互為補充，各展風采，為後世留下了一個時代的剪影與歷史的回眸與展望。長長的海峽如一道長長的傷痕，不僅烙印在王氏家族身上，也烙印在整個中華民族的肌體上，警戒後世，啟迪來者。

第二節　王氏家族作家群：從海峽深處浮出

　　諸城相州王家是書香門第、世家大族，在家國動盪的年代湧現出了在文壇享有盛名的六位作家，分為三派，至今分化於海峽兩岸，從未被整合到一起研討過，他們是：王統照、王希堅（本名王熹堅）、王願堅、王力，詩人臧克家，臺灣作家姜貴（本名王意堅）等，均是這個家族成員，其中，王統照為長輩叔叔，「三堅」則是堂兄弟，臧克家、王力是王家的女婿。他們家族血緣關係相近，政治傾向相異，作品風格各有不同，卻不乏內在的呼應與承續關係，是中國現當代文學史乃至中國文學史上最龐大、最複雜、影響也最深遠的一個家族作家群體。

　　這六位作家之間的家族血緣關係，以山東共產黨的創始人之一、姜貴《旋風》裏頭號主人公「方祥千」原型王翔千為中心：王統照是王翔千的族弟，王希堅、王願堅、王意堅（姜貴）是同一個祖爺爺的堂兄弟，其中王希堅的父親王翔千與王願堅的父親王振千是親兄弟，姜貴生父王鳴柯、嗣父王鳴韶與王翔千、王振千是堂兄弟。以王翔千為中心，王希堅是王翔千兒子，王願堅是王翔千侄子，王意堅是王翔千堂侄，王翔千最小的女兒王平權嫁給了王力，臧克家娶王統照侄女王深汀為妻。這樣，六位作家均是這個家族成員。

　　下面這個相州王氏「帶星堂」一家的表格最初由姜貴在臺灣的自傳《無違集》裏面畫出，臺灣族人帶回相州老家，又由相州王瑞鏞老人補充完整，王力的女兒、北大中文系王洪君教授提供給筆者。姜貴在原來的表中，1929年出生的王願堅及更小的王愈堅、王惺堅都未列上，表明他對1929年以後的家族事務知之不詳。他的胞弟王寧堅夭亡的情況看來他也不知道，王寧堅約二十歲時，其妻難產而死，他父親的醫術沒有他自傳中寫的那麼高明，王寧堅也很快去世。現在表中十五個「堅」字輩的堂兄弟排行十分明晰，其中三「堅」成為海峽兩岸的著名作家。王力之妻王全（平權）也在其中，是王希堅的胞妹。王統照家堂號是「養德堂」，臧克家娶妻王深汀堂號則是「以約堂」，都是相州王家的大家族分支。

相州王氏親族世系譜（一）

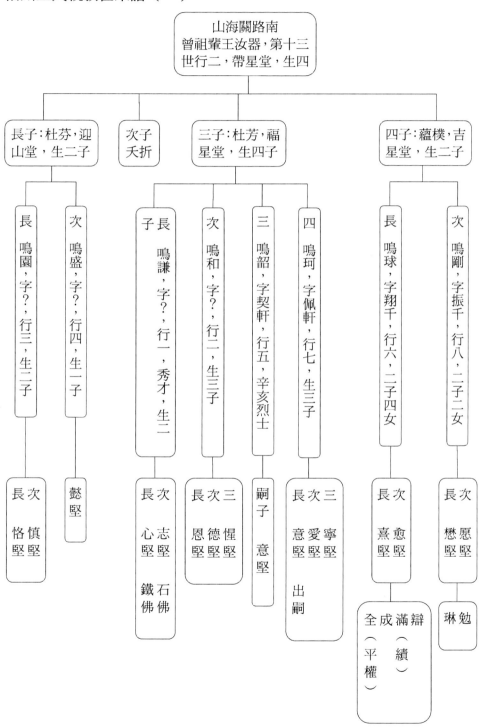

王統照：一生著作甚豐，小說、散文、詩歌、戲劇、雜文都有涉獵，通曉英文，翻譯過不少作品。2009 年中國工人出版社出版了七卷本的《王統照全集》，基本把他的作品囊括其中，是目前最全的版本。王統照亦善書法，三十年代魯迅、鄭西諦委託榮寶齋刻印《十竹齋箋譜》，其中的跋，便是出於王統照之手。

香港評論家司馬長風在其所著的《中國現代文學史》第二十一章（152頁）：《散文的泥淖與花朵》曾這樣評價王統照：

> 在早期「文學研究會」的幾個作家中，王統照的文才實優於茅盾、葉聖陶、鄭振鐸諸人，但是文名則不及他們。

> 他寫的詩和散文都清麗不俗，又有北方人獨具的亢爽；小說則較差。在新文學的收穫期，王統照寫了不少散文，出版的有《片雲集》《青紗帳》《歐遊散記》等。他的散文有意境缺少結構，富想像但缺少剪裁，詞藻豔麗但新舊駁雜，總括的印象是琢磨不足的一塊美玉⋯⋯

姜貴（王意堅）：出生於山東諸城相州，在本家族辦的相州王氏私立小學讀書，他讀小學時，正是王統照任校長。

姜貴年輕時照片

1948 年與家人到臺灣，1952 年創作了長篇小說《旋風》，後來又創作了長篇

小說《重陽》《碧海青天夜夜心》、自傳《無違集》等，共完成二十餘部作品。

王希堅（1918～1995）（本名王憙堅），出生於諸城相州，幼年隨父王翔千（山東共產主義小組創始人之一、姜貴《旋風》頭號主人公原型）在濟南求學。1937年加入共產黨，轉戰敵後和解放區；1957年反右擴大化，因為為人正直，而被錯打成「三人反黨集團」的首領，內定為「極右」，開除黨籍。文革中妹夫王力出事，他也立即被專案組審查。曾擔任山東省文聯副主席、省政協委員、中國作協理事、中華詩詞學會常務理事等。他自謂『半生戎馬半生詩』，著有長篇小說《地覆天翻記》《迎春曲》《雨過天晴》，詩集《民歌百首》《遠方集》《心影集》等。

長篇小說《地覆天翻記》是王希堅的成名作和代表作，也是我國文學史上唯一的一部以減租減息為題材的長篇小說，1947年由山東省新華書店總店出版，他因之被稱作「山東的趙樹理」。1951年，王希堅作為中國作家代表團成員訪問蘇聯後，發表了《蘇聯參觀記鼓詞》。《李有才之死》是王希堅新時期創作的優秀短篇。姜貴在《無違集》中回憶自己的父輩，說他嗣父王鳴韶下一手好圍棋，王希堅顯然有這家傳，也下得一手好圍棋，文革下放桓臺期間，還帶出了一幫圍棋徒弟，如同王統照辦刊物、熱衷於扶持、獎掖後輩，王希堅擔任領導職務後，也是不遺餘力地培養、扶植文學新人，在山東文學界有口皆碑，也擔任過多種刊物主編。

王願堅（1929～1991），出生於諸城相州，部隊作家，紅色小說短篇之王。1944年7月，年僅15歲的王願堅與十三歲的堂弟王愈堅（王希堅胞弟）就被送到山東抗日根據地參加抗戰。在部隊裏當過宣傳員，文工團員，報社編輯和記者。《黨費》《糧食的故事》等短篇小說在當時頗受關注與好評。後又陸續寫出了《七根火柴》《三人行》《支隊政委》等十多篇短篇。1976年又繼續發表了《路標》《足跡》等10篇短篇小說。1974年與陸柱國合作改編《閃閃的紅星》為電影文學劇本，在當時的社會上曾引起極大的反響，被譽為紅色經典之一。已出版的短篇小說集有《糧食的故事》《後代》《普通勞動者》《王願堅小說選》等。他的《七根火柴》與《黨費》《三人行》等曾長期入選中學課本，引領幾代人的成長。

王願堅的成名作和代表作是《黨費》，根據它改編的電影與戲劇《黨的女兒》成為迄今上演不衰的紅色經典。他曾任中國作家協會理事、解放軍藝術學院藝術系（作家班）主任。

（左起）王愿坚、臧克家夫妇与王尽美之子王乃征合影

王願堅（左）與臧克家夫婦（中）、王乃徵（右，王盡美長子）上世紀八十年代初合影於北京趙堂子胡同 15 號（照片由王願堅女兒王小冬提供）

　　王力（原名王光賓）（1921～1996）出生於江蘇省淮安縣。王力，在人們視野裏的一直是個政治人物，其實他還是個文學人物，他的長篇小說《晴天》，完成並發表於 1944 年，時年僅 23 歲，始用筆名王力。不但是中國紅色小說的開山之作，藝術水準也比同類作品較高，只這部小說，王力對中國紅色小說的開創之功不可泯滅。王力參加過 1949 年的第一次文代會，一直是中國作家協會會員，他也因這部小說而受到毛澤東的重視。關於這部小說及他與康生（也是諸城人）的認識，他自己在《王力反思錄》裏曾有記載：

　　　　我跟康生在解放戰爭時期的接觸就是在渤海區。我當時是華東局宣傳部教育科長。我在渤海區，擔任華東局渤海土改工作團總團團長兼黨委書記，兼土改幹部訓練班主任。康生在惠民縣的何家坊，找我談過話，康生帶的是什麼人呢？有曹軼歐、徐冰（邢西萍）、張曉梅、於光遠、凌雲、毛岸英、曾彥修。康生見了我，主要講我寫的一篇小說《晴天》，內容是減租減息、覆查。他說，主席讀了這本書，說這是根據地第一篇寫農民土地問題的書。毛澤東很欣賞這本書，康生自己也很欣賞。他同我講到毛澤東。他說，他從蘇聯回來時，共產國際的領導人季米特洛夫，要他回來擁護毛澤東……〔註 9〕

〔註 9〕王力著《王力反思錄》（下），香港北星出版社，2001 年 10 月版，1083 頁。

　　王力 14 歲時加入共產主義青年團，1939 年 3 月，由谷牧介紹加入中國共產黨。1943 年任中共山東分局黨刊《鬥爭生活》主編。抗戰勝利後，王力先後擔任了華東局駐渤海區土改工作總團團長兼黨委書記、土改幹部訓練班主任等職，後任中聯部副部長。王力曾列席中央政治局常委會議，後受命參加中共與蘇共的談判。他曾經十次去莫斯科，受到中央高層領導人的重視。王力曾參與寫一些大文章。1965 年 9 月，中央決定以林彪的名義發表《人民戰爭勝利萬歲》一文，王力參加了此文起草工作。1966 年，毛澤東下決心發動「文化大革命」，並設立中央文化革命小組，隸屬於政治局常委之下。王力成為中央文革小組成員之一。但很快就失去自由，被關進監獄長達十四年之久，受盡折磨，1982 年才獲得釋放。1996 年去世後，其子為其在香港北星出版社出版二卷本《王力反思錄》。

　　王力曾長期在山東工作、生活，王力儘管是王家女婿，或許是長期在山東從事土改工作的原因，或者是受家人影響太深，他的小說《晴天》裏的語言用了諸城一帶最本土地道的方言，亦可見諸城文化巨大的同化功能。

1990 年王力夫婦回相州探親。右三西裝白髮者是王力，右四是夫人王平權，左二是王翔千五女兒王成，右二是王辯女兒趙國柳，左一是相州王氏私立小學最後一任校長王瑞鏞（照片由他提供）站在當年相州山海關巷子、王翔千當年辦國民學校的舊址，現在這房子主人的是當年王家的傭人即送姜貴原配太太回娘家的鄭啟東的孫子家。

　　談到王力，不能不提到他的夫人王平權（本名王全），她是王翔千最小的女兒，出生於相州，曾就讀於相州王氏私立小學，她在校時，正是王統照《春華》裏面的頭號主人公原型、《旋風》中的「方天芷」原型王志堅當校長，當時王統照歐遊歸來，曾到這小學演講，王志堅把一摞小學生寫的山東民間故事拿給他看，後來王統照帶到上海出版，其中就有王平權的兩篇作文。王平權幼時聰穎，曾有天才、神童之稱，但她卻默默地成為了王力背後的那個女人，她本人也是參加過抗戰的八路軍老戰士，在抗戰的硝煙中與王力結成伴侶。在王力當紅時，她少有出頭露面，在王力身陷囹圄時，她忠貞不渝，當時孩子們都尚未成人，是她堅貞不屈，支撐著全家，一直等到王力回家。與她同時代的諸城老鄉江青個性迥然不同。他們的美好婚姻有王力的詩作如下：

蘇北寄平權（一）

　　（1989 年 9 月）

　　　夫妻患難命相依，

　　　夜補征衣晝賦詩。

　　　千里嬋娟同舉首，

　　　情思倍勝在家時。

　　注：1989 年 9 月份，王力回淮安、寶應、鹽城、興化探親訪友。此詩寄夫人王平權。

　　（附）王平權作：

王力離家五十一年回鄉探親行前贈別

　　　清風十萬下揚州，

　　　騎鶴凌空著意遊。

　　　新跡永存駙馬巷，

　　　舊居難覓秀才樓。

　　　江東父老心無愧，

　　　胯下王侯意有羞。

　　　未見馬翁閻鬼退，

　　　二分明月解君愁。

　　注：駙馬巷為周恩來故居。

　　王力父親以上五代秀才，曾寄居北門大街錢宅，現其房屋門樓均蕩然無存。

　　唐代徐凝詩：「天下三分明月夜，二分無賴在揚州。」

訪高南莊

鄰近金婚日，

又來南高莊。

洞房無處覓，

社址有人詳。

佳話繁星密，

親情大河長。

嫂子將分娩，

小弟趕驢忙。

過扁山兼悼亡兒路鎮

亡兒名路鎮，

埋在扁山塢。

生是蒙山育，

死依沐水居。

青山添碧翠，

白骨化磷枯。

憐子多英傑，

無情不丈夫。

注：（一）1990 年 4 月份，王力回第二故鄉山東探親訪友。

　　（二）在南高莊，巧遇原大眾日報通信員李守全，他當年曾趕驢送王
　　　　　平權去醫院分娩。（他們有一兒子出生不久夭亡）。〔註10〕

祝平權七十壽辰並迎金婚日

（1992 年 7 月 27 日）

我是楚州君密州，

沂州火線結良儔。

風雲變幻團圓少，

歲月崢嶸別夢稠。

竹石柔剛情互濟，

江山慷慨志同酬。

〔註10〕王力著《王力反思錄》（上），香港北星出版社，2001 年 10 月版，156～157
頁。

《石灰吟》語終生踐，

共護紅旗偕白頭。〔註11〕

1996 年，王力病危之時，王平權連作「死不了」組詩，獻給王力，可以見出她不凡的才情與堅貞的愛情，因她行事低調，難以見到其他作品，這裡全詩輯錄如下：

「死不了」讚歌一束

王平權

1996 年 9 月 25 日

「死不了」是民間普遍種植的一種草本小花，生命力極為頑強，不怕摧折、不怕旱澇，不許施肥，無求於人，而不斷向人們貢獻繁花。其花雖小而連片成行，燦若錦繡，生機勃勃，振奮人心。

一、初培「死不了」

慷慨獻繁花，清廉世共誇。

雖無傾國色，卻熱庶民家。

屢抗雨風急，又臨霜雪加。

送君歸大地，來歲發奇葩。

注：秋季結字，余將其連莖帶籽，埋之地下，來歲花必更繁。

二、「死不了」二次盛開

不怕摧殘不怕傷，無肥無水志昂揚。

繁花簇簇紅如火，不是葵花也向陽。

三、贊白色「死不了」

繽紛五彩鬥鮮豔，蝶舞瘋狂色互傳。

唯爾英雄真本色，要留清白在人間。

四、贊紅色「死不了」

紅心似火出天然，

蜂蝶傳媒不改顏。

餘力猶能搞赤化，

斑斑紅點落花間。

注：「死不了」有多種顏色，經蜂蝶傳播，其色互變，唯大紅與白色不變，

〔註11〕王力著《王力反思錄》（上），香港北星出版社，2001 年 10 月版，186 頁。

紅色且能點染其他淺色花。

五、「死不了」遇災

驕陽無力百花殘，滅頂之災抗拒難。

清骨紅心俱泯滅，卻留萬籽在人間。

注：大澇之年，「死不了」亦不能免，但其籽已普入大地，終將再發。〔註12〕

（文中所「注」皆為原文中所注）

王力的遺作《王力反思錄》就是由王平權錄音、整理、編輯的，王平權去世前囑託兒子「王力是好人！」希望兒子出版王力的書。兒子王魯軍實現了父母的心願，在香港出版了該書。

1994 年王力夫婦與王希堅夫婦在王希堅家中
（照片由王希堅之子王肖辛提供）

臧克家（1905～2004）山東諸城人，現代著名詩人，娶王統照侄女、農工民主黨主要領導人王深林（文革中周恩來點名受保護的五十位民主人士之一）胞妹王慧蘭為妻。曾用名臧瑗望，筆名孫荃、何嘉。民盟成員。1923 年入濟南山東省立第一師範學校學習。1926 年入中央軍事政治學校武漢分校學習，並參加武漢學潮，1928 年返回家鄉與王慧蘭結婚，同年因受到國民黨追

〔註12〕王力著《王力反思錄》（下），香港北星出版社，2001 年 10 月版，1279～1282頁。

捕逃難到東北。1930 年至 1934 年在國立山東大學中文系讀書，受到聞一多、王統照等的賞識，並資助他 1933 年首次出版詩集《烙印》，其中《老馬》一篇成為經典名篇。後任山東臨清中學教員，第五戰區抗敵青年軍團宣傳科教官。1937 年至 1942 年任第五戰區司令長官部秘書、戰時文化工作團團長，文化工作委員會委員，三十軍參議，三一出版社副社長。1942 年至 1946 年任重慶中華全國文藝界抗敵協會候補理事。建國後，臧克家歷任華北大學三部研究員、新聞出版總署編審、人民出版社編審，中國作家協會書記處書記、理事、顧問，《詩刊》主編、編委、顧問，中國寫作學會會長，中國文聯第三、四屆委員，中國作家協會第一至三屆理事。是第二、三屆全國人大代表，第五、八屆全國政協委員，第六、七屆全國政協常委，悼念魯迅的《有的人》是其代表作，晚年有《詩與生活》《臧克家回憶錄》等，山東文聯出版社已出版《臧克家全集》六卷本。

一、根在諸城：家鄉與家人是共同的創作源泉

諸城正如蘇東坡宋時所說的具有東魯遺風：十萬人家盡讀書，奠定了當地濃厚的歷史、文化基礎，有著濃重的文化氛圍，歷代名人輩出。舜帝、張擇端、諸葛亮、劉羅鍋、竇光鼐等生長於諸城，李清照也是諸城的媳婦，與丈夫趙明城在諸城賭茶翻書的故事至今流傳。到了近代更是人才濟濟，影響廣及海內外，王家之外，還有著名導演崔嵬、劇作家孟超等，從諸城走出來的歷史人物也有著較高的文化素養，比如康生是書法家、古董收藏家，江青的書法與詩歌也很不錯。

王家這六位作家有五位就在山東諸城出生並在那裡長大，只一位江蘇人王力，與他情深意厚、相伴終生的夫人出生、成長在這裡，從少年時代也在這一帶生活。因此諸城即是滋養他們生命的地方，也是孕育他們文學的地方。故鄉諸城給了他們無盡的創作源泉與創作靈感。

歷史悠久、底蘊深厚的諸城文化與家學淵源孕育了六位作家的成長，故鄉也成了他們自覺不自覺的創作源泉與出發點，家人族人成為他們共同的寫作對象。他們均有對諸城或以諸城為背景的作品。王統照只紀實風格的小說就有寫自己在諸城家庭生活的長篇小說《一葉》，寫相州王氏大家族的《春華》，還有無數散文、詩作直接寫故鄉山水人物的，如《詠漢王山》就是相州旁邊的一坐有歷史遺跡的小山，是當年漢王劉秀駐軍的地方。小說裏的人物

多閃現著自己家鄉、家族人物的影子與人文地理風貌。

　　姜貴的代表作、長篇巨製《旋風》，主要以諸城相州老家的同族家人為原型。負責照管他的伯父王翔千成為頭號主人公原型，其他相州王氏族人與相州的人文、地理風貌也盡在其中。與《春華》裏人物原型基本相同。他的另一名篇《重陽》也活躍著家族人物的影子，可以說姜貴的文學想像力始終貼著自己的家鄉、家人飛翔。而一直留在大陸的「二堅」更是與家鄉家族關係密切，王希堅的《地覆天翻記》等基本也是這一帶的生活，他新時期創作的長篇小說《雨過天晴》，地理位置用的是實名，就直接稱為「諸城」，周邊的高密、五蓮也用了實名，寫的就是諸城土改、覆查時的鬥爭生活。從小生活在這樣的革命大家庭的王願堅《在革命前輩精神光輝的照耀下》一文中回憶自己的寫作：「我學著寫的幾篇東西，大體上都是革命鬥爭故事；我學習寫作也是從聽故事開始的。早在童年時代，在聽《聊齋》《今古奇觀》的故事的同時，就聽過一些自己的父輩和兄弟們參加革命鬥爭的故事。這養成了愛聽故事的習慣。參加革命之後，只要有空，我總是纏住首長請他給我講故事……」這些都成了他後來走上文壇的基石與創作來源。

　　因為出自同一家族，有些家族人物同時成為多位作家在多部作品裏的人物原型。如山東共產之父王翔千既是家族中的活躍人物，也是作家們筆下得到最多敘寫的人物。他是《旋風》裏的頭號主人公原型，又是王統照《春華》裏面的重要主人公原型，王統照、王力、王希堅等都有對他本人的悼念之作，王統照之外，他的兒子王希堅、女婿王力也都有回憶文章、悼念詩作。女婿王力曾如此寫詩悼念他：

紀念王翔千百年誕辰（一）

　（1986 年 2 月）

　　諸城自古哲人多，

　　百歲精英逐逝波。

　　星火燎原偕盡美，

　　晨鐘醒世笑東坡。（二）

　　焰傳薪盡沃桃李，

　　劫歷灰飛踏棘柯。

　　成得名醫三折臂，

　　遺言猶足治沉屙。（三）

注：（一）王翔千，中國共產黨成立前的共產主義小組成員，是王力的
　　　　　岳父。
　　（二）王翔千曾辦黨的報紙《晨鐘報》，蘇東坡曾任密州（密州）
　　　　　太守。
　　（三）王翔千臨終諄諄向馬保三議長建議，執政黨必須嚴防腐敗。
　　〔註13〕

　　王翔千的六個兒女一起寫下的悼念文章《回憶我們的父親王翔千》成為研究他的珍貴史料。他的長女、山東第一位女共產黨員王辯（曾改名黃秀珍）既是臺灣姜貴《旋風》方其惠的原型，又是王願堅紅色小說《媽媽》《黨費》的原型，她與弟弟王希堅、王願堅生活中常有詩文傳遞：1972 她得到平反回北京，其弟王希堅寫了一首小詩向她祝賀：「五載經考驗，千里返京華。行年逾花甲，白璧喜無瑕。」王辯很快回信並附上自己的一首詩：「接受再教育，何必計年華？改造世界觀，主動找疵瑕。」

　　妹夫王力更寫下了數篇對她的贈送詩作，如：

贈王辯大姐

（1986 年 9 月 13 日）

八十年華度不虛，
風雲激蕩大明湖。
壯心常碧千徵足，
奇志遍紅萬國圖。
吟地唱天追漱玉，
劈山鋤海騰麻姑。
兀峰松柏春長久，
永不居功永讀書。

（1986 年 9 月 14 日）

有音聽不到，
絕不是真聲。
談虎喻程子，
好龍刺葉公。

〔註13〕王力著《王力反思錄》（上），香港北星出版社，2001 年 10 月版，第 121 頁。

惡傷在弦外，

善辯不言中。

聰耳難隨順，

東南西北風。

注：（一）見前《王辯大姐入黨六十週年》注。

　　（二）古人有云，聽有音之音者聾。

　　（三）二程子遺書有：談虎色變者真知。〔註14〕

（注：這些「注」均是王力原作中所注）

　　而王翔千的愛將、中共一大代表王盡美更是同時在多位作家筆下成為原型：王統照《春華》中的「金剛」，姜貴《旋風》中的尹盡美，臧克家、王希堅、王力等都有對他的悼念詩作。臧克家：《紀念王盡美同志九十誕辰》

黨史開先卷，

百代揚英名。

暗夜仰北斗，

巨手撞晨鐘。

1988 年 4 月 28 日

（輯自 1989 年 7 月《琅玡詩刊》）〔註15〕

　　王盡美家貧，他去世後，兩個孩子很小，由王翔千照顧長大，召集家人為他們籌措學費就有臧克家的參與。

　　王家家族中，早期國民黨那邊的王樂平父女、王慧蘭兄妹也成為兩岸作家王統照與姜貴小說的共同原型。這也與他們的年齡相近、相互之間的交往與瞭解程度有關。王統照與姜貴差不多是同時代人，因此他們交往的對象接近，小說裏的原型重合最多。而王希堅、王願堅、王力年齡較小，與姜貴基本沒接觸，人物就有些交叉不上。這些不同版本裏的人物敘寫互為注腳、相互質詰，構成家族、政治、歷史、文學上的多重對話與呼應關係，使人們多角度地、多側面地理解作家、作品與人物。

　　臧克家即是相州的女婿，本人也是諸城人，臧家也是當地的名門望族，他的爺爺、父親和叔叔都醉心於做古詩（在本人論文《在紀實與虛構之間：〈旋

〔註14〕王力著《王力反思錄》（上），香港北星出版社，2001 年 10 月版，131～132 頁。

〔註15〕見《臧克家與諸城》政協諸城市委員會編，王紀亮主編，中國文史出版社，2006.8，第 67 頁。

風〉影射的藏克家夫婦》裏面有詳細描寫，這裡不再多述）。他很早就與王家過從甚密，並娶王家女兒王慧蘭為妻（《旋風》唯一正面主人公方八姑原型，他們夫婦的情況在上述論文有詳細敘述，這裡不再重複）他的早期成名作《烙印》《罪惡的黑手》，描寫諸城農民的苦難、從農村出來的知識分子的苦惱、奮鬥、理想，與王統照、姜貴、王希堅、王力等描寫諸城農村生活的作品可以互為注腳，《罪惡的黑手》中有作於 1934 年春天的六首詩：《村夜》《無窗室》《民謠》《生命的吶喊》《新年》，詩後都注著「於相州」，是詩人在岳家小住的成果。他到老鄉音未改，還掛念著「我是諸城人，關心諸城事」。《送珏琪弟赴游擊隊》就是寫給髮妻王慧蘭的胞弟王珏琪的，《藏克家集外詩集》中《默默的歌》，副題是「送革命戰士深林兄去德」，深林即前民盟組織部長王深林，王慧蘭五哥，《春華》中最光彩照人的「身木」、《旋風》中的國民黨元老「方慧農」原型。還有許多對故鄉人、故鄉風物懷念的詩作《六機匠》等許多詩作都是寫給他故鄉的親人的。他去世後，囑託家人一定要把骨灰葬回諸城一部分。（諸城的另一位歷史人物江青的遺囑也是把骨灰葬回諸城）

在詩作《愛的薰香》，這樣抒發他的故鄉情：

設若我死了，

設若我死前還有一點時間，

我一定寫下一句最後的請求，

僅僅是一句，

留給我的親人去看

……

不管路多遠，

山多高，

水多深，

「一定要把我埋葬在故鄉！」

……

我太愛這鄉土，

太愛這塊土地上的人民，

這愛是那麼濃烈，

它的薰香使我不朽。

臧克家看王希堅題字（照片由王希堅之子王肖辛提供）

　　六位作家中，王力是唯一不出生在諸城的人，卻長期生活在這裡，他本人也是自覺地認同王家事業的繼承人的身份的，他的兒子王魯軍在：《要留清白在人間》《王力反思錄》（王力遺稿）出版後記中寫道：

　　　　作為長子，實現父母生前願望就成了我的責任。1980 年初，在胡耀邦同志親自批示下，我才獲得到秦城監獄探望已被「四人幫」關押了十二年之久的父親的權利。沒想到他對久別的兒子的頭一番話竟是這麼說：「你是我們這個家庭的第三代共產黨人。你姥爺王翔千是山東第一個馬列小組成員。黨的『一大』後，他和王盡美、鄧恩銘建立了山東第一個黨支部，所以姥爺是第一代共產黨人。我和你母親是抗日戰爭時期入黨的，是第二代共產黨人；你是六十年代入黨的，是第三代共產黨人。你要教育下一代，努力成為第四代共產黨人。我們這個家庭要世世代代跟隨共產黨，為共產主義事業而奮鬥！」聽了父親這一番話，我一時無話，暗自心傷，心想：「你自己的問題至今未解決，還要管那麼多……」我父親十四歲入團，十七歲入黨，對馬列主義信仰終身不變。他對毛主席的敬佩近乎盲目崇拜；他對黨的忠誠近乎愚忠。但是黨內外又有多少人瞭解你，理

解你呢？嗚呼！這正是我父親一生悲劇之所在。〔註16〕

可以說，六位作家的生命之根與文學之根都是深深地扎在諸城的土地上吸取汁液與營養的，是諸城大地孕育出來的文壇菁華。

二、血脈與文脈：作家、作品之間的影響與交流

這個家族作家群裏的六位作家不但血脈相通，文脈亦緊密相連，因此，把那個單獨扯出來都難免掛一漏萬，失之片面，把他們作為一個整體考察，才有利於解釋一些共同現象。這些作家之間既有相互致意的作品；作品之間，也有互為原型的寫作與同一原型的不同書寫及家風、文風的呼應傳承，作品之外，他們在散文、回憶錄中也都自覺不自覺地有對共同的家人、族人的懷念文章與文獻之作，這些都是珍貴史料，有助於人們對這些文學現象的解讀。

王統照顯然是六位作家最早登上文壇，並在文學史上產生了重要影響的人物。他對王家後輩的影響也是巨大的。對臧克家的獎掖與扶持曾是一段文壇佳話，兩人亦保持了深厚的交誼，感情彌篤。

王統照之子王立誠在《克家兄與相州王氏家族的密切關係》一文曾介紹王統照與臧克家交往的情況：

> 諸城王、臧二大家族是有長遠的通婚歷史的。抗日戰爭以前克家就是相州王氏宗族的乘龍快婿。他的元配夫人王深汀（字慧蘭）就是我的堂姐，家在相州三村，因此克家在九十多歲時還涵囑我務必稱他為克家兄，我內心深處感覺到也有這層涵意，不知是否？
>
> 也許因此之故，克家一直稱先父王統照為「二叔」，大概是隨了王深汀的行輩稱呼。
>
> ……
>
> 克家生前寫文章紀念先父，稱為「亦師亦友」，那是不錯的，因為那時先父並未在青島大學兼課，不算是他的老師。只能算是他走上文學道路的「引路人」，是忘年之交的「老友」。但是，克家歷來文章中不提也不便於提的，是當年他們之間還有一層家族的「翁婿」關係。
>
> 抗戰以前，他們夫婦常常來到我家，甚至吃住也在我家，克家和先父談詩論文，八姐就在內室和先母聊天，我也不免在旁聽著。

〔註16〕見王力著《王力反思錄》（下），香港北星出版社，2001年10月版，第1284頁。

至今我還清楚地記得很清楚的一句話，八姐曾說：「二叔太寵著他了！」我感覺到這一句話也反映出他們在家裏的爭論。

但是，這位「二叔」對克家還是「寵對」了。一直到 1933 年，克家的第一本詩集《烙印》出版，聞一多先生資助了大洋 20 元，先父資助了 20 元，王深汀的七兄王笑房資助了 20 元，於是事底於成，克家一舉成名。

克家對先父感情極深⋯⋯〔註17〕

臧克家也留下了不少回憶紀念王統照的文章，是研究王統照的重要文獻：

在青島那五年（讀青島大學），除了聞一多先生之外，和我關係親切、鼓勵我寫詩、對我幫助很大的是王統照先生。他是我的前輩，又是同鄉。我第一次見到他是 1924 年在濟南讀書的時候，他在給印度大詩人泰戈爾的演講做翻譯，（這次聽演講姜貴也在場，只是沒記清翻譯者，還以為是徐志摩，而臧克家不單記清了，還留下了深刻印象）正式接觸是在青島。他住在觀海二路四十九號一座小樓上，抬頭就可以望見大海。我和吳伯簫同志經常是他的座上客。王先生為人樸誠，平易，令人即之也溫。他言行謹慎，但詩人氣質濃厚，詩興一來，話如流，色舞眉飛。他學識淵博，愛好美學。曾自費歐遊，歷七八個國家，帶回來許多佳作。他對獎掖後進，不遺餘力，發現一個新作家，以為至樂。他從傅東華手中接過當時影響很大的《文學》月刊，我的許多詩作就發表在上面。在當日文壇上，想「登龍」，須「有術」，像我這樣一個初出茅廬的文藝學徒，想出本書，真是難啊，難於上青天。鯉魚跳龍門，有多少跌死在浪頭上！我忽做遐想，想出本詩集。王先生大加贊助，成人之美。他替我出主意，編好之後，還資助了二十元，並署名王劍三（他的字是劍三），做了這本書的出版人。這就是我問世的處女作──《烙印》。〔註18〕

他在悼念王統照的文章《劍三今何在？》寫道：

劍三很看重友誼，真誠待人，給我以溫暖，如陳年老酒，越久

〔註17〕見《臧克家與諸城》，政協諸城市委員會編，王紀亮主編，中國文史出版社，2006.8 版，第 157〜159 頁。

〔註18〕見《臧克家回憶錄》，中國工人出版社，2004 年第 1 版，2008 年 4 月 2 版，101 頁。

越覺得醇厚。對我這個後進，鼓勵、扶掖，不遺餘力。我的第一本詩集，他是鑒定者，資助者，又作了它的出版人。沒有劍三就不大可能有這本小書問世，這麼說也不為過。

解放以後，劍三工作繁重，但和我通信極勤，幾乎每週必有，有必厚。大事小節，均形之於字句，字體極小，不論用鋼筆還是毛筆，都寫得公正娟秀，讀了令人心快眼明，可惜這多至百封的信，經過「文化大革命」已蕩然無存了！

（原載 1979 年 6 月《人民文學》第 6 期。編入本書時，作者略有修改。）〔註19〕

他並且為王統照在文學史上的不受重視而憤憤不平過，曾對研究者說過：「王統照先生是我最尊敬的前輩和朋友，你研究他的著作，我很高興！『文學史』上把王先生壓得太低了，不公允。『子夜』與『山雨』雙峰並峙。王先生的詩，堪稱第一流，評價太低了。這與人事關係，行幫之風，大有關係……」參見《吉林師範大學學報》（人文社科版）1980 年 4 期。在諸城市辦的紀念館裏，堅決要求把他的名字排在王統照後面，認為王統照無論是資歷還是貢獻都比自己要大。他與王家內地的「二堅」「王希堅、王願堅」交誼頗厚，有他兒媳喬植英寫的《臧克家與王家「二堅」》一文。與姜貴也曾有交往，1938 年，他與髮妻王慧蘭離婚，姜貴是兩個簽字的見證人之一，在《旋風》中也把他當作原型寫進小說裏。王希堅寫的紀念王統照的《一代宗師，名垂千古》裏，有對這位作家叔叔的深切懷念，也是王統照研究、王氏家族研究的重要文獻。王統照 1957 年去世，王願堅當時在部隊，王力從政，兩人年齡較小，時間、空間上使他們難有較多接觸，只能是文章上有交流，文風上有傳承。

海峽對岸姜貴，在自傳中曾提到他年幼時「二叔」王統照對他的關照。早早與家族失去聯繫又到了臺灣的姜貴，顯然對後面的二位年輕作家王願堅、王力不知情，而與王統照、臧克家、王希堅有過交往與接觸，但也不多，在《旋風》中把他們當作影射人物寫進小說裏去了。賣父求榮的「方天艾」的原型是王翔千的長子、曾任山東文聯副主席的王希堅，既然《旋風》後半部分為虛構，這個當然不存在。而「投機詩人」張嘉的影射的則是姜貴的妹夫、詩人臧克家。儘管情節脈絡基本按他本人的生活軌跡，但把事件的先後次序

〔註19〕見《王統照先生懷思錄》，諸城政協文史資料委員會編，中國文史出版社，1991.6 版，15～26 頁。

顛倒了。臧克家1927年在武漢革命的對象是王樂平、王立哉兄弟，回家後即與他們的堂妹王慧蘭結婚，他出逃東北還是踏著新婚妻子的肩膀越牆而走，小說裏他們結婚的時間一顛倒，他們婚姻的性質就變了。畏縮懦弱、摳門小氣的「方通三」影射的是王統照，更是虛構多於紀實，王家族人只是給他提供了塑造人物的始發點。

比之姜貴的文人相輕，在大陸的王家作家表現出難得的大度與寬容，且老少兩代都與臧克家交誼深厚。早期王家人對他既有出書之誼，也有救命之情。儘管他已與王慧蘭離婚，有些王家人對他也頗有看法，後輩的王家作家卻依然對他鼎力相助，1986年山東召開他的研討會，就是由「二堅」王希堅、王願堅參與籌劃並主持的。

臧克家是近百歲的長壽詩人，因此與王家兩代作家都有交往接觸。王希堅的父親王翔千是臧克家的入黨介紹人，反右鬥爭中，王希堅被錯劃為「右派」，臧克家卻認定「他是個好人」，王願堅的小說《親人》被批「人性論」的時候，臧克家還曾仗義直言稱「這篇小說寫的很好」。如果說長輩的王統照對臧克家多有提攜與支持，晚輩的王願堅則以文學後輩的姿態看待他。1986年4月，在山東召開臧克家學術討論會，主要由王希堅主持籌劃，默默地做了大量細緻工作，並在開幕式上做了精彩發言。王願堅也應邀參加，並在大會上第一個發言：「許多年來，作為一個文學後輩，每當我站在茅公、葉聖老、臧克家同志（注：此三位都是王統照的至交好友）這些文學前輩的身邊，望著他們的臉，聽著他們的話，想著他們的作品，我總是湧起這樣一種感覺：彷彿我光著腳丫，站在一條大河的旁邊……克家就是一條奔騰的大河啊！」（參見喬植英《臧克家與作家王希堅、王願堅》《文史哲》2007年1期49頁）1994年病危時的王希堅寫詩《賀臧克家九十壽誕》：「馳騁文壇九十年，德高望重媲前賢。名傳海宇詩情燦，餘熱猶輝夕照天。」他們之間的相互影響與相互欣賞也由此可見一端。

臧克家與相州王家在很小的時候就有交往了，其後與王願堅也交往密切，王願堅的夫人翁亞尼女士在文章《詩人與作家的忘年交》中有過述及：

> 願堅常常給我講一些他家鄉人和事，其中就有臧老年輕時的軼事。願堅比臧老小二十四歲，臧老當年發表詩作的時候，願堅還是一個流著鼻涕、穿著開襠褲的娃娃（願堅語）。所以願堅講的那些事，也都是從他哥哥、姐姐們那裡聽來的。

　　臧老早期寫的白話文新體詩在老家山東諸城一帶頗有名氣。願堅說，臧老經常跑到相州鎮的王家來，把寫好的新詩念給願堅的哥哥、姐姐們以及那裡的年輕人聽。這些年輕人中間，有當年去莫斯科東方大學和鄧小平同窗就讀的願堅胞兄王懋堅、願堅堂姐王辯（中共早期黨員，後改名黃秀珍）；有後來成為現代作家的願堅堂兄王希堅。願堅告訴我，臧老的新詩對當年他們年輕人嚮往新思想、嚮往新文化，有著最初的啟蒙作用。

　　臧老當年離開家鄉時，願堅還是個孩子。此時的願堅已是一身戎裝，還帶著我，臧老見了非常高興。只見他談笑風生，頻頻提到家鄉老人們的一些趣事。那時願堅和我初到北京，人地兩生，願堅卻能在這樣的環境裏，聽家鄉走出來的人用濃濃的鄉音告訴我們這麼多的家鄉事，他顯得很開心。而我卻坐在一旁，望著臧老，傻傻地想，這麼有名的詩人，怎麼一點架子也沒有啊！伴我一路而來的忐忑不知何時消失得無影無蹤了……〔註20〕

　　與王家的交往幾乎貫穿了這位詩人的一生，現在他的子孫後輩，自然也是王家的親戚後輩，交往依然友好而密切。

　　王希堅、王願堅、王力都在內地，年齡相近，曾經是山東抗日戰場與解放戰爭中並肩作戰的戰友，又是關係密切的親戚，自然交往頻多。1991年王願堅去世，王力曾寫詩悼念：

悼王願堅

　　（1991年2月9日）

　　十五從戎槍在肩，

　　作家靈感自烽煙，

　　長征勇士群英譜，

　　義戰雄圖交響篇。

　　閃閃紅星明後代，

　　斑斑碧血亮新天。

　　壯心未已身先去，

　　留下宏文萬口傳。

〔註20〕見《臧克家與諸城》，政協諸城市委員會編，王紀亮主編，中國文史出版社，2006，8160頁。

　　注：（一）王願堅，解放軍的著名作家、教授，作品主要以紅軍長征為題材，他是我妻子的堂弟。〔註21〕

讀王希堅《寸心集》

　　（1985 年 7 月 10 日）

　　　風騷再領看今時，

　　　李杜文章不足奇。

　　　地覆天翻同樂趣，

　　　陰差陽錯共炎危。

　　　辛勞流放皆圖畫，

　　　喜怒諷嘲盡史詩。

　　　映出萬生時刻變，

　　　寸心知處萬心知。

　　注（一）王希堅，老作家。我的老戰友，又是妻兄。〔註22〕

而王力危難之時，王家對他家人的幫助與支持自然也是親戚、兄妹該盡的責任。

　　臧克家也有對他們寫的詩：

寄陶鈍同志

　　　聞陶鈍兄新從願堅處移去菊花一叢，小院秋色，更加一分，吟成四句，聊博一粲。

　　　碧野橋東陶令身，

　　　長紅小白作芳鄰，

　　　秋來不用登高去，

　　　自有黃花俯就人。

　　1974 年 11 月 12 日

　　（輯自《友聲集》）（陶鈍是中國曲藝協會主席、諸城同鄉）〔註23〕

　　這六位作家的作品，王統照的長篇小說《春華》與臺灣姜貴《旋風》裏的人物原型是一致的，都是王家三個黨派的政治人物。王統照從知識分子的

〔註21〕見王力著《王力反思錄》（上），香港北星出版社，2001 年 10 月版，161 頁。
〔註22〕見王力著《王力反思錄》（上），香港北星出版社，2001 年 10 月版，112 頁。
〔註23〕見王紀亮主編，《臧克家與諸城》，政協諸城市委員會編，中國文史出版社
　　　　2006.8 版，66 頁。

角度看到了革命導致的生靈塗炭、流血犧牲的不可避免，而姜貴則從傳統人性的角度看到了革命對傳統的顛覆與破壞。

對土改的反映，則是王希堅、王力、姜貴都寫過的，誕生了影響深遠的長篇小說，分別是《地覆天翻記》《晴天》《旋風》。共產黨這邊的王希堅、王力看到的是農民終於翻身做主人的新氣象，以他們善良的同情心為苦難的百姓而歡呼雀躍「天晴」了，貧寒的農民翻身得解放，得到土地與尊嚴了！而海峽對岸的姜貴擔憂關注的卻是革命對傳統文化、傳統倫理帶來的巨大災難與破壞。同樣的歷史事件他們在不同的角度做出了完全不同的敘寫。風格上，王希堅、王力明顯受到解放區作家趙樹理的影響，有著趙樹理農民小說的風格特徵，王希堅就曾被稱為「山東的趙樹理」。但有一點也是需要明確的，趙樹理本人是地道的農民出身，而王希堅、王力卻都是世家子弟，兩人寫這些作品時，王力年僅 23 歲，王希堅 27 歲，他們的青春激情與純潔善良使他們背叛了自己的階級出身，站到苦難的百姓立場上說話，並為之奮鬥犧牲。今天人們也許看到的多是他們作品的侷限，沒有兄長姜貴歷盡滄桑後成文的歷練與洞察，但他們的犧牲與奉獻精神卻依然該是被銘記與敬畏的，尤其是在人心不古的今日。王家父子、兄弟尤其是「三堅」的不同敘事角度，折射出中國現代文學、歷史的複雜景觀，召喚人們對歷史、文學的多方位、全面思考與解讀。

三、中國文學史上最龐大、最複雜的家族作家群

王家這六位作家，縱向時間上是從「五四」到新時期，延續了近一個世紀，橫向地理位置上是從大陸到臺灣，文學觀念上是中間派與紅派、白派同時並存，可以說是與國家共命運，與歷史同起伏，幾乎佔了中國新文學的半壁江山。它不但是中國新文學史的一個人數最多、影響最大、文學觀念最複雜的家族作家群體，在中國文學史上怕也是如此。中國歷史上的家族作家有蘇軾父子、袁氏兄弟等，但都沒有王家如此人數眾多、文學觀念如此對立複雜、文學影響力如此之廣、之大。可以說，王氏家族作家群不但應該名載新文學的史冊，也應該在中國文學史上佔有重要地位，是可以與中國文學史乃至世界文學史上的家族作家群相媲美的家族作家群體。

目前，包括港臺各地的版本，中國現當代文學史上一般把他們分在三個不同的範疇裏：王統照、臧克家屬現代作家，王希堅、王力屬解放區作家，也

屬現代作家，而王願堅則屬當代作家，姜貴自然被歸於臺灣作家之列。

即便在內地，王統照、臧克家、王願堅、王希堅、王力都生活在大陸，儘管家族血緣關係密切，但學術界也從未把他們聯繫到一起研究過。或許是不瞭解，或許是缺乏相關史料，總之，對他們的研究一直是分散著的，是一塊沉陷的陸地。

海峽兩岸這同一家族的作家作品迄今為止，無論是在內地、還是臺灣、美國都處於各自分散研究的狀態，從未把他們整合到一起全面系統地研究過。然而他們的家族與血緣關係是一個客觀事實存在，不以任何人的意志為轉移。尊重歷史、尊重事實，都無法否認這點，如果說不知尚可諒解，而知之不為，則是對文學、對歷史、對作家的不尊重與不負責任。

在明瞭他們的家族關係與作品關係的前提下，我們才可以對他們作出進一步的深入研究，也才能深刻揭示、闡釋新文學史一些一直被政治、歷史或研究本身遮蔽、隔離著的一些重要事實與現象，有助於我們對新文學的研究進一步推向深入。

王家的作家關注政治、參與政治，而政治人物又充滿人文關懷（筆者其他論文論述過王家同時也是個政治家族：王樂平、王翔千、王深林是山東三個黨派的創始人，也都與作家們交誼深厚。王樂平與詩人柳亞子是至交，王深林也在抗戰時期保護救助了不少文人，他們本人也有作品，王翔千有詩作）。早期的王統照、臧克家與他們交往頻多，姜貴（王意堅）王希堅、王願堅、王力則是他們的後輩，都是在憂患重重的時代衝上戰場戰鬥過，也擔任過領導職務，尤其像王力，同時具有文人、政治家的雙重身份，因此，文學與政治、歷史密切結合，成為這個家族作家群共有的最突出的特徵。

「學而優則仕」正是中國幾千年來的文人傳統。感懷憂國，「先天下之憂而憂，後天下之樂而樂」，修身、齊家、治國、平天下的儒家人文思想，典型地體現在這個作家群身上。也因此，在他們的與生俱來的意識裏，「國」大於「家」，「集體」大於「個人」，他們都迴避犧牲了「小我」，而無限忠誠地獻身了他們各自認定的「大我」，那怕經歷過張揚個性的五四新文化的洗禮，這種傳統文化精神在他們身上依然根深蒂固地存在著，尤其是在國難重重的時候，他們身上的這種精神都得到了發揚光大，尤其是幾個年輕人，國難當頭時，都衝上戰場浴血奮戰，他們都曾為國家民族捨生忘死。

這些作家還有一個共同的特點是基本迴避了愛情的描寫，儘管後面的幾

位年輕作家遭遇愛情描寫禁區的時代，王統照、姜貴、臧克家卻都趕上過「革命與愛情」風行的年代。王家的作家們卻都沒有趕這個「時髦」。王統照本人與茅盾、徐志摩頗有交情，但他小說裏的愛情描寫朦朧微弱似薄霧若隱若現，姜貴小說裏如其說是愛情不如說是色情（他後期嘗試的愛情小說寫作如夏志清先生所言，也不太成功），總之，轟轟烈烈的愛情描寫幾乎是王家作家作品中共同迴避的主題，也不是他們擅長的題材，儘管他們個人愛情、婚姻都算得上美滿幸福，而親情、友情則是他們熱衷敘述的對象。這正顯示了「老實王家」保守的家風對他們的薰染。也是地處北方的山東人保守的傳統文化氛圍所致。山東是孔孟之道的發源地，儒家文化迄今都在當地有著巨大的影響力。王家與孔家、孟家都有過婚姻關係，而這些作家身上正可看出儒家之風對他們的薰染，他們是典型的儒家文化的現代傳承者。

他們特有的沉穩、內斂的處事風格，也使他們的寫作都傾向於寫實主義，沉鬱、渾厚，追求反映現實的深刻性，鮮有徐志摩式的浪漫風格，也是不可能出現這樣的江浙文化哺育出來的浪漫抒情詩人風格的，更不可能有郁達夫式的張揚個性，並從個人出發的社會批判。這些都可看出王家的家風與文風。

如果說民國時期，兵荒馬亂當中，還有王統照這樣的中間派的作家的生存空間的話，到了國、共兩軍對壘並分化在海峽兩岸的情況下，已不可能有中間派作家的生存空間，作家們只能非紅即白，沒有中間路線可走，如當時的許多大家族一樣，王家的分化已是不可避免。

王統照在《春華》中借法國大革命表達了戰爭將給民眾帶來巨大的災難與痛苦的道理，海峽對岸的姜貴《旋風》與《重陽》中那一部都有著「法國大革命」式的慘烈的流血犧牲的具體描寫，而紅色作家王願堅就是因為把戰爭寫的太殘酷、勝利來之不易，因而在文革中被當作批判的理由。

值得關注的是紅色作家王願堅的紅色小說以人性關懷見長，因小說《親人》寫的是「資產階級人性論」在文革中受攻擊；白色作家姜貴則是地道的充滿人性關懷的作家，在不同的政治背景下，他們依然是殊途同歸，都自覺不自覺地有沿著王統照的為人生的人性關懷的思路往前走，可以說，一直延續、兵分兩路之上的人性關懷、法國大革命式寫作依然有著王家的家風傳承，也與王家人善良的秉性有關。

王統照在《春華》序言中曾說：「自己缺少天資與素養……搜集資料，為下部我確實費過不少的心思。曾用筆記錄過他們生活上的小節，與時間上

的遇合；曾問詢過他們的朋友與同調的人物……」

姜貴在《無違集》（219 頁）中也說「我既少讀書，天分又低，唯一的寫作資本是：被污辱與損害，苦頭吃得多。因此，我沒有華麗的詞藻，亦不以華麗詞藻取勝。我為文，謹求質樸，平鋪直敘，老老實實，有什麼說什麼。」

而王願堅在《在革命前輩精神光輝的照耀下》一文中也說道：「只是由於自己思想水平和文學修養太低，要把他們的精神的美不走樣地記錄下來，實在困難。但我仍有理解他們的願望，能理解一點、能表現出一點也好。我將繼續學習，在學步的路上……」

這分化於海峽兩岸、跨越不同時代卻如出一轍的謙虛為人、低調為文，實實在在追求寫實主義的寫作風格，在王家作家們身上不約而同地體現著。王力、王希堅也具有同樣樸實無華的敘事風格與處事風格，不正是這個家族風格的共同體現嗎？這與山東人誠樸厚道、謙謙君子的文人傳統也是相通的。

書生報國渾無力，只留文章在人間。王家作家們在海峽兩岸以他們的文學才華與政治激情參與了二十世紀中國動盪不安的歷史與文學史的書寫。今天和平幸福中的我們記住了個性張揚的，也欣賞浪漫多情的，我們也不該忘記這些為了國家、民族與他們信仰的理想、主義犧牲、奉獻了自己的人，這是中國歷史，也是文學的重要一翼，他們是中華民族與中國文學真正的脊樑。

既由這個作家群，我們也可以看到，海峽兩岸文學的打通已經是勢在必行，否則，各自分離的情況下，無法把一些文學現象與作家作品闡釋清楚，更阻礙人們對中國新文學全貌的認識與瞭解，無法把新文學研究推向深入。

海峽兩岸，分割的是地域，是軀體，割不斷的是血緣，是親情，血濃於水，王氏家族作家們穿越歷史的硝煙與兩岸的隔閡經過近百年的分離才團聚在一起，是中國歷史、中國文學史的一個縮影與經典代表，是一個家族命運與國家命運的共同體現，是最可代表中國新文學的特徵的作家群，並該以此永載史冊。

當下，仍有兩位活躍於文壇的王家家族後裔作家，分別是曾任濟南市作協副主席的兒童作家王欣與辭賦作家兼翻譯家王金鈴，可見這個作家群是一個開放的概念，依然有王家後裔源源不斷地參與進來，也是持續充滿生機與活力。

第三節　兄弟難怡怡：王願堅、姜貴在海峽兩岸

　　王願堅，曾經斐聲中國文壇的紅色作家，現今多少人的中學時代是讀著他的《七根火柴》《黨費》長大的，根據《黨費》改編的電影、戲劇和電視劇《黨的女兒》成為經久不衰的紅色經典，他編劇的電影《閃閃紅星》曾照亮一代人的青春夢想，潘冬子、胡漢三成為那個特殊年代的標識與圖記，讓那個純情時代激情燃燒如熊熊烈火……

　　姜貴（本名王意堅），臺灣最著名的「反共」作家，其長篇小說《旋風》《重陽》等，被奉為經典。共產黨員王翔千早已被遺忘於歷史的一角，塵埃滿面；以他為原型的文學黨員「方祥千」卻借著《旋風》高揚、永生，以鮮活的文學生命，被一代一代的讀者、評論家不停地闡釋、解讀。

　　然而，這對「紅」、「白」色彩分明的作家卻是兄弟。他們都出生在山東諸城相州鎮，都在相州王氏私立小學接受過初級教育。相州王氏是琅琊王氏的後裔，歷史淵源頗深，一直是當地有名望的封建貴族。王家當時遵循兄弟排行的家規，王願堅與王意堅（姜貴）一支，以「堅」做名字的十五堂兄弟大排行，是第四代同一個祖爺爺的堂兄弟。王意堅（姜貴）排第七，王願堅排第十四。「堅」屬「土」字輩，王家一直按「金、水、木、火、土」的五行次序，「五輩一輪、十輩一轉」來排，就是說一輪「輩」在中間、一輪「輩」就在最後，兩輪就是十年再轉換過來，因此，到「堅」這一輩，輩分是放在最後的。十五個「堅」字輩堂兄弟的名字最後一個字都是「堅」，而中間的都要帶「心」字旁。他們的父輩則是「火」字輩、第三代的八兄弟大排行，姜貴嗣父王鳴韶（字契軒）行五，王鳴球（字翔千）行六，姜貴生父王鳴柯（字佩軒）行七，王願堅父親王鳴剛（字振千）行八。姜貴出生於 1908 年，王願堅出生於 1929 年，大了王願堅 21 歲，姜貴離開家鄉時，王願堅還沒有出生，兩人連面都沒見過，如此說來，兩兄弟沒有直接交流與對抗的機會，是血緣與家族把他們連到了一起。

　　王氏兄弟兩人各自走上的不同的人生道路都要從他們共同的家族說起，並且都是與一個人密切相關的，那就是山東的共產黨之父、創始人之一，他們共同的六伯父王翔千。王翔千早年畢業於北京譯學館，學德語，姜貴的嗣父王鳴韶也是學德語的，因為那時山東是德國殖民地，學德語比較容易找到差使，卻沒想到他們學來了馬克思。姜貴當年跟著六伯父王翔千在濟南上學，從共產黨創立之初就參加並目睹了他們的早期黨內活動。姜貴與中共一大代表鄧恩銘是同班同學，與這位六伯父的關係，姜貴在自傳中曾作介紹：

　　但我在濟南，也有痛苦。那些痛苦，都來自翔千六伯父，真個說來話長。他在弄一個什麼馬克思學說研究會，每次開會，都命令我參加。在教育會，在大明湖上，在育英中學的會客室裏，隔那麼一兩個星期，就有那麼六七個人，開一次會。我從小所受的家庭教育是，長輩的命令絕對不可以違背。因此，六伯父教我幹什麼，我就幹什麼，期間絕無猶豫規避的餘地。無奈我對這個會絲毫不感興趣，每次只是坐聽甚至聽也不聽。記得他們常談樂口魯豐紗廠，要在那裡邊發展組織。我從未發過言，也從未被派工作。看六伯父的意思，大約只是把我拉到裏面見見場面，歷煉一番，方便以觀後效。有次在育英中學開會，一中同學鄧恩銘站起來，鄭重提議，要把我做成「黨員」，六伯父立即予以否決，而且聲色俱厲地斥責我不學好，「一點不像你五大爺！」（五大爺為同盟會員，死於辛亥之役。他如不死，照六伯父的想法，他會幹共產黨。因此，他常痛恨五大爺之死，以為少了一個幫手。這筆糊塗帳，真是死無對證了。）

　　年幼的姜貴剛到濟南讀書，就是由伯父王翔千照應的，然而，他們之間關係卻並不愉快，這些，都給幼年姜貴留下了深刻的記憶：

　　　　是年一中招收學生一百名，前五十名為四年制一年級，後五十名為預科。我在濟南，惟一的家長是翔千六伯父，他在甘石橋省立法政專門學校當「文案」，相當於現在的秘書或文書科長。對於我被錄取在預科，他曾經大發牢騷，怪我：「到底你在小學裏讀的什麼書！」

　　　　而且逢人輒道，務必讓我在人面前抬不起頭來。一個小學生，剛剛離開家庭便遭此挫折，我為之心情不快者達數月之久。

　　　　六伯父既然肩負了一個鬧中國無產階級革命的重任，這就變成一個無底坑，錢老是不夠用。我不幸也成為他借錢的目標之一……因此，我手頭常有敷餘。而六伯父就一直來借。借了不還，我就鬧饑荒。鬧了饑荒，卻不敢給父親和五伯母知道。他們知道了，一定會質問六伯父，六伯父便要怪我。

　　　　眼見有人上俄國。振千八叔家裏的弟弟小學還不曾畢業，就被遣送去了（此處係指王願堅胞兄王愿堅，《旋風》方天茂原型）。我面臨此一危機。六伯父越對我印象不好，我去俄國的機會就越大。因為他以為訓練不好的人，勢必需要送到俄國去訓練，庶幾可望有

成。而不知怎地，我心裏就是怕上俄國。（照我的個性就算去了俄國，回來以後也一定會自首的。）

　　不想就在這個時候突然遇到了意外的救星……〔註24〕

　　其後，王意堅（姜貴）被王翔千派到王家的另一支、國民黨人王樂平等在青島創辦的膠澳中學讀書，王翔千原本希望他在國民黨那邊看看光景，做個臥底，沒想到他趁勢加入了國民黨一邊。

　　既然出自同一家庭，姜貴從小所受的家庭教育應該與王願堅是差不多的，那就是「長輩的命令絕對不可以違背。」王願堅與王翔千的血緣關係比姜貴更近一層，王願堅的父親王振千是王翔千的胞弟，兩家長期就住在一個院子裏，行同一家。王翔千培養共產黨人就是從自己的女兒、兒子、侄子、學生開始的，他1925年推薦到蘇聯莫斯科中山大學學習的就是他的女兒王辯（山東第一位女黨員，莫斯科中山大學鄧小平與蔣經國的同班同學）與侄子王懋堅（王願堅胞兄）。還有送到黃埔軍校一期去的王叔銘、刁步雲等。那時王願堅還沒有出生。而王願堅的父親、王翔千的弟弟王振千，曾讀過北師大中文系，還參加過火燒趙家樓，頗有國學造詣，擅長國畫與中醫，個性比較綿軟，對哥哥比較順從。這樣，按王翔千的處事原則，加上他此時也年事已高，比之姜貴，他對王願堅就有更大的影響力與決定權。這種封建的父權意識與政治意識相結合，王意堅與王願堅從童年起就不可避免地受到政治的衝擊與影響，這是他們無法擺脫的宿命。從個性來講，王意堅年長王願堅20多歲，是在五四個性解放的思想潮流裏成長起來的，從小比較具有反叛意識，潛移默化當中，追求自由民主的願望也比較強烈。

　　如果說，王翔千作為山東共產之父的強烈要求加強了姜貴的叛逆心理，最終把他推向國民黨陣營的話，（何況，國民黨陣營並不遠，也不陌生，相州王家同一家族的另一支王樂平就是國民黨創始人與重要官員，平時交往也都很密切。）那麼他和他的革命思想卻是牢牢吸引住了王願堅。王願堅個性很像他的父親，性格內斂溫順，而且適逢日本侵略中國的戰爭，他就讀的相州王氏私立小學不但被日本鬼子侵佔蓋起了炮樓，日本鬼子還在那裡推行奴化教育，派來日語教師專教日語，幼小的王願堅因為每天到校不肯給日本國旗敬禮而幾乎天天挨耳光，國難家仇，使他在伯父與哥哥、姐姐的影響下，自

〔註24〕姜貴：《姜貴自傳》《姜貴中短篇小說集》應鳳凰編，臺灣九歌出版社有限公司，2003年版203頁。

然而然地走到了共產黨的陣營中。不僅如此，王願堅的這條命還是他伯父王翔千撿回來的。據他家人回憶，王願堅是王振千的第二個男孩，由於當時兵荒馬亂，王家的家境也已很艱難，王振千此時年紀已大，孩子出生後就生病，眼看著不行了，王振千以為孩子已經死去，就抱出去扔到了村外的土坡上。當時，北方鄉村正是乍暖還寒的三月天，王翔千在濟南因遭到敵人的通緝匆匆逃回故鄉，傍晚趕回村，無意中發現了土坡上的孩子，發現孩子還有一口氣，就把孩子抱起來，沒想到回家一打聽，竟是自己弟弟的孩子，是自己的親侄子，這個大難不死的孩子就是王願堅。

王翔千早期著力培養的兩個侄子王意堅（姜貴）與王志堅（出家）都令他極為失望，期後他早期送到莫斯科留學、重點培養的王懋堅也倒向了國民黨陣營，但這都不能動搖他堅定的共產主義信念，他考慮的只是自己的方法有問題。《旋風》有一段曾寫到他的感受與思考：

　　沈平水把方天芷（王志堅原型）的留書（他出家的留言）寄給在方鎮（相州鎮）故鄉的方祥千。方祥千對於他這位令侄發出了極大的厭惡。同時，他的另一位令侄，他派遣了去 C 島插班惠泉中學的方天艾（姜貴原型），進了惠泉中學之後，不但沒有發生作用，完成他的使命，反而來了一個大轉身，加入了國民黨，到廣州參加工作去了。這兩個消息，在差不多的時間傳到方祥千的耳朵裏，是他回鄉以來第一件拂意的事。他想：

　　「這兩個孩子，真是看不出來，原來這樣沒有出息！辜負了我過去對於他們的期許。他們背棄了光明大道，甘願投向黑暗。小資產階級革命意識的不健全，不堅定，這就是明顯的例證。我以後倒要時時小心在意，謹防失足，好好誘導自己的兒女和別的有希望的青年們。」

　　但是如何「誘導」呢？方祥千曾經用了許多腦筋來研究這個問題，只是並沒有滿意的結論。青年人正像鳥兒一般，你捏得緊了，他會窒息而死，放得鬆了，他會振翅飛去。青年人一點不像那泥人木偶，你把他放在哪裏他就呆在哪裏，你教他倒立著他就倒立著，你教他反坐著他就反坐著。總而言之，他們不能盡如人意，真是不妥當的很！

　　然而方祥千知道「不見可欲，則其心不亂」的道理。他想。我們對於領導青年有責任的人，不能不對青年施行隔離，施行一種實質上無異於「絕聖棄知」的新領導政策。青年人意志不堅定，容易

動搖。為了防止他們走入歧途，第一要教他們少與一般社會接觸，
免得被誘惑。申言之，青年人的知識與情感，也不宜於多方面的發
展。我們要教他們按著共產黨的路線，配合共產黨的需要，單單朝
著這一個方向像鑽牛角一樣地拼著命鑽。青年人要目不二視，耳不
二聽，像一個殉道者一樣，一無牽掛地為共產黨貢獻其生命。是的，
要是能做到這個樣子就好了。方祥千這樣想，同時他也這樣行。他
自信他已能漸漸深入共產黨的神髓，得其三昧，毫無遜色的可以作
一個領導者了。〔註25〕

鑒於《旋風》前半部分的寫實風格，王翔千的這段思考大概是確實的，
儘管那時姜貴還不知道他的小弟弟們日後走的路。聯繫到後面王翔千對兩個
更小的侄子、兒子王願堅與王愈堅的培養，可以看出，王翔千正是採取了這
種「絕聖棄知」的新領導政策。

1944 年 7 月，年僅 15 歲的王願堅與堂弟僅 13 歲的王愈堅就被以「貼郵
票」的方式寄到山東軍區駐地日照縣參加了八路軍。他們兩個是早早地作為小
八路在革命隊伍中鍛鍊成長了，再也沒有被誘惑的機會了，王翔千這次在兩個
小的身上終於成功了。封建家長制與共產主義理想就這麼奇妙地在他們身上
發生了作用。從此，王願堅就背著因襲的重擔，在父輩理想的照耀下艱難而又
堅忍地前行了，他這輩子再也沒離開過部隊，至死都是以軍人的身份蓋著黨旗
去世的，忠心耿耿地為父輩的理想奮鬥了一生。如此說來，王願堅的「紅」正
是姜貴「白」的結果，他們是一體兩面，都是站在同一父輩肩膀上……

1952 年王願堅、翁亞尼結婚時，堂弟王愈堅（中）湊熱鬧

〔註25〕《旋風》，臺北九歌出版社，民國八十八年九月，第 84～85 頁。

　　國難當頭，憂患重重的時代，王翔千把自己的六個兒女和侄子及家族子弟們都投入到了革命的洪流中，王家子弟抗日戰場上都為國家民族奮鬥犧牲，奉獻出了他們的青春、熱血與才華⋯⋯

　　王願堅《在革命前輩精神光輝的照耀下——談幾個短篇小說的寫作經過》中曾回憶自己的寫作：

> 　　我學著寫的幾篇東西，大體上都是革命鬥爭故事；我學習寫作也是從聽故事開始的。早在童年時代，在聽《聊齋》《今古奇觀》的故事的同時，就聽過一些自己的父輩和兄弟們參加革命鬥爭的故事。這養成了愛聽故事的習慣。參加革命之後，只要有空，我總是纏住首長請他給我講故事。稍後，因為在部隊作報紙編輯、記者工作，更獲得了機會，聽到和看到了戰爭中的一些動人的故事。自然在聽這些故事的時候，根本沒有想到要寫它們，只是出於年輕人的好奇和為了從中受到教育。想到把它們寫下來，那是以後的事。〔註26〕
>
> 　　⋯⋯
>
> 　　革命前輩的精神光輝照耀著我們幸福的生活，照耀著一代又一代後輩的道路。我以為，積累和接受革命前輩留下的精神財富，是我們後代應盡的責任。只是由於自己思想水平和文學修養太低，要把他們的精神的美不走樣地記錄下來，實在困難。但我仍有理解他們的願望，能理解一點、能表現出一點也好。我將繼續學習，在學步的路上，希望不斷得到領導和同志們的教導。〔註27〕

　　從他這些近似虔誠的對父輩精神的崇拜與信奉中，我們不難看出，部隊不但是他的戰鬥集體，而且是他的日常生活。他是一個忠誠的父輩精神的繼承者，苦心孤意地為先輩的理想奮鬥犧牲，王願堅一直到去世都是職業軍人，始終以軍人的身份生活與寫作的。而姜貴對父輩則是充滿叛逆與反思，並保持自己獨立的思想意識與個性追求，他及早退出了職業生涯，變成了自由寫作者，寫作一度成為他謀生的手段，這也使他擁有了相對自由的創作空間與創作心理。

〔註26〕《王願堅小說集》，解放軍文藝出版社，1992年7月版，411頁。
〔註27〕《王願堅小說集》，解放軍文藝出版社，1992年7月版，423頁。

攝於 1978 年的王願堅夫婦與女兒、女婿的全家福

　　王氏兄弟色彩對比鮮明的文學敘事，正隱喻著那個特殊的年代、特殊歷史語境下，海峽兩岸政治、歷史、文學糾結在一起的特殊的社會現象。中國社會歷史的動盪、國破家亡的悲愴、親人難以團圓的憂傷都在其中了……

　　然而，歷史的塵埃散去，兩兄弟在海峽兩岸的創作互為對比、互為鏡象，為我們認識那個時代、認識他們自己提供了意味深長的對比。

　　哥哥以長篇著稱，弟弟則以短篇見長，哥哥在遠方的海峽對岸借助文學走回了自己的家族，作品裏常活躍著自己家族和家人的影子，不僅《旋風》前半部分幾乎變成家族紀實文學，《重陽》中也時不時夾雜點家鄉人物、典故，弟弟在家門口卻只能迴避自己的家族與自己的生活，多奉命去寫他人的生活、他人的故事。苦心孤矣，寫的艱難而辛苦，要在大量的礦石裏淘金尋寶。而哥哥姜貴寫的就是礦石不是金，寫起來也就自在、灑脫的多，文章多是自己熟悉的人物與掌故，筆端下時時流露著濃濃的對故鄉的眷念與懷舊的傷感。

　　但無論是叛逆還是順從，崇敬還是反思，他們都是站在同一父輩的肩膀上，身上流著同樣的血，是同一棵樹長出的兩個支叉，正如《紅樓夢》的絳樹二歌：

　　清戚蓼生《石頭記序》開端說：「吾聞絳樹兩歌，一聲在喉，一聲在鼻，黃華二牘，左腕能楷，右腕能草，神乎技矣！吾未之見也。今則兩歌而不分乎喉鼻，二牘而無區乎左右，一聲也而兩歌，一手也而二牘，此萬萬所不能有之事，不可得之奇，而竟得之《石頭記》一書。嘻異矣！」

　　在元人伊世珍所輯《嫏嬛記》卷上引《志奇》一書說：「絳樹，一聲能兩曲，二人細聽，各聞一曲，一字不亂；人疑其一聲在鼻，竟不測其何術。當

時，有黃華者，雙手能寫二牘，或楷或草，揮毫不輟，各自有意。余謂『絳樹兩歌，黃華二牘』是確對也。」

王家兄弟二歌，互為其喉，互為其鼻，說來令人頗多心酸悵惘，正是那個特殊年代、特殊世情的一種特殊展現。正如今天，我們只有借助姜貴才能讀懂王願堅，而借助王願堅，我們也能更深刻地去理解姜貴。

值得一提的是，姜貴在臺灣、在寫作中，經常處於的是對過去的、故鄉親人的懷舊中的孤獨感，生活並不如意。而王願堅的紅色描寫也並未給他帶來好運，在土改時，山東極左的土改政策，不管他伯父是共產黨創始人，因為他們是地主出身，他的父親王振千就被掃地出門，在外逃荒要飯三年，姐姐被剃成陰陽頭遊街，其後幾乎歷次政治運動，王願堅都沒逃過挨鬥的命運，《七根火柴》為什麼沒寫成「八」根，都會給他帶來一場厄運，地主黑五類的身份在文革中使他受盡劫難。王願堅的女兒直到現在都不知道自己有這樣一個伯父在臺灣……也許正是他們的互相「不知」，成為那個特殊年代他們自我保護的一種特殊方式……

姜貴生父王鳴軻照片（姜貴長子王為鐮 70 多歲才知道自己長得像爺爺）

但是，姜貴之所以加入國民黨，並不是一個堅定的三民主義的信仰者，姜貴在《重陽》自序中說：「我出身於一個小資產的藥商家庭，我習慣於承認以合理的經營求取合理的利潤，而要求享有不受干擾的個人的，以致家庭的私生活。我的反共思想，以如此平凡的觀念為基礎。我不是一個勇猛的鬥士。」

姜貴胞弟王愛堅（文革中自殺）

　　從他的自傳也可以看出，與其說姜貴是反共，不如說他是反對伯父王翔千，而那個年代，反抗父權正是「五四」以來青年人的重要思想潮流，巴金的《家》等反抗封建父權的作品引一時思想風尚。比之巴金他們，姜貴其實順從多了，然而不幸的是，他反抗的伯父是共產黨，他就自然而然地成了「反共」了。在那特定的年代，「家與國」如此交織一起，套用他的話，也真是筆「糊塗帳」了。

1972 年姜貴在臺灣全家福

也因此，他的小說更多地表達的是自己家鄉、家族的世俗、尋常生活，只是因為自己出身於歷史漩渦中的政治家族，使他的小說無可避免地染上了政治色彩，他小說裏的共產黨員，不但正派，而且高尚，是那個年代難得的為共產黨員的正名工作，他不是一個反共作家，更多是一個自由色彩較濃厚的懷舊、懷鄉作家。充滿著離鄉遊子的苦悶情愫的知識分子罷了。

王家這對紅、白兄弟作家，生未謀面，死未聚首，在這後輩的敘述裏藉著他們的文字相遇相知，也是文學家族該歸屬的文學重逢吧。

第四節　兄弟文學：海峽兩岸紅、白敘事比較

在上世紀四、五十年代，圍繞著國共兩黨的鬥爭與分裂，在文學上，共產黨這邊出現了歌頌社會主義的「紅色」文學的主潮，與之有異曲同工之妙的是：國民黨那邊，則有著「白色」「反共文學」潮流。之後，隨著海峽兩岸對峙的形成，這兩股文學潮流幾乎同時在自己的營壘得到重視與加強，幾乎成為五十年代雙方的文學主潮，這幾乎同時湧現的、政治傾向截然相反的文學潮流，在後來的文學評論家或讀者眼裏，只當他們是完全對立的政治文學產物，卻從未深究或注意到對立的背後，他們之間其實還有相當密切的內在聯繫。

一、本是同根生：「紅」、「白」作家是兄弟

就作家而言，領軍兩岸「紅」、「白」文學的幾員主將竟是出自同一家族、從小接受同一所小學教育的堂兄弟。

臺灣白色文學的領軍人物是姜貴（本名王意堅），公認是臺灣反共文學的首席代表。他的「反共」代表作、長篇小說《旋風》被夏志清先生認為是二十世紀最偉大的小說之一，小說的頭號主人公「方祥千」的原型王翔千是山東共產黨的創始人之一、姜貴的堂伯父。

而在內地，引領紅色小說主潮的幾位大將卻正是姜貴血緣關係密切的同族弟弟們，也就是他小說《旋風》裏面頭號主人公原型王翔千的兒子、侄子與女婿。創作於 1944 年、開紅色小說之河的《晴天》作者王力是王翔千的女婿，唯一敘寫土改的長篇小說《地覆天翻記》作者王希堅正是王翔千的兒子，五十年代以《黨費》（後改編成電影、歌劇《黨的女兒》）、《七根火柴》《足跡》，電影《閃閃的紅星》等紅色經典小說、劇本享譽文壇的王願堅是王翔千的親侄子，姜貴（王意堅）、王力、王希堅、王願堅四人是家族血緣關係密切的堂

兄弟。他們在同一所家族辦的小學、相州王氏私立小學接受過同樣的家族、家學初級教育。因此，把王家兄弟們在海峽兩岸的「紅」、「白」敘事放在一起做一下比較研究就是海峽兩岸一個極其重要的文學現象與學術課題。

《旋風》的頭號主人公「方祥千」的原型王翔千當初帶著王盡美、鄧恩銘等人在山東創辦馬克思學會的時候，他教導下的兒子、侄子與女婿也領軍了海峽兩岸的紅白文學，他本人也成了他們熱衷於描寫的文學人物，令他始料未及的或許就是他不但參與改寫了中國政治歷史，更參與改寫了中國文學史。更為弔詭的是，中共黨史早已把他遺忘，文學史則為他留名，尤其是由臺灣的「反共」文學為他正名，不能不是一個歷史的反諷。

四兄弟的家族血緣關係前文已有交代，這裡不再贅述。

中國的文學、政治、血緣、家族在現代中國就以這種奇妙的方式相結合，又相分離，呈現出鮮明的中國特色與時代、民族特色。下面就結合這海峽兩岸王氏四兄弟及其作品加以分析研究。

四兄弟中，王力是女婿，是唯一不出生在諸城的人，卻長期生活在這裡，前面已述及他本人是自覺地認同王家事業的繼承人的身份的。

姜貴是四兄弟的老大，《旋風》裏面的頭號主人公「方祥千」原型是王翔千，儘管就血緣關係而言，四兄弟中他與王翔千的關係最遠，卻無論在自傳還是在小說中他是對王翔千敘寫的最為詳盡、著墨最多的一個，王翔千可以說是給姜貴最多影響與教育的人。著名學者王德威教授認為姜貴儘管反抗王翔千，本質上，他們其實是個性相當接近的人。

姜貴與夫人嚴雪梅女士

　　而王希堅、王力與王願堅與王翔千血緣關係更近，交往更多，儘管作品裏面沒有直接描寫，但他們卻從自己的思想行為上實踐履行了王翔千的思想與願望，甚至可以說，他們本人的思想行為正是王翔千意願與精神的直接或間接體現。王願堅的女兒曾說，看《旋風》裏的王翔千，感覺與自己的父親的言談舉止怎麼就那麼像，讀起來那麼親切呢！

王希堅夫婦照片（其子王肖辛提供）

　　因此，討論這四兄弟，要首先從王翔千說起。

　　王希堅與兄弟姐妹六人（包括王力夫人王平權）有《回憶我們的父親王翔千》一文，可說是全面詳盡地介紹了王翔千的生平事蹟（詳見第三章王翔千一節）。王翔千長子、王希堅對王翔千、對王統照的小說《春華》也有一段回憶：

　　　　《春華》所描寫的那個年代，正是山東和全國處於革命高潮和
　　　大轉折的時代。那時候我們家鄉一大批二十歲左右在濟南求學的青
　　　年都隨同王盡美、鄧恩銘和我的父親，捲進了這一急風暴雨的浪潮
　　　之中……〔註28〕

〔註28〕見王希堅《一代宗師　名垂千古——回憶王統照先生》《諸城文史集粹》，諸
　　　城市政協學宣文史委員會編，2001年，426頁。

　　王希堅作為王翔千的長子，從小跟著父親為革命東奔西走，耳聞目睹了
父親的革命行動，而王翔千也一貫重視對子女的培養與教育，注意言傳身教。
他最小的女兒、後成為王力夫人的王平權也在同樣的環境裏長大，可以說王
翔千對他們的影響是十分巨大的。

　　王翔千的女婿王力曾如此寫詩悼念他：

紀念王翔千百年誕辰（一）

　　（1986 年 2 月）

　　　諸城自古哲人多，

　　　百歲精英逐逝波。

　　　星火燎原偕盡美，

　　　晨鐘醒世笑東坡。（二）

　　　焰傳薪盡沃桃李，

　　　劫歷灰飛踏棘柯。

　　　成得名醫三折臂，

　　　遺言猶足治沉屙。（三）

注（一）王翔千，中國共產黨成立前的共產主義小組成員，是王力的岳父。

　　（二）王翔千曾辦黨的報紙《晨鐘報》，蘇東坡曾任密州（密州）太守。

　　（三）王翔千臨終諄諄向馬保三議長建議，執政黨必須嚴防腐敗。〔註29〕

　　（此注為王力原文中所注）

　　作為王翔千的家人，長期生活在一起，他對兒子、女兒、女婿、侄子的
影響不可謂不深。王翔千的堂侄姜貴對這位伯父同樣印象深刻，姜貴在自傳
中曾詳細介紹：

　　　　但我在濟南，也有痛苦。那些痛苦，都來自翔千六伯父，真個
　　　說來話長。他在弄一個什麼馬克思學說研究會，每次開會，都命令
　　　我參加……〔註30〕

　　年幼的姜貴剛到濟南讀書，就是由伯父王翔千照應的，這些，都給姜貴
留下了深刻的影響和記憶。可以說王氏兄弟是站在同一個父輩的肩膀上成長
起來的兄弟作家。

〔註29〕見王力著《王力反思錄》（上），香港北星出版社，2001 年 10 月版，第 121 頁。
〔註30〕見《姜貴自傳》《姜貴中短篇小說集》，姜貴著，應鳳凰編，臺灣九歌出版社，
　　　　2003 年 12 月，203 頁。

　　儘管這是國、共兩黨政治對立在文學上的反映，在海峽兩岸，呈現著截然相反的政治色彩，然而在家族血緣關係上，這幾位「紅」、「白」文學上的領軍人物又實實在在是家族關係密切的兄弟，作品關係亦相當密切，構成多重的互文與呼應關係，可以互為注腳地解讀、解釋那個年代的特殊文學現象，因此，稱之為兄弟文學也是符合實情的。

二、兄弟相煎不相逆：紅、白敘事的比較

　　現在的學者普遍認為反映土改的作品匱乏，甚至引以為憾，卻沒料到海峽兩岸都寫過土改作品的正是王氏兄弟。臺灣姜貴的《旋風》是廣為流傳的寫土改的文學範本，而出乎人們意料的是內地也寫土改的正是他的兩個弟弟，他深受影響的六伯父王翔千的兒子王希堅與女婿王力。王希堅的長篇小說《地覆天翻記》被認為是內地唯一反映土改的長篇小說，他是個土改幹部並且就在土改期間完成，王力的《晴天》則是中篇小說，土改一開始沒多久，他這個時任華東局駐渤海區土改工作總團團長兼黨委書記、土改幹部訓練班主任就寫出了這個小說，並獲得中共領導人毛澤東的讚賞。而沒參加土改的姜貴是到土改後的 1952 年寫完的，也就是說兩個弟弟寫的是土改的開端，姜貴卻是結束，充分地看到了土改的結果之後，都是土改的親歷者或受影響者，這不能不構成有趣的對話關係與家族、文本呼應關係。其後，年幼的王願堅則主要是根據採訪與回憶來寫長征路上等的種種感人故事。

　　共產黨這邊的王希堅、王力看到的是貧苦農民終於翻身做主人的新氣象，以他們善良的同情心為苦難的百姓而歡呼雀躍「天晴」了，貧寒的農民翻身得解放，得到土地與尊嚴了！而海峽對岸的姜貴擔憂關注的卻是農民革命對傳統文化、傳統倫理帶來的巨大災難與破壞。同樣的歷史事件他們從个同的角度加以敘寫。風格上，王希堅、王力明顯受到解放區作家趙樹理的影響，有著趙樹理農民小說的風格特徵，王希堅就曾被稱為「山東的趙樹理」。但趙樹理本人是地道的農民出身，而王希堅、王力卻都是世家子弟。兩人寫這些作品時，王力年僅 23 歲，王希堅 27 歲，而王願堅 25 歲發表紅色經典《黨費》，他們的青春激情與純潔善良使他們背叛了自己的階級出身，站到苦難的百姓立場上說話，並為之奮鬥犧牲，今天人們也許看到的多是他們作品的單純與侷限，沒有兄長姜貴歷盡滄桑後成文的歷練與洞察，但他們的犧牲與奉獻精神卻依然該是被銘記與敬畏的，尤其是在人心不古的今日。王家兄弟尤

其是「三堅」的不同敘事角度，折射出中國現代文學、歷史的複雜景觀，召喚人們對歷史、文學的多方位、全面思考與解讀。

王願堅與夫人翁亞尼第一張合影（1951年）（照片由其女兒王小冬提供）

諸城相州王氏兄弟四人出自同樣的家族與文化土壤，又受同一個父輩的影響與教育，卻走上了截然不同的政治道路，表現在文學上，在他們的作品中《旋風》《地覆天翻記》《晴天》《黨費》等，就是形成了那個年代政治色彩鮮明對立的「紅」、「白」敘事，但內在地依然有許多共同的文學傳承，遺憾的是這些共同的傳承卻長期以來被他們表面的對立遮蔽著，沒有得到深入的解剖與分析。

其一：不管是有意無意，知識分子的政治幼稚是這些作品都敘寫到的問題。這正是姜貴《旋風》的重要主題。這些知識分子儘管個人品德多數都稱得上高尚但對生活過於理想化追求而又缺乏實踐經驗與實踐理性導致的政治幼稚，最終是自己的一腔熱血帶來更加混亂的社會、人生結局。

而王希堅的《地覆天翻記》也同樣寫到了這個問題，我們看到出場不多的知識分子「小劉」，一開始到農村去就被當地的地主分子所左右與利用，是在更成熟老練的上級的指導下才認識到自己的錯誤並去努力改正的，一個要來指導農民鬧革命的人，卻被農民玩弄於股掌之上，完全缺乏最基本的生活常識與政治經驗，總是要在上級的指導下才能認清問題，而問題的關鍵也就在於此：如果上級的指導也是需要質疑的呢？這些就更是完全超出於他們的思考能力之外了。

　　小說中的貧農李福祥心直口快，一開頭就說：「我看八路軍盡幹半弔子事！」……

　　當地百姓甚至編成歌謠借著小孩的嘴傳唱「八路軍，是好心，就是青紅不大分，拿著真當假，拿著假當真」……

　　他們自己也承認：

　　　　劉同志停了一回說：「這幾句話你可別當笑話看，人家編的真有道理，我看這裡面就有一點不大對，不能說八路軍青紅不分，八路軍的辦法沒有不對的，不過俺這幾個人在這莊裏做歪了罷了。要是光照著俺這幾個人說，俺可真得好好接受人家的批評」〔註31〕

　　這對以教育拯救農民為使命的知識分子來說，不羈是一個絕妙的諷刺。

　　其二：地主與農民的尖銳矛盾與社會的腐朽墮落是雙方文學都正視並重點敘寫的社會現實內容。

　　王希堅、王力本人都曾參加過土改，並擔任土改的領導幹部，作為土改的親歷者，他們不能不看到農民與地主之間尖銳的矛盾衝突，農民的悲慘生活以及農村土改的勢在必行。但也正是這近距離的觀察，殘酷的現實加上善良的稟性，使他們很容易被表面所迷惑、被自己的同情心所左右，沒有看到窮苦農民本身存在的眾多劣根性，以及不識字的農民掌權後對文化的摧殘與破壞，更沒有預見到這些劣根性一旦得勢會帶來怎樣的後果與災難。而嘗到土改後果的姜貴卻是旁觀者清，站得高、看得遠，反而能更清楚地看到這種農民的劣根性特徵，並能預測這種災難性的後果，當然他也沒有迴避當時農民與地主尖銳對立的矛盾關係，也沒有迴避地主本身的腐朽墮落的生活方式導致的災難性結局。

　　在王力、王希堅的小說裏，農民基本就分成窮人／地主兩大簡單又尖銳對立的關係，基本沒有中間地帶與中間人物，為此他還特別設定這些地主財產來源的不合理，是「剝削鬼」鬧得。而一旦這財產是合理的呢？更深社會文化層次的東西也不是他們的那個年齡能想到的。而他們筆下的農民，除了貧苦令人同情外，也沒看出多少高尚與正直，他們通過鬥爭想得到的也就是地主家裏的那些物質東西，總之是財產關係，物質利益，而解決這個關係的方法在他們那就是強行把地主的財產重新分配，並無其他切實發展經濟、改善民生的措施。王希堅寫這小說時，比王力年齡稍大點，看到的也更複雜些，

〔註31〕見王希堅《地覆天翻記》，華東新華書店出版，1947年8月版，68～69頁。

而姜貴創作時年齡更大，都四十多歲了，因此也更為世故老道，看到的問題也更複雜與深刻些。

因此，他們的差異是單純與成熟，幼稚與世故，簡單與複雜的關係，而不是截然對立的關係，是五十步與一百步的關係，如果說紅色作家看到的是五十步之內發生的事情，白色作家看到的是一百步之後的事情，也就是幼稚弟弟與世故哥哥的區別。事實上，弟弟們沒有看到的那後面的五十步，歷史發展事實本身也給他們補上並證明了，在文革中他們都沒逃脫被批鬥的命運，甚至是牢獄之災，他們年輕時創作如此驕人，本應取得更大的成果，但後期卻再也沒有超越他們的青春期。

其三：敘事手法的相近與相似：

在寫作手法上，隔著海峽，他們卻不約而同地用了同樣的寫實主義手法，甚至都是王翔千熱衷於運用的傳統章回體。他們都受到古典敘事的薰陶也是顯而易見的。小說中敘寫的基本是同樣的歷史事件與人物群體。

王希堅的長篇小說《地覆天翻記》：

第一回標題：「小放牛初進萬緣堂　老毛頭敘述大門口」大有《紅樓夢》裏第二回「冷子興演說榮國府」的味道，對地主「剜眼堂」先來個總括敘說。

但儘管都是吸收傳統文化營養，王希堅到底是年輕，顯然不如姜貴來的成熟老練，有些地方簡直就是生吞活剝，比如，一個不識字、身無片瓦的老雇工老毛叔，去追趕逃走的侄子竟說出了這樣的話「賢侄休走，回來我有話對你講」，這分明是《三國演義》《水滸傳》裏面的常用話語。（《地覆天翻記》143頁）

小說起首，詩曰：

開天闢地人初生，不分富來不分窮；自從出了剝削鬼，世道崎嶇路不平；佃戶窮人受壓迫，地主惡霸氣焰凶；寒冰烈火難長久，地覆天翻起鬥爭。

小說結束，詩曰：

地覆天翻起鬥爭，烏雲散盡太陽紅；欺人惡霸如山倒，群眾心情似火升；土地田園人人有，發家致富大家能；人民事業應歌頌，歌頌救星毛澤東。

而姜貴的《旋風》更是長達四十回的惶惶大作，上來就是：「秋色蕩名湖七星聚義」簡直就把七位馬克思主義者的開會寫成梁山好漢的聚義，開端

就是「文案方祥千⋯⋯」

王翔千兒女們在《回憶我們的父親王翔千》中有一段：

> 他寫過許多很有教育意義的文章，但都無處發表⋯⋯他還擬了
> 個題目是《無錢旅行》，計劃寫一部長篇章回小說，但只寫了一回，
> 沒能夠寫下去。那時寫東西無處發表，只能在自己人中傳著看看。有
> 時他寫一段鼓詞，自己拿到街上去念，倒很受歡迎。後來，他把這些
> 東西選編了一本《幼園雜拌》，這份底稿也未能保存下來。〔註32〕

對寫作的共同喜好、王翔千未完成的章回小說寫作，由他的兒子、侄子
做到了。儘管是兵分兩路，在海峽兩岸以「紅」、「白」文學的形式表現出來。

其四：語言風格上都是諸城一帶的方言、俗語

王氏四位作家包括女婿王力小說中都用了諸城一帶的方言、土語寫成。
尤其是姜貴的《旋風》前半部分基本可以稱之為相州的紀實小說，一些掌故、
格言基本都是在諸城廣為流傳的，稍有不同之處是姜貴加了一些上海的「吳」
方言，而王力、王希堅更多農民的方言、土語。

綜而觀之，這些紅白作家不是根本對立的，而只是看的深與淺、近與遠、
簡單與複雜、幼稚與成熟、單純與世故的關係，他們依然是走在同一條探索
未來的道路上的。所謂天下大勢分久必合，合久必分，似乎是中國獨有的不
可抗拒的歷史規律，分是表面的，是暫時的，合則是永久的，而且是更根本
的，這在海峽兩岸的王氏兄弟文學中又再次得到了體現。

三、相互的誤讀與悲情

北京一位著名評論家看到筆者的論文《隔海相敘：王統照、姜貴海峽兩
岸的家族寫作》(《文學評論》2010 第 6 期) 考證姜貴的《旋風》中竟然把共
產黨員加以美化寫的十分高尚非常吃驚。他說當年他一聽說《旋風》是反共
小說，不由分說就寫文章把姜貴痛罵了一頓，而他本人直到現在從未看過《旋
風》。在那個年代著名的評論家尚且如此，其他的評論家可想而知，這種在不
瞭解作家與作品的前提下就空發議論的學者不在少數，兩岸都存在這種情況。
這樣的情況下雙方的誤讀與誤解到處存在，由此導致的對立與傷害也成為文
學研究無法繞過的一個壁壘。《旋風》因為一度被視為「反共小說」，這使它

〔註32〕見諸城市政協學宣文史委員會編《諸城文史集粹》，濰坊市新聞出版局准印證
　　　　（2001）第 003 號，2001 年 1 月，448 頁。

在大陸一直遭禁，連同對他的研究一直被擋在海外。但小說中對早期共產黨員，卻不乏讚美之筆。如第四回對尹盡美的描寫：

> 尹盡美唯一的缺點，是身體不太好，平常面色蒼白，有時咳嗽，像有肺病的樣子。朋友們勸他到醫院裏去診察診察，看究竟有沒有病。他總是不肯接受。他的理由是——「假如診察了，說有肺病了，怎麼辦呢？我有沒有資格長期療養？肺病是一種富貴病，不是窮小子可以嘗試的。所以我用不著去看。我只是埋頭工作，哪一天累死，哪一天算完！人生不過是這麼回事！」所以嚴格分析起來，尹盡美這個布爾塞維克，是有著濃厚的浪漫氣息的……早期的共產黨人，像這樣的不在少數，尹盡美僅其一例而已。〔註33〕

這是以一大代表王盡美為原型的描寫，可謂相當正面，而對另一位一大代表鄧恩銘竟歪曲歷史事實地極盡美化之能事，簡直美化成聖人，內地紅色小說都沒有如此。小說中對當時中國傳統的落後方面的批判，甚至對國民黨的腐敗的揭露，也是毫不留情的，甚至刻意描寫國民黨人的道德敗壞，我們現在內地的小說都達不到。而這就是被大陸一直禁到現在的「禁書」！現在德國著名學者顧彬教授認為：被認為是「反共」文學的張愛玲的《赤地之戀》是愛國文學。其實本質上，「紅白」兩派文學都算得上是愛國文學，他們只是政見不同。當今年輕人及海外對「紅色」文學誤讀的現象也普遍存在，甚至是普遍漠視，認為其藝術質量低下、做假，把他們簡單地等同於政黨文學而幾乎被遺忘，除了中文系的課堂上還能稍有提及，新一代年輕人普遍抱漠視甚至是敵視態度，已經很少有人再去讀這些作品。

王力的小說《晴天》講的是「惡霸」地主家的「惡狗」咬傷了農民後，被「惡霸」地主強迫「蓋狗墳」等，後來，農民終於在黨的領導下覺醒了，解放了，平了狗墳、翻身做了主人。這個故事是有真實事件為背景的。這事就發生在當時的八路軍在山東的駐地魯南臨沂莒南縣，這在當時山東八路軍領導人羅榮桓將軍的回憶錄裏也提到過。當時的「莊」姓世家是那裡聞名的大鄉紳，出過不少歷史名人，他家的房屋建築很好，曾是我國北方地區著名的以堂號為特色的莊園式建築群體。當年是八路軍115師司令部駐紮地、山東省人民政府誕生地（也因此直到現在保存完好）。他家孩子有大少爺脾氣，外出放鷹捉兔，不料鷹未馴好，直向農舍裏的雞撲去，前王莊村農民正在門前搗

〔註33〕見姜貴《旋風》，臺灣九歌出版社，2009年版，第54頁。

糞，忽見一隻鷹飛來抓他家的雞，一鍬連鷹帶雞拍死了，這時，少爺領著僕人趕到，見此情景暴跳如雷，將這農民毒打一頓，不僅讓他出錢賠鷹，還逼著農民以葬父之禮給鷹出殯。農民的母親賣掉自家僅有的土地，找人做了 1 米多長的棺材，並請了吹鼓手，為鷹出殯、立碑。這件事激起人們極大憤慨，當時莊家長輩也認為少爺的做法有損莊氏家族的聲譽，狠狠訓斥少爺父親教子不嚴，莊家家人派人給農民一些錢糧，並向他賠禮道歉。1943 年，中共莒南縣委組織群眾平掉鷹墳，砸斷鷹碑。這件事在當地流傳很廣，當時的八路軍領導覺得這是個好題材，立即動員文藝工作者加以宣傳廣大，王力在這樣的情形下創作了「平狗墳」的小說《晴天》。創作於 1944 年相對還算平和，但這事並沒完，是中國紅色文學的重要原始題材之一。1978 年依據這事拍成的電影《平鷹墳》被認為早年最恐怖的電影之一，電影裏面最後扒開的「鷹墳」裏面居然有兩具駭人的農民的屍骨，加強了「惡霸」地主的罪行，也更加強了地主與農民的對立。這與四川劉文采家裏子虛烏有的「水牢」如出一轍，都是那個年代用來宣揚強化階級仇和恨的。

在政治對立、政黨鬥爭慘烈的社會政治背景下，在相互誤讀的前提下，一些與政治黨派無關的事件，某些當事人也都推到黨派的頭上，把一些拿不到檯面上的個人私仇與私欲借著黨派的名義宣洩，長時期也很能蒙蔽一些人，這在雙方都存在，他們信仰不同，採用的手段許多時候卻是驚人相似。作家也是人，也難逃俗念，比如，姜貴的離家出走，本是反抗包辦婚姻的家庭私事，幾乎完全與黨派無關，卻在臺灣說成是「逃避共產黨的洗腦」，而在 1929 年前後，山東共產黨員叛變事件引起的相互仇殺，嚴格說起來其實是一場情殺，雙方卻都借用「黨派」的名義大肆報復屠殺。尤其是在權利之爭的催化發酵之下，雙方借著「黨派」的名義實施，使雙方彼此的隔閡與對立也就更為嚴重，以至兵戎相見、血流成河，無數的兄弟家人變成不共戴天的仇人、敵人……

在青春激情與表面仇恨的燃燒下，對立雙方或許暫時忘了他們其實是兄弟……如果那時他們能多一些溝通與理解，信息流通的渠道能像現在這麼多，沒有權利之爭參與進來，或許黨派鬥爭的悲劇不至於發展的如此慘烈，兄弟之間也不至於如此悲情……但不論政治的偏見有多深多重，他們之間的家族關係與作品關係是客觀事實，不以任何人的意志為轉移，他們橫跨海峽兩岸，引領幾十年文學主潮，已在在中國文學史上留下重要一頁，是中國現當代文

學不能不正視的一個重要文學現象，也是一個無法迴避的學術課題，引導人們對兩岸文學做深度思考與深度探索。

第五節　臧克家夫婦：在紀實與虛構之間

　　作家們以寫作為能事，往往會把各種人物寫到自己的文章裏，但有時候，他們自己也會被別的作家當作影射人物來寫。詩人臧克家及其髮妻，就是在不知不覺中，在海峽的另一邊，成了姜貴《旋風》裏的影射人物。隔海相敘，著名詩人被著名作家所寫，是一個比較有意思的話題，本文根據詩人的生活真實與小說裏的藝術真實做一下比較分析，為避免筆者的主觀妄斷，儘量採用一些史料來說明問題。

　　臧克家的髮妻王深汀，又名王慧蘭，字者香，山東諸城市相州鎮人，是姜貴（王意堅）的同族妹妹，小姜貴兩歲，年齡基本相仿，都在諸城相州的王氏大家族裏長大。臧克家的老家是諸城臧家莊，距離相州只有十里路。王慧蘭 1928 年與臧克家結婚，1938 年離婚，姜貴在他的自傳《無違集》中曾說：1938 年，臧克家與王慧蘭離婚，姜貴是兩個在離婚協議書上簽字的見證人之一，可見，姜貴本人與他們是極為熟撚的，是他們 10 年婚姻的見證人。

上世紀五十年代任駐德外交官時期的王慧蘭
（照片由其侄子、國家行政學院教授王偉提供）

　　臧克家曾用名何嘉，小說裏取諧音「張嘉」，他的原配夫人王慧蘭成了
《旋風》裏的重要人物「方八姑」的原型，臧克家的兩個兒子即由這位髮妻
所生。

　　臧、王兩家是當地的名門望族，兩家頻頻通婚，臧克家與王慧蘭之外，
《旋風》頭號主人公「方祥千」原型王翔千的女兒王成就嫁給了臧克家的同
族侄子臧君宇，之後，臧克家的小姑臧任勘又嫁給了王樂平的兒子王鈞吾，
而王樂平則與王成、王慧蘭是同輩的族人，所以，兩家的婚姻關係錯綜複雜，
連輩份都亂了。

　　王統照之子王立誠在《克家兄與相州王氏家族的密切關係》一文中曾介
紹他們夫婦及「八姑」的家世情況：

　　　　克家兄駕鶴西去已經兩年有餘了，諸城市政協文史委約我寫一
　　篇克家兄與相州王氏家族關係的文章。我是地道的諸城遊子，生平
　　只在離休後拜訪過一次家鄉，其餘時間均漂泊在外，對家鄉的事多
　　是老人述及及道聽途說。但是為了紀念克家，我應該寫，也有責任
　　寫。塗鴉如下以就正於吾鄉賢達。

　　　　諸城王、臧二大家族是有長遠的通婚歷史的。抗日戰爭以前克
　　家就是相州王氏宗族的乘龍快婿。他的元配夫人王深汀（字慧蘭）
　　就是我的堂姐，家在相州三村，因此克家在九十多歲時還涵囑我務
　　必稱他為克家兄，我內心深處感覺到也有這層涵意，不知是否？

　　　　也許因此之故，克家一直稱先父王統照為「二叔」，大概是隨了
　　王深汀的行輩稱呼。

　　　　王深汀何許人也？她行八，我自小稱她為「八姐姐」，她的幾個
　　哥哥很是活躍，有點名氣。五兄王深林，抗戰前在國民黨政府交通
　　部工作，曾被派官費留學德國，因對國民黨政府不滿，後來被解除
　　官費，1936 年回國，值抗戰爆發，乃和一些同志發起成立農工民主
　　黨，長期擔任組織部長。新中國建立後，任國務院參事、山東省政
　　協副主席、全國人大代表，早已故世。七兄王笑房，工數學，歷任
　　教師督學。建國後任北京第十三中學校長，宣武區人大代表，文革
　　中被摧殘致死。九弟王蛙珙，又名王斐，抗戰初期奔赴延安，克家
　　還寫詩送行，後被派赴東北工作，建國後調至冶金工業部，長期擔

任人事司副司長、勞動工資司司長，也於幾年前病故。加上克家的思想影響，她在這個家庭裏不可能不受到進步政治思想的薰染。

王深汀自幼好打抱不平，勇於任事，敢怒敢爭。老人傳說，她在十歲左右就曾因事衝上縣衙大堂，掀翻了縣官的公案。長成後更趕上大革命時代。據她親自告訴我，她是經國民黨元老丁惟汾介紹加入國民黨，稱是國共合作時代的老國民黨員，但這段公案現在很難考證了。我相信我的記憶沒有錯誤，因為她同時還給我講了一個有趣的故事。那是在抗戰時期的重慶，她在一次國民黨人士的宴會上，因為對方衝撞了她，她挺身而出，當面打了陳誠弟弟一個耳光，還要追著打，被眾客人勸阻了。她就是這樣的一個個性，當然也有她的政治資本。

她能飲酒，善於談吐，長期擔任中學訓育主任。我覺得她是一個政治人物，我甚至奇怪象她那樣的個性，怎麼能和一個詩人結成終身伴侶呢？當然，那還是我少年時代的胡思亂想，是不敢說出口的。事實證明，她於 1928 年和克家結婚，生了兩個男孩，到 1938 年就和克家平靜地離婚了，從此各走各的路了。1962 年，她在北京因肝癌去世，終年約五十二歲。

克家生前寫文章紀念先父，稱為「亦師亦友」，那是不錯的，因為那時先父並未在青島大學兼課，不算是他的老師。只能算是他走上文學道路的「引路人」，是忘年之交的「老友」。但是，克家歷來文章中不提也不便於提的，是當年他們之間還有一層家族的「翁婿」關係。

抗戰以前，他們夫婦常常來到我家，甚至吃住也在我家，克家和先父談詩論文，八姐就在內室和先母聊天，我也不免在旁聽著。至今我還清楚地記得很清楚的一句話，八姐曾說：「二叔太寵著他了！」我感覺到這一句話也反映出他們在家裏的爭論。

但是，這位「二叔」對克家還是「寵對」了。一直到 1933 年，克家的第一本詩集《烙印》出版，聞一多先生資助了大洋 20 元，先父資助了 20 元，王深汀的七兄王笑房資助了 20 元，於是事底於成，克家一舉成名。

克家對先父感情極深……〔註34〕

「八姑」剛烈的個性也由此可以想見，也可以看出，真實「八姑」的個性比姜貴小說裏描寫的還要潑辣、強悍的多。她十幾歲為何去掀翻縣官的公案已無從考證，但肯定不是《旋風》裏寫的為「四兩麻黃官司」，《旋風》裏八姑母親因為吃了「方珍千」（王願堅父親王振千原型）的藥死去，而實際生活中，王慧蘭母親確是偏房，但她是1957年在她兒子王笑房家中去世的，屬壽終正寢。「老婆哭，孩子叫，也有屎，也有尿……」據說這幾句詩也是王慧蘭的傑作，來調侃她的詩人丈夫與族叔武平的……但王慧蘭是王家最受寵愛的女兒也是事實。王慧蘭與其胞兄王深林一家在相州堂號為「以約堂」，他們的父親王少鶴曾在福建仙遊縣做官（這些《旋風》裏寫的都是與實情相符的），後告老還鄉，先後有十一個兒女，王深林行五，王慧蘭行八，是唯一的女孩。《旋風》中她家的堂號「養德堂」是用了王統照家的堂號。王慧蘭兄妹與王統照感情深厚也是事實。王慧蘭不但在青島王統照家猶如自家，早年在上海王樂平家，也是如在自家，吃住隨便。王慧蘭儘管年少，輩份卻與王樂平一輩，都屬「土」字輩，據王樂平的二兒子王鈞吾老人講，王家當時有四個新女性「姑姑」都在他家很隨意，有一次，王樂平帶著兒子到附近的影院看電影，先到前面較好的位置坐下了，王慧蘭與其他三個姑姑硬是去把王樂平連同兒子家人拖到後面的座位上去，自己佔了他們的好位置。當時還是個孩子的王鈞吾還在家裏牆上寫過「打倒王慧蘭」的標語，他還記得王慧蘭很義氣。有一次他被父親王樂平關在房間裏教訓挨揍，王深林等皆認為「該打！」只有王慧蘭要去爬窗「救」他……國民黨立法委員王立哉到臺灣後，兒女留在大陸，小女兒王缽在北師大讀書期間，就多由王慧蘭兄妹照顧。據她回憶，有次她去王慧蘭七哥王笑房家過週末，當時王慧蘭剛從國外回來，看到她，立即把自己漂亮時尚的圍巾送給她……而《旋風》裏面，姜貴更是把她寫成了唯一的正面人物。

臧克家與王慧蘭所生的小兒子臧樂安在《點點滴滴憶父親》一文中曾寫到：

自從我1930年10月4日在大海的濤聲的伴奏下出生於青島，便和這個美麗的海濱城市結下了不解之緣。那時父親剛考入國立青島大學。我出生剛滿月就被送回諸城臧家莊老家，交給祖母和姑姑

〔註34〕見《臧克家與諸城》。政協諸城市委員會編，王紀亮主編，中國文史出版社，2006.8，157～159頁。

撫養。我哥哥臧樂源比我大一歲，1929 年 8 月 10 日生在濟南，沒出滿月就被送回家裏。我們兄弟倆相依相伴二十餘年，幾乎沒有分離。

我們小的時候，父母在外面闖世界。爸爸先是上大學，畢業後到臨清中學當老師，一年難得回家一次，見面機會很少，相當陌生，但在我們心目中父親是很了不起的。我們根本不知道父親是詩人，小時候腦子裏留下的印象是：父親個子高高的，瘦瘦的，身上穿一件藍色或灰色的長大褂，頭上戴一頂禮帽或者草帽，非常帥氣。我們是鄉下孩子，沒見過世面，認生。有一次爸爸媽媽回家來了，我爬到樹上躲起來，有人問我為什麼不回家，我回答說家裏來客人了。爸爸媽媽很關心我們，給我們買來好看的小人書、鉛筆、畫圖畫的彩色筆，我們很喜歡，但一提要帶我們去上學，我們就什麼都不要了。記得大概是 1936 年夏天，爸爸媽媽決定帶哥哥去臨清上學，那時我們借住在縣城臧丙兮家裏，外面汽車都快要開了，哥哥哭鬧著說什麼也不肯去，我嚇得趴在床上，頭都不敢抬，記得媽媽在我屁股上打了一巴掌。最後，哥哥到底還是沒去。我很高興，哥哥要是走了，我一個人在家孤孤單單，誰跟我玩呢……

1937 年 7 月 7 日盧溝橋事變爆發，年底爸爸媽媽離開家走了，流亡去了。1938 年陰曆正月十五前後，日本鬼子佔領了諸城縣城。祖母姑姑帶著我們倆逃難到離家幾十里的山區躲藏了幾年，生活困苦顛連，我們沒有學上，覺得前途沒有指望，看見別人家的孩子去上學，我們羨慕得流下了眼淚，我們真恨死日本鬼子了。戰爭的炮火阻隔了爸爸同家裏的聯繫，真是「烽火連三月，家書抵萬金」。頭幾年還偶而能得到來信，知道爸爸和媽媽離婚了；爸爸後來又結婚了，給我們生了個弟弟名叫遠生，並寄來一張照片；爸爸在李宗仁那裡當秘書等情況。〔註35〕

……

（2004 年 8 月　臧克家與王慧蘭次子　原中國國際廣播電臺俄語譯審）

〔註35〕見《臧克家與諸城》，政協諸城市委員會編，王紀亮主編，中國文史出版社，2006.8，185～186 頁。

　　從他兒子的表述中，也可看出，臧克家大學畢業後是到臨清中學教書，他的妻子王慧蘭跟隨擔任訓育主任，從未如小說所寫在自己的縣城諸城教過書。臨清距離諸城有近千里路，他在大學就已出版詩集，是個聞名全國的詩人不假。從這些當事人的文字裏，我們可以清楚地看到，抗戰時期，「八姑」並不在諸城老家，而是在外地，她也從未被日本人逮捕過，是她的七哥王笑房因重慶的胞兄王深林寫來的密信被日本人截獲而被捕過，時任市立青島一中（原膠澳中學）校長，受盡酷刑，寧死不屈，卻在文革中被迫害至死。因此，可以確定，《旋風》裏關於她在抗戰時期在相州獨自抗戰的描寫純屬文學虛構。

　　對自己的家世和婚姻，臧克家自己曾經如此介紹：

　　　　我家裏的人都愛詩，我祖父是個儒家之徒，為人嚴肅啞然，令人不敢接近。但是他喜歡詩，高了興便收起那副冷面孔，放聲朗讀起《長恨歌》來，聲音裏飽含情感，顯然他已進入了詩的境界，另是一個人了。他自己寫詩也學白樂天。在我青年時代為愛情所苦惱時，有一天，他把寫在一張紙上的四句詩遞給了我，什麼話也沒說。詩曰：「青蠶棲綠葉，起眠總相宜，一任情絲吐，卻忘自縛時。」這首詩，他用以警告我，今天想來，他也有點自悔的成分在內。他原來和我祖母感情極好，五十歲，從北京「大理院錄事」的小官任上，不得意歸家以樂餘年，娶了我的庶祖母，把我祖母氣瘋了，一個人關在房子裏，牆上畫一個「大王八」。新人、舊人之間，不會不是他無動於衷的吧？我在 1929 年生了第一個孩子的時候，祖父做了一首長篇七古，以抒今昔之感。只記得開頭幾句是：「昔我三八已抱孫，今抱曾孫六十二，首尾二十四年間，子更生孫孫生子。」小時候，他教我念一些古詩，什麼「打起黃鶯兒」；「自君之出矣」；「床前明月光」；「壯士別燕丹」；什麼「少小離家老大回」；「黃河遠上白雲間」……還有《木蘭辭》……對這些古詩，當時能背得滾瓜爛熟，對於它的內容卻半點不瞭解。一個孩子，怎能理解愛情、鄉愁的纏綿情調，刺客的悲壯情懷這樣一些思想和感情呢？每年春節臨近的時候，祖父親手寫春聯（他寫一筆好字），我給他按紙。學屋裏的門聯年年換，大都是古人的佳句……當我和現已逝世的愛人結婚的時候，祖父自編自書了一副對子，貼在我們的房門上。上聯是「荃孫

君子草」（我的號叫孝荃），下聯是「蘭蕙王者香」（她的名字叫王慧蘭，字者香）。

我的父親，長年抱病，在我十六歲時病故。他和我的族叔武平，二人結詩社，住室窗外有株石榴，我父親取號「紅榴花館主人」，武平四叔是「雙清居士」。我父親筆力微弱，詩寫的平平，武平四叔詩才很高，筆力雄健，他也頗自許，有句云：「讀古十年乏領悟，論詩以瓣獲心香。」他的詩寫得真不錯。我在《我的詩生活》中也講到過他，引過他的佳句：「背城樹色留殘照，平楚秋痕入野燒。」他們不但寫詩、互相觀摩，還和「鄧古莊」一門三進士尹家的子弟賽詩。可惜而今我只記得尹家的一個殘句了：「性被浪淘稀」，並不高明。

大約在我八九歲的時候，家裏給我請了一位塾師，把一顆滿天飛的野心，收攏到書本上來了……〔註36〕

臧克家的老家儘管是農村鄉下，但從他的回憶裏可以看到，當地濃鬱的詩意氣氛，由此可以想像他成長為詩人也不是怪事，而是從豐厚的詩的土壤裏自然而然地生長出來的。

對於詩人的父親，他也坦白自己與父親一脈相承的詩人氣質：

我的父親是一個神經質的人。他，仁慈，多感，熱烈，感情同他的身軀一樣的纖弱。他是一個公子，一個革命者，一個到處在女人身上亂拋感情的人。他喜歡詩，他的氣質、情感、天才和詩最接近。我，就是父親的一幀小型的肖像。我是他生命的枯枝上開出來的一朵花。他給了我一個詩的生命。那時節，我還不夠瞭解詩，但環境裏的詩的氣氛卻鼓蕩了我蒙昧的心。〔註37〕

對於自己在 1927 年的武漢大革命後回到家鄉並遭到追捕的那段經歷，他在回憶錄裏也曾詳細介紹：

1926 年 10 月從濟南奔向武漢，1927 年 8 月，從武漢回到了老家，全家驚喜，從瘦削的臉子上去找我舊日的容顏……

我回到家不久，縣裏派來一個青年人和我談話，這時國民黨已

〔註36〕見《臧克家回憶錄》，中國工人出版社，2004 年第一版，2008 年 4 月 2 版，61 頁。

〔註37〕見《臧克家回憶錄》，中國工人出版社，2004 年第一版，2008 年 4 月 2 版，1 頁。

經掌權了。我還是武漢的那一套理論，他只是默默地聽也不插嘴。他走了之後，我估計情況不妙，曾到遠地山村一家窮親戚家去躲了一段時間。1928年，端陽剛過，我裸著上身在炕上躺著，心和耳朵永遠是在警戒的緊張狀態中。突然，我父親的奶媽老裴飛奔而至，雙手報警，神態緊張，她話未出口，我的人已經越牆而走，一翅子刮到東北瀋陽大機匠的家裏，做了個不速之客……沒談上幾句話，伯伯轉身到室內取出一封信來交給了我，說：「掛號的。」拆開一開，是祖父來的，叫我立即到上海去和我剛結婚幾個月的愛人會面，外附路費一百元。這是出乎我意料的。人間悲歡離合，坎坷與坦蕩變化如此之不可測啊。

　　我匆匆帶著歡欣，編好理由向馬書記官長，向三位青年同事，向小學的朋友，一一辭別。平素對這種生活，簡直是不可暫耐，而今一旦要離開它，反產生了依依之情。

　　心急路遙，八天趕到了上海，見到了別來三月的愛人。我們在上海住了幾個月，便一道回到了山東臨時省會——泰安（這時發生了「五三慘案」，日本佔據了濟南。）〔註38〕

他的這段「英雄壯舉」其他的當時人也有回憶文章。現年八十六歲的臧克家小姑臧任勘老人（臧克家爺爺晚年續娶家裏的大丫頭，生下了比臧克家小許多的姑姑、叔叔，故有「大侄」「小姑」的關係，也是臧克家前文述及把他祖母氣瘋了的那件事），臧克家在諸城被追捕那年她只有六歲，在回憶文章裏寫道：

　　以前我不信「緣分」，現在服了。就從克家與慧蘭的婚姻來說吧，大侄與慧蘭雖性格相異，但從他們新婚時如膠似漆的親愛表現，怎麼也想不到1938年夏，竟從抗戰前沿傳來他們離婚的消息，真令人難以理解，這可能就是「緣分」已盡吧。

　　1928年端午節前後，正是大侄、慧蘭蜜月期間，諸城國民黨軍隊突然來到我家，十幾支槍指向剛吃完早飯坐在炕沿上的父親，父親面色驟白，手在微抖。他知道孫子又惹禍了。我那時有病，正被母親抱在懷裏，母親站在堂屋東裏間（父親住東二間）也被堵著不

〔註38〕見《臧克家回憶錄》，中國工人出版社，2004年第一版，2008年4月2版，91頁。

許動。這一幕，也許對我太刺激，一直如茬目前。事後在家人的喧咕中，才知大伯已逃脫。原來是裴媽發現來兵，馬上告訴了克家和慧蘭，他們倆跑到院東南角的廁所內，大伯踏著慧蘭瘦小的肩頭，跳出了牆外，得以逃脫，隨後逃向東北。從此家裏地翻天反，亂作一團。父親焦急而牽掛，求親告友，託人搭救。慧蘭也離開愛巢去青島、上海，為搭救克家東奔西跑。因而，父親視孫媳婦為全家的恩人。

　　1929 年大伯的第一個孩子樂源降生，送回了家。記得父親坐在炕沿上，雙手托著襁褓中嫩弱的重孫，臉上露出了我記憶中唯一的笑容。父親悲喜交集，想到了年來的酸辛，從抑制不住的心頭迸出了一大篇詩句：「昔我三八已抱孫，今抱曾孫六十二，首尾二十四年間，子更生孫孫生子……」〔註39〕

正是這位「小姑」，長大後，出落得十分美麗動人，嫁給了王樂平的二兒子王鈞吾。

臧克家與相州王家早在很小時候就開始有交往了，王願堅的夫人翁亞尼女士在文章《詩人與作家的忘年交》中有過述及：

　　我知道詩人臧克家的名字，是在我上中學時的語文課上；而我認識臧老本人，是在我和願堅結婚之後。

　　願堅常常給我講一些他家鄉人和事，其中就有臧老年輕時的軼事。願堅比臧老小二十四歲，臧老當年發表詩作的時候，願堅還是一個流著鼻涕、穿著開襠褲的娃娃（願堅語）。所以願堅講的那些事，也都是從他哥哥、姐姐們那裡聽來的。

　　臧老早期寫的白話文新體詩在老家山東諸城一帶頗有名氣。願堅說，臧老經常跑到相州鎮的王家來，把寫好的新詩念給願堅的哥哥、姐姐們以及那裡的年輕人聽。這些年輕人中間，有當年去莫斯科東方大學和鄧小平同窗就讀的願堅胞兄王懋堅、願堅堂姐王辯（中共早期黨員，後改名黃秀珍）；有後來成為現代作家的願堅堂兄王希堅。願堅告訴我，臧老的新詩對當年他們年輕人嚮往新思想、嚮往新文化，有著最初的啟蒙作用。

〔註39〕見《臧克家與諸城》，政協諸城市委員會編，王紀亮主編，中國文史出版社，2006.8，151 頁。

　　……臧老當年離開家鄉時，願堅還是個孩子。此時的願堅已是
一身戎裝，還帶著我，臧老見了非常高興。只見他談笑風生，頻頻
提到家鄉老人們的一些趣事。那時願堅和我初到北京，人地兩生，
願堅卻能在這樣的環境裏，聽家鄉走出來的人用濃濃的鄉音告訴我
們這麼多的家鄉事，他顯得很開心。而我卻坐在一旁，望著臧老，
傻傻地想，這麼有名的詩人，怎麼一點架子也沒有啊！伴我一路而
來的忐忑不知何時消失得無影無蹤了……〔註40〕

　　王懋堅與王辯是 1925 年去莫斯科留學的，這也就是說，至少在 1925 年
以前，臧克家就與王家有了密切交往了。翁亞尼女士可能不便提及的是：當
時臧克家跑到相州去主要是把詩讀給王慧蘭兄妹們聽的，因為他們後來離婚
了，大家有些不方便說起。

　　而姜貴《旋風》則是如此描寫的：

　　　　原來巴成德有一個姑表兄弟，名叫張嘉。兩個人一路趕到漢口
去，迎接勝利的革命軍，就都參加了武昌的軍校……

　　　　張嘉膽子小，主張慎重，就在 C 島隱密起來，打算看看風頭再
說。不久，巴成德被殺的消息傳來了。張嘉一面深自慶幸沒有冒冒
失失同他一路回去，一面感到 C 島也非安樂土，因為距家鄉太近，
熟人太多，隱密的程度有限。他就籌措了一點盤費，乘日本船上大
連，更轉車北行，止於松花江南岸的一個小城附近，住在他的奶媽
的兒子家裏。

　　　　……

　　　　有一天，他接到文風文學社編者的一封信，這位編者就是方通
三，原是他認得的。他考慮了很久，用真實姓名寫了一封信去，備
述他目前的淒涼情況。以後，方通三回信來了，約他到 T 城去住。
信上暗示，對他的行蹤保守秘密，安全可以無問題。

　　　　接到這封信，詩人的第一個念頭是，莫非他勾結了當局，誘我
回去落網。想來想去，見得自己和方通三向來無冤無仇，不至於如
此。不錯，詩人的這一想法，對了。因為方通三有一種為藝術而藝
術的文學主張，對於任何政治力量都避之唯恐不及，豈肯作他人的

〔註40〕見《臧克家與諸城》，政協諸城市委員會編，王紀亮主編，中國文史出版社，
　　　2006.8，160 頁。

鷹犬。但他是一個謹慎而又吝嗇的人，怎麼肯約請張嘉的呢？張嘉
果真到了 T 城，萬一生活發生了問題，或是安全失去了保障，直接
間接，他能完全沒有責任嗎？這卻另有一個微妙的原因。原來方通
三自從被胡博士譏諷，勸他「少買二畝田，多買部字典」以後，一
面更加努力充實自己，一面也深感個人在文壇上的孤立。他覺得他
既然發誓要做一個文人，就不能不在文壇上有一班互相標榜的朋
友，尤其不能不有一班由自己提拔起來的後進，作為自己的讀者大
眾，環繞在自己的周圍，為自己吹噓。為了這一目的，他賞識了張
嘉的詩，擔著十二萬分的重大干係，對張嘉發出了試探的邀請。

　　張嘉終於應約到了 T 城。過瀋陽，過山海關，過天津，這些生
疏的地方，都沒有問題。唯有 T 城，他的熟識很多，黨政方面認得
他的人也不在少數。而且他老是覺得，像他這樣一個曾經比共產黨
更左的分子，緝捕名單上不會沒有他的大名。「看，巴成德就是這個
樣子！」

　　因此，他慎重地在天津耽擱了小半日，特地趕一班深夜間到達
T 城的車，他到 T 城了。下車的時候，他把一頂「土耳其帽」儘量
拉下來，又把圍巾儘量圍上去，祇露著兩個眼睛看路，以避免偵探
的銳眼。他出站了，上了東洋車了，一直到了方通三的寓宅了，似
乎並沒有什麼人注意他。等到安全坐在方通三的客室裏的時候，他
的心定下來了。

　　方通三熱誠地接待他，告訴他說：

　　「成了，你的詩是夠成熟的了。你休息休息，先編一個集子，
馬上出版。我替你寫一篇介紹的文章，再約幾位文壇上有地位的人，
來幾篇文章捧捧你，你在詩壇上的地位就可以奠定了。」

　　「是的，通三先生。」張嘉興奮地答應著。前途頓時光明起來。
這是他從離開武漢的政治漩渦以來，所沒有過的事。

　　然而他的心裏蒙著一個更重大的陰影。住定下來，便慢慢和方
通三談起來了。

　　「通三先生，在政治上我是一個亡命徒，永遠祇能躲在暗處，
見不得天日。而且我這樣長期受著生命的威脅，神經過度緊張，真
是受不得！我想，詩，成名不成名，還是次要的事。現在最要緊的

是，怎麼想辦法先洗去政治上的色彩，恢復我的自由之身才好。」

方通三沉吟了一下。說道：

「你的事情，我大約知道一點。慢慢等等機會看罷。你知道，我在政治上是一點關係沒有的，我跟他們說不著話。你的事情，怕得個有大力量的人出面招呼一下才成呢。」

「正是呢，通三先生，」張嘉同意的說，「我整天做著一個夢，希望個有大權力的人，出來替我說句話，我就可以自由了。祇要有靠背山，我這一點點小事情算什麼？殺下幾條人命，也不要緊呀！」

……

談到最後，也還是絕路一條。沒有一個可以逃避的地方，像陶淵明的世外桃源一樣。其實，這是從古如斯的，伯夷叔齊躲到首陽山去，結果是餓死的。〔註41〕

這裡的對比，我們可以看出，小說裏的描寫基本出於文學家的虛構，臧克家 1927 年在武漢參加大革命，後來被追捕出逃東北，是他的新婚妻子王慧蘭找到其胞兄、當時的國民黨要員王深林與族兄王樂平出來營救這些都是事實。國民黨元老王樂平（《重陽》錢本三原型）儘管是王慧蘭的本家族人，卻是臧克家在武漢聲討的對象，臧曾經和同學把王樂平的堂弟、王家另一位國民黨要員王立哉（《重陽》錢本四原型）抓去批鬥、拘押。但在王慧蘭的奔走求救之下，王樂平原諒了臧克家並撤銷了對他的追捕，王樂平依然健在的二兒子王鈞吾記得當時父親說過「不能讓王慧蘭守寡啊！」這是王樂平原諒並搭救臧克家的根本原因。但是小說裏顯然把他們結婚的先後時間顛倒了，變成臧克家在被追捕之後，看到王家有權有勢，為了保命才去追求王慧蘭的，這樣，他們婚姻的性質就完全變了，文學家刀筆歷史由此可見。

前面述及，當時還是個孩子的王立誠就能看出了他們夫婦性格中的不和諧因子，《旋風》則把他們的婚姻做了完全政治化的處理，小說是如此描寫的：

方八姑從北京回來，在 T 城停留了幾天，特地去探望方通三。

方通三留她吃飯，張嘉同座。方通三祇說，「這是我的學生，姓張。」沒有告訴她名字。方通三也把方八姑介紹給張嘉。說道：

「這位八姑娘，是我的侄女，方慧農先生的令妹。」

〔註41〕見姜貴《旋風》，臺灣九歌出版社，民國八十八年九月版，338～344 頁。

　　「可是做國會議員的國民黨元老方慧農先生？」張嘉關心的問。他自幼就熟悉方慧農這個名字，他知道方慧農在國民黨方面是極有力量的。

　　「是的，正是他。」方通三點點頭說。

　　「能在這裡見到方八姑娘」，張嘉殷勤的說，「真是我的幸運。我們青年人，很多都是崇拜慧農先生的，革命老前輩，青年人的領導者。」

　　「張先生太客氣」，方八姑也笑笑說，「真不敢當」。

　　方八姑是一個粗線條的大姑娘，高高細細的個子，微微有點駝背，黑黃皮膚，圓臉，濃眉，大眼，拖著又粗又長的一條大辮子。新近又有點瘸腿。

　　張嘉注意地看她，看得她不好意思起來，就扭過頭去和方通三說話。

　　……

　　方通三聽了這個比方，不禁縱聲笑了。方八姑道：

　　「原來張先生也喜歡文藝。」

　　「豈但喜歡文藝，」方通三說，「張先生在詩一方面的成就，高得很呢。他最近就有二本詩集問世，下星期可以出版。」

　　「真是失敬的很。可惜我明天就要回家，來不及拜讀了。」

　　「等出版了，一定寄一本來，請八姑娘指教。」張嘉謙虛的說。

　　方八姑辭去之後，張嘉試探著和方通三說道：

　　「通三先生，你以為這位八姑娘是怎樣一位人物？」

　　「是一個充滿了男性的女子，很少有女子溫柔的氣息。」

　　「我想，當著這個時代，倒是像她這樣的女子，才適合家庭和社會的需要。太溫柔，太懦弱的已經落伍了。」

　　張嘉頓一頓，放低了聲音道：

　　「通三先生，她還沒有結婚罷？」

　　「還沒有。」

　　「我好不好向她求婚？」

　　「怎麼，你有意思嗎？」方通三略略覺得有點詫異。

　　「是的，我很喜歡她這個男性的氣概。」

　　方通三沉思了一會，點點頭。說道：

　　「你這個意思，倒是很好的。如果說成了，你也可以仰藉方慧農幫你一個忙，把你那頂紅帽子洗了去。」

　　「有的，通三先生，我老實說，我也這麼想呢。如果你以為可以一試，我就拜託你做個媒人。」

　　方通三想著這是一件兩面討好的事，就答應下來。為了張嘉的政治原因，他決定先取得方八姑的同意，然後再告訴方慧農。他在方鎮的田產，這時已經賣得差不多光了，還剩下一部分祭田和一所住宅，也需要他自己回去料理一下，作一個結束。因此，他等到張嘉的詩集出版發行了之後，就回方鎮來了。

　　他親自跑到養德堂，致候了謝姨奶奶之後，便和方八姑舉行了一次密談。他遞給她薄薄的一本小書。說道：

　　「這就是那位張先生的詩集，他託我帶一本送你。你看，這是他親筆的題字，這個是他的筆名。」

　　方八姑嘴裏說聲謝謝，接過來，略翻一翻，就放在一邊了。方通三接著說：

　　「你看張先生這個人怎麼樣？」

　　「我看不大出他怎麼樣來。」方八姑微微覺得方通三的問話有點特別，就隨口敷衍了一句。

　　「有這樣一件事，我先和你談談。」方通三知道方八姑是一個說一不二的痛快人，就直捷了當的說，「那位張先生自從見過你以後，印象十分好，十分深。有意來提親，向你求婚。不知道你願意不願意，所以託我來和你談談。這是你自己的終身大事，你不妨從長考慮一下。」

　　方八姑臉上紅了一紅，沉默了一會。然後說：

　　「他是怎樣一個人，三叔一定知道了。」

　　「這也不能瞞著你。我老實告訴你，這個人就是張嘉，和巴成德一同在武漢搞過的。他從離開武漢，後悔的了不得。在關外住了一些時候，才到了Ｔ城。他現在是不幹黨派，不問政治了。像我一樣，也想作一個單純的文人，以終其身。」

　　「我知道他這個名字，他是一個有名的共產黨。三叔，我和一

個共產黨作親，恐怕不大好罷。」

「不是這麼說，姑娘。我不是已經說過嗎？他現在是不幹黨派了。他如果仍然是一個共產黨，我還能來給他作媒？他再三給我講，祇要你答應了這頭親事，他準備先正式作一個脫黨的手續。以後最好不再搞政治。如果要搞的話，他便跟著慧農的路線跑。因為他先有了這個表示，而且表示得這麼誠懇，所以我才和你商量的。」

方八姑正為了謝姨奶奶說她嫁不到人，一肚子沒好氣。聽了方通三的話，便說：

「既是三叔這麼說，我還能不同意。你去給老姨奶奶提一提罷。我哥哥們，也要三叔寫信。」

謝姨奶奶和方八姑的哥哥們，知道八姑自己先已經情願了，也就沒有人反對。親事順利地定下來。用不著費事，憑了方慧農一封八行書，張嘉被當局承認他已經脫離了共產黨，恢復為一個自由人了。

張嘉是世居在城裏的。但結婚之後，卻常住在方鎮。這是謝姨奶奶當初的一個條件，她自己年事已高，希望八姑娘多有一些時間和她同住。

仰仗這個裙帶關係，張嘉在政治上的矛盾，算是消除了。然而婚後的生活並不十分理想。方八姑喜歡打打馬將，抽抽香煙。有空兒還要罵罵曾鴻，和老姨奶奶吵吵鬧鬧。張嘉卻每日一味的埋首作詩，廢寢忘餐，如瘋如傻。兩個人興趣不同，就影響到感情，總不大融洽⋯⋯〔註42〕

小說裏寫八姑是在嫁不出去的情況下嫁的張嘉，既使作為小說裏唯一的「正面人物」，姜貴也把她醜化不少。王慧蘭本人皮膚白皙，風度翩翩，離婚再嫁都能嫁給留德博士、國民政府高參李遇安，怎麼存在嫁不出去的問題呢？其後，方八姑被批鬥致死等更是完全的虛構，她不但活得好好的，五十年代還是時尚漂亮的外交官呢。小說裏他們的結婚時間在臧克家是武漢大革命之後，在八姑則是抗戰之後，這個時間差正好是他們的十年婚姻，首尾倒掛聯到一起了，開始就是結束。

〔註42〕見姜貴《旋風》，臺灣九歌出版社，民國八十八年九月版，345～349頁。

王統照之子王立誠還記載過五十年代他們交往的一些情景：

> 1955 年他（王統照）又來北京開人代會，約我和妻子抱著新生的女兒王梅去見他，仍在中山公園來今雨軒。在座的還有我的堂姐王慧蘭和姐夫李遇安先生，李是在三十年代在柏林參加中共的，精通德、法文，後來在北方交大擔任教授。他們都是外交部的官員，剛從駐德意志民主共和國使館調回，多年未見，彼此歡談，李遇安還給我們拍了許多照片。我父親還向他談了他譯的《費加羅的婚禮》原稿在上海出版社丟失的歉意，因為這本書是經父親之手推薦到出版社的。〔註 43〕

臧克家首次出版詩集，是在王統照的幫助下不假，但不是在他遭到追捕的時候，是在 1933 年，那時他早已從政治上解脫，考入國立青島大學，在聞一多等教授的指導下大學都快畢業了，其時臧克家與「八姑」王慧蘭兒子都有兩個了。關於這段，他在回憶錄裏也有記載：

> 在青島那五年（讀青島大學），除了聞一多先生之外，和我關係親切，鼓勵我寫詩、對我幫助很大的是王統照先生。他是我的前輩，又是同鄉。我第一次見到他是 1924 年在濟南讀書的時候，他在給印度大詩人泰戈爾的演講做翻譯，（這次聽演講姜貴也在場，只是沒記清翻譯者，還以為是徐志摩，而臧克家不單記清了，還留下了深刻印象）正式接觸是在青島。他住在觀海二路四十九號一座小樓上，抬頭就可以望見大海。我和吳伯簫同志經常是他的座上客。王先生為人樸誠，平易，令人即之也溫。他言行謹慎，但詩人氣質濃厚，詩興一來，話如流，色舞眉飛。他學識淵博，愛好美學。曾自費歐遊，歷七八個國家，帶回來許多佳作。他對獎掖後進，不遺餘力，發現一個新作家，以為至樂。他從傅東華手中接過當時影響很大的《文學》月刊，我的許多詩作就發表在上面。在當日文壇上，想「登龍」，須「有術」，像我這樣一個初出茅廬的文藝學徒，想出本書，真是難啊，難於上青天。鯉魚跳龍門，有多少跌死在浪頭上！我忽做遐想，想出本詩集。王先生大加贊助，成人之美。他替我出主意，編好之後，還資助了二十元，並署名王劍三（他的字

〔註 43〕見王立誠《瓣香心語：王統照紀傳》，山西人民出版社，1999 年 10 月版，144頁。

是劍三），做了這本書的出版人。這就是我問世的處女作——《烙印》。另外，聞一多先生和友人王笑房同志每人湊了二十元，尚未識面的卞之琳同志和老同學李廣田、鄧廣銘在北平為我設計封面，請聞先生寫序言，跑印刷所，這本小小詩集的出版，使我感到友情的珍貴與溫暖。

這本詩集出版不久，茅盾、老舍先生在同一期《文學》月刊上發表了評價文章；韓侍衍先生在《現代》月刊上寫了一篇《文壇上的新人》，提出我和另外五位：艾蕪、沙汀、徐轉蓬、黑嬰，是 1933 年文壇上的新人。可惜只見揄揚《烙印》及徐轉蓬、沙汀之文，以後就沒再一個個寫下去了。〔註44〕

這裡的友人「王笑房」，就是王慧蘭的七哥，當時，臧克家夫婦在讀書，缺少經濟來源，基本就是靠這位妻兄資助支持的。

臧克家與王統照的交往，他在悼念王統照的文章《劍三今何在》一文中也提到了：

我和劍三交往，開始於 1929 年，在青島。青島觀海二路四十九號，有座小樓，這寓所就是他的家。觀海路，地勢嶕然，居高臨下，俯觀大海，水天一色。那時，他在市立中學教書，後來又在國立山東大學兼過課。他在觀海二路寓所的兩間小小會客室裏，接待過聞一多、老舍、洪深……諸位先生，我和吳伯簫同志更是他的坐上熟客。劍三為人熱情、敦厚、謙孫、誠摯。他的思想並不激進，但能與時俱進；待人接物有點謹慎，但富有詩人氣質。他對中國古典文學，對外國文學，修養很深。他愛好美術，寫一筆好字，為題僑筆所贊許。

我在山大讀書期間，不時到他的觀海二路寓所去……劍三很看重友誼，真誠待人，給我以溫暖，如陳年老酒，越久越覺得醇厚。對我這個後進，鼓勵、扶掖，不遺餘力。我的第一本詩集，他是鑒定者，資助者，又作了它的出版人。沒有劍三就不大可能有這本小書問世，這麼說也不為過。

〔註44〕見《臧克家回憶錄》，中國工人出版社，2004 年第 1 版，2008 年 4 月 2 版，101 頁。

　　解放以後，劍三工作繁重，但和我通信極勤，幾乎每週必有，有必厚。大事小節，均形之於字句，字體極小，不論用鋼筆還是毛筆，都寫得公正娟秀，讀了令人心快眼明，可惜這多至百封的信，經過「文化大革命」已蕩然無存了！〔註45〕

　　「方通三」的原型是著名作家王統照，是 1929 年才開始與臧克家有交往，而他們的婚事與被追捕與營救之事皆發生在 1928 年，與王統照毫無關係。王統照不僅對臧克家如此，在他擔任大型學術期刊《文學》雜誌期間，獎掖扶持的年輕作家大有人在，留下許多感人的故事。《旋風》重要主人公「八姑」的原型王慧蘭，她的兩任丈夫出書均是由王統照支持、贊助的。後任丈夫李遇安也愛好文學，他翻譯的《費加羅的婚姻》也是由王統照支持幫助出版的，他在青島的家，還是聞一多、老舍等著名作家的聚會之所。

　　王家對於臧克家既有救命之恩，也有出書之情，也因此他與王慧蘭後來的婚姻破裂，一些王家人對他心有怨言，也是可以理解的，姜貴作為娘家人，在此是否也是借著小說一鳴不平？不敢妄斷。但他借著這些，把本家族的兩位作家大大窩囊了一番倒是事實。《旋風》裏寫張嘉躲在青島沒敢回家鄉，事實上是臧克家不但回了家鄉，還完成了兩件事，一個是與王慧蘭結婚，另一個是由《旋風》頭號主人公「方祥千」的原型、山東共產黨創始人之一的王翔千介紹入了黨，但兩個月後退黨也是事實，他自己有寫給諸城文史委的信，現把全文附上：

中共諸城市黨委黨史研究室：

　　《中共諸城地方史》第一卷已拜收。這是一本好書，是我黨在我故鄉——諸城英勇奮鬥、百折不撓的鬥爭史的真實記錄，是教育後代的好教材，當珍藏之。

　　從信中得悉，市委擬編輯出版《諸城黨史人物轉》（第一輯），並確定我為入卷人選，不勝惶恐。我 1927 年冬至 1928 年春在黨內僅兩月有餘，後因與上級派來的指導員宋琦意見不合，即不贊成馬上舉行農民暴動而退黨。我在黨內，僅下過一次鄉，向農民宣傳抗租減息，沒有做過任何值得記錄的事蹟；退黨後，被國民黨追捕，

〔註45〕見《臧克家回憶錄》，中國工人出版社，2004 年第 1 版，2008 年 4 月 2 版，102 頁。

流亡東北。我意，請不要把我列入《諸城黨史人物傳》。如你們認為
必須列入，請將寫好的關於我的材料寄下一閱。我至今還是非黨群
眾，50年代初參加民盟。

專此奉覆，敬祝

編安！

臧克家

2000年8月19日

（輯自《臧克家全集》第十一卷）〔註46〕

這段歷史在邱家淦的《詩人臧克家與烈士臧緒迴》一文有明確記載：

臧克家和劉鳴鑾離開教導團，化裝從九江經上海、青島回到家
鄉諸城。臧克家在相州由王翔千、劉鳴鑾介紹加入中國共產黨。此
時，孫仲衢、田裕暘也因「寧漢合流」後，武漢形勢緊張，被黨中
央派回北方，由山東省委分別派回諸城，在家鄉開展農民運動，發
展農民組織，建立貧民會，領導開展鬥爭。臧克家回鄉後與孫仲衢、
田裕暘取得聯繫，參與這些活動。〔註47〕

臧克家兒媳、長子臧樂源之妻喬植英在《臧克家與王氏二「堅」》一文中也說：

王希堅的父親王翔千是臧克家尊敬的人，1927年大革命失敗
後，臧克家回到故鄉，仍然滿腔熱情深入農民群眾進行革命活動，
曾經加入共產黨，王翔千就是他的入黨介紹人之一。可是不久，就
是1928年的春天，因與上級派來的指導員意見不合，臧克家退出
黨組織。但是，他並沒有退出革命活動，和王翔千及一些進步人士
仍保持密切的聯繫，1928年農曆4月和王深汀結婚後，和王家的關
係就更密切了。他在青島讀書和在臨清工作期間，假期常常住在相
州王深汀的家裏。他的一些詩文都是在那裡寫的。〔註48〕

《旋風》是文學作品，我們完全尊重作家創作與虛構的權力，但既然有
真實的人物為原型，人物經歷、個性、大致相當，且還是著名詩人，也就有了

〔註46〕見《臧克家與諸城》，政協諸城市委員會編，王紀亮主編，中國文史出版社，
2006.8，140頁。

〔註47〕見《臧克家與諸城》，政協諸城市委員會編，王紀亮主編，中國文史出版社，
2006.8，267頁。

〔註48〕見《臧克家與諸城》，政協諸城市委員會編，王紀亮主編，中國文史出版社，
2006.8，175頁。

紀實與虛構對照一下的必要，況且借助真實的史料，也有助於我們理解作者的敘事手法與表達意圖。但以上的分析也使我們明白，儘管人物原型與小說人物大致吻合，也且不可就此把小說裏的人物與原型人物等量齊觀，因為作家有虛構的權力，只要筆頭一歪，或者前後時間一對調，整個事件與人物就完全變形走樣了，也因此，讀者更需警惕的是切莫陷入作者的魅惑與虛擬的氛圍來對號真實人物。

第三章 在文學與歷史之間（上）

第一節 王翔千：山東共產之父：早期馬克思主義
信仰者──《春華》「飛軒」與《旋風》
「方祥千」原型

　　山東共產黨的創始人之一王翔千當初在山東與王盡美、鄧恩銘等人創辦
馬克思學會的時候，他教導、培育下的兒子王希堅、侄子王願堅與女婿王力、
堂侄姜貴（王意堅，臺灣）領軍了二十世紀五十年代海峽兩岸的紅、白文學，
他本人也成了兩岸作家熱衷於描寫的人物，尤其是最反對他的堂侄姜貴，對
他文學敘寫也最多，成了《旋風》的頭號主人公原型，王翔千同時也是王統
照小說《春華》裏面的重要人物原型。

　　王翔千是與王氏家族六位作家關係密切並對他們產生過深刻影響的人
物，是王統照的族兄，又是他引導年僅十四歲的臧克家參加革命，並在 1928
年做他的入黨介紹人，介紹他加入中國共產黨，（臧克家不久因與左派不和退
黨，王翔千本人也失去與組織的聯繫），而四兄弟作家則是他的兒子、女婿、
侄子，可以說六位作家都與他關係密切並受他影響很深，基本都對他有直接
或間接的文學描寫。

王翔千
济南市育英中学 1925年

（照片由其外孫女北大王洪君教授提供）

一、歷史上的王翔千

王翔千既是歷史人物，又是文學人物，因此也就有必要把他的真實歷史與文學書寫作一下比較研究。王翔千的史料，有他的六個兒女寫的《回憶我們的父親王翔千》一文，輯錄如下：

回憶我們的父親王翔千

黃秀珍（王辯）、王績、王希堅、王成、王平權、王愈堅

我們的父親王鳴球，字翔千，號劬園。一八八八年生於山東省諸城縣相州鎮。1905 年以前，在家上過十幾年私塾。清朝廢科舉後，在舊制相州中學上學一年，1907 年赴北京齊魯中學肄業，考入譯學館，學德文。譯學館是清庭官辦的培養洋務人才的處所，學生多數是官僚豪紳子弟，畢業後就是七品小京官，可以候補縣知事。父親雖被錄取，但他向來看不慣那種驕縱輕浮的貴族派頭，和那些敗絮其中的花花公子合不來。他後來回憶起來曾說:「若不是當時規定學生在校內一律穿著規定的制服，也會被那種封建門第風氣壓到學不下去的地步。」我們看到過他在譯學館時寫的幾本日記，在日記中經常發出「世路茫茫，人生何往」之類的慨歎。當時滿清皇朝已經

日薄西山，搖搖欲墜。父親在這裡接觸了一些西洋文化，開始動搖了幼年時代受到的封建思想教育。那時有在京辦報的同鄉（可能叫王叔年，是諸城徐洞人），據說曾給他看過一些宣傳社會主義的學報，對他有很大影響。辛亥革命那年，雖然他正參加畢業考試，未離開學校，但他對社會現實早有強烈的不滿，對這次有歷史意義的變革他是無限同情的。

父親的性格特點是耿直、倔強。最瞧不起官場中投機鑽營、追名逐利的那一套。他在譯學館畢業後，高密有個親戚曾想幫忙介紹他到鐵路上做事。那時膠濟鐵路還是德國人管著，在鐵路上做事條件相當優厚，但父親堅決不幹，他說：「我是中國人，不能當洋奴給外國人出力。」

1912 年，父親在濟南《魯民報社》任編輯一年，次年回家，決心要在家鄉興辦教育事業。他發起成立了相州國民學校，自己擔任校長兼教員。在封建統治依然存在的家鄉一帶，這種新型的學校成了傳播進步思想的重要陣地，先後培養教育的一批學生，後來大部分成了社會有名望的人士，如王深林（珪林）、趙明宇、藤孟遠（藤耀宗）、趙必烈等新一代知識分子，都是從父親創辦的學校裏畢業出來的。我們的大姐王辯（黃秀珍）也是從七歲那年進了這所學校的丙班，那時女孩子上學更需要衝破重重的封建束縛。父親為此費盡心血，克服了各方面的阻力。大姐常說：「如果沒有父親的堅持爭取，我那時絕不可能得到受教育的機會」。

1916 年，父親因為在家辦學得罪了太爺們，祖父逼他到濟南謀事，這年他到過濟南、北京，在濟南法政專門學校找到了一個校監的差事，以後又當了文案。這時期第一次世界大戰結束，蘇聯十月革命勝利；日本帝國主義的二十一條無理要求，激起全國人民的公憤，震動世界的「五四」運動爆發了。在這一連串政治事件的影響下，父親受到了時代潮流的推動，終於自覺走上了獻身革命的道路。

後來，在他寫的一篇《我的大學》裏曾經提到，自己雖然上過譯學館一類的大學，但並未受到真正的教育，只是以後在這社會的大學校裏才使自己受到了終生難忘的最深刻的教育。

在濟南，諸城人旅居過往的很是不少，父親大都熟識，他在這

些同鄉人當中也頗有威望。有一個諸城旅濟同鄉會的組織還印過
會刊，會刊的稿件就是由父親審閱編輯的。老一輩人和父親關係密
切的有王靜一、王芹生、王樂平等。這年王統照來濟南，曾和父親、
靜一及八叔王振千等一起吟詩作賦，編成了一部《九秋吟草》。這
部詩稿早已遺失了，但王統照先生在為父親逝世所寫的悼詩中還
提到：「同向黃河看巨橋，同評史蹟作詩謠。」就是指的那時的事。

父親那時才三十歲，已經留起了鬍子，並自號「劬髯」，他自己
編了一個小冊子，名叫《大鬍子》，他從服飾到言行，都表現出一派
革新的風度。王統照先生的挽詩中有一首：「學成恰遇革新初，皮履
西裝過市趨，煙斗在懷舌在口，尚餘手筆肆扥籲。」就是他的一幅
維妙維肖的畫像。他那時奮起打破一切舊傳統，精力飽滿地活躍在
風起雲湧的新文化運動中，成了最引人注目的人物。

王樂平是山東省議員，國民黨改組派的首領之一，比較有名氣，
生活也比較闊綽。他在「五四」運動時期主辦的一份小報叫《民治
報》，闢有新文化專欄。他還在天地壇街他的住所外院辦了一個「齊
魯通訊社」，後移至大布政司街，改名「齊魯書社」，代賣各種新書
和刊物，拉攏了很多求知欲很強的青年人。父親也常到這裡來，和
進步的青年人接近。

王盡美和鄧恩銘在這些學生中發起成立了「勵新學會」，參加的
主要是濟南一師、一中和育英中學的學生，後來也有工專、商專的
學生參加，這是一個團結各階層進步分子，介紹革命思想的讀書會
性質的團體，會員有五十多人，出版了一種刊物叫「勵新半月刊」。
父親積極贊助並參加了勵新學會的各種活動，應邀給他們作過演
講。但這個組織裏面的成份很複雜，那時介紹過來的書刊形形色色，
既有《共產黨宣言》《價值、價格和利潤》以及蔡和森同志的《社會
進化史》等馬克思主義的書籍，也有無政府主義、工團主義、基爾
特主義和國家主義派的各種各樣的出版物。青年們觀點不同，信仰
不同，因而勵新學會的會員中，不久就產生了明顯的分化。

父親雖然年齡較大，在舊社會和封建家庭中度過的時間較長，
但他對舊社會和封建家庭中的矛盾認識得更清楚，感受得更深刻一
些，革命的立場較之某些青年人更為堅定，他認識到馬克思主義是

指導革命鬥爭最徹底、最革命、最科學的理論，勞動人民是革命必須依靠的力量。他自己改號「幼園」，就是尊崇勞動神聖的意思。所以他和王盡美、鄧恩銘同志等最為志同道合。他們盡一切努力，希望把進步青年爭取到馬克思主義這一邊來。

父親和王樂平的關係因為是本家，一直很密切，但在政治觀點上並不一致。王樂平當時交遊很廣，和許多上層人物都有聯繫，如自命新派人物的徐彥之，青州的日本留學生趙海秋，號稱「一倫先生」的師範教員劉次簫等都是他的左膀右臂。他還是教育界某派系的後臺，女師校長李蘭齋就完全聽命於他。父親對他們這種官僚習氣、政客作風很反感，不願和他們混在一起。

父親那時自己也購買了許多新出版物和較好的書刊，團結了一部分青年在自己的周圍，但不少青年還是去靠攏王樂平。如過去許多從家鄉來濟南考學的青年，原來都願意住在我們家裏，王深林，趙明宇就是在我們家裏住著考進了一中，騰孟遠、王星垣等都經常在我家幫忙，父親並曾資助騰孟遠到師範講習所學習。但由於父親的個人收入有限，家庭負擔過重，經常靠借高利貸應付開支，這些人後來大部分被王樂平拉過去了。

王盡美、鄧恩銘和父親經過醞釀，決定發起成立一個宣傳馬克思主義的「馬克思學說研究會」，使最堅定的青年團結到一個正確的方向上來。

王盡美同志是莒縣北杏村人（現該村已劃歸諸城縣屬）當時在一師上學。他的老家和我們家相距不遠，在濟南彼此經常接近。在發動創辦勵新學會的各種活動中，盡美和父親便建立了親密的友誼。父親常說，在他的思想轉變過程中，受到盡美同志很多啟發和幫助。父親的梗直不阿的性格，往往使人感到有點猖狂孤傲，難與共事，但他對比他年輕十歲的王盡美同志始終是衷心佩服，情同手足，不管王盡美對他提什麼意見，他都能毫無保留地心悅誠服。他對王盡美同志的革命情誼，貫穿在他畢生的言行中，給我們後代人留有深刻的印象。

盡美同志和我父親親如家人，經常在我們家聚會密談，以致曾經引起我們的母親、一個家庭婦女的懷疑不安。她有一次向祖母反

映「那個大耳朵的天天來，喊喊喳喳的不知道有什麼背人的事。」
她那裡知道這是在籌劃有關國家人民的前途命運的大事！

1920年夏秋之交，馬克思學說研究會宣布成立了，這是山東第一個學習和宣傳馬克思主義的革命組織。參加者除了王盡美，鄧恩銘和父親以外，還有賈石亭（賈乃甫）、王昊（王天生、王用章，後叛黨）、王全（王復元，後叛黨）、段子涵、方洪俊、馬馥塘等，會員從十幾人發展到五六十人。開始反動軍警不瞭解這個組織的活動內容，他們還能在貢院牆根街濟南教育會會址那裡掛牌子公開活動，並弄到一些嵌有馬克思頭像的會徽發給會員。半年多以後，反動政府和警察廳認為是宣傳過激思想，明令加以取締，以後研究會就只能半公開地活動了。

馬克思學說研究會的主要負責人是王盡美、鄧恩銘，父親因為年紀較大，在社會上有一定的地位和較大的影響，並做過報館工作，所以在這裡也起了重要的作用。那時創辦的山東最早的馬克思主義刊物「勞動週刊」就是父親主編的。大姐還記得，父親曾用一塊白粗布縫成一個挎包，挎包上斜著鑲一條紅布，上面寫著「勞動週刊社」字樣。他就是背著那個袋子到印刷廠下稿，也用它裝上印好的刊物，親自到大街上去宣傳銷售。

在父親的影響下，我們縣在濟南上中學的青年，父親的學生們，很多參加了馬克思學說研究會，其中有王純蝦（景魯）、王志堅（石佛）等人。臧克家那時在濟南一師上學，那年十四歲，父親也動員他參加了。她在女師同學中間，又結識了一些有進步思想的女學生，如侯玉蘭等。

馬克思學說研究會在宣傳馬克思主義理論方面發揮了重要的作用。他們除集會進行學習討論外，還在玉英中學舉行過紀念十月革命節的集會，也紀念過5月5日馬克思的誕辰，這些活動都為後來的建黨做了思想準備。

在馬克思學說研究會中，王盡美、鄧恩銘和父親挑選了一批最忠實的堅定的骨幹分子，於1921年春秘密組織了共產主義小組。這是黨的前身，也可說是建黨的開始。黨的一大開會前，山東共產主義小組成員有八人，除王盡美、鄧恩銘和父親之外，還有王呆、

王全，是否還有王象午、方洪俊，待考。

1921 年冬至 1922 年春，蘇聯在莫斯科召開遠東民族大會，王盡美、鄧恩銘，還拉了國民黨人王樂平參加了這次大會。父親後來曾多次向我們反覆講說十月革命蘇聯人民克服困難建設社會主義的生動事蹟，就是他從王盡美同志的介紹中聽到的材料。

大姐還清楚地記得，這年端陽時，王盡美來我們家，父親請他吃鮁魚，還說：盡美同志扮了個賣昌邑絲綢的去送國際代表。又說，王盡美家的地地主要退地，不給種了，盡美同志回家去說了說，才不退了。這大概就是盡美同志剛回山東來的事。

黨的第二次代表大會決定成立了中國勞動組合書記部，在山東也成立了書記部山東支部。王盡美任主任，並在這年七月份在大眾日報上以副刊形式復刊勞動週刊，還是由父親任主編。

這年法政專門學校換了校長，父親的工作被辭退了，我們家庭經濟狀況遇到了更大的困難和麻煩。本來父親在法政任職時月薪 50 元，合 40 袋麵粉，那時還每月都入不敷出的借了幾次高利貸都沒還清，逢年過節常要求親告友借點錢，勉強維持。失業之後，在育英中學擔任那兩個班的國語課，月薪才不足 25 元。這一年又碰上了家鄉鬧土匪，鄉下人有條件的都搬往城裏，除了父親、母親、大姐和王琴、王成在濟南，還有個姑也隨父親在濟南蠶桑女職和崇實女中上學以外，暑假期間祖父、祖母和王績、希堅都來了，祖姑母隨後也來了。十幾口人在後營坊租的房子住不開，又在法政對門租了一處房子。八叔和懋堅也來濟南度假，父親的薪金哪能支持這麼多的開銷？回老家取些錢來，也難以維持幾天。大姐回憶說，她是女師住校學生中最儉省、最窮苦的一個，父親也是難得穿上件新衣服，有一次，借高利貸買了一批布全家做衣服。父親穿上新衣服去講課，學生們都覺得奇怪，怎麼他也穿新衣服啦！我們那些年家庭生活顧不上，唯一的安慰就是革命有了開展。父親在那捉襟見肘的情況下，還是夜以繼日地忙於奔走革命。

這年夏天母親生了平權，奶不夠，主要靠餵奶粉和小米麵。平權生後不久，我們十一歲的妹妹王琴生病死了，王琴的死，是封建家庭的惡劣環境造成的，父親對王琴的病死和早些年恒堅、怡堅兩

個大孩子的夭折非常痛心，對封建家庭給子女的戕害有難言的隱痛，每逢節令，總是自己做點菜去給王琴上墳，直到 1936 年他重到濟南時還這樣作過幾次。大姐對三妹的死也很難過，她當時做過一首詩：「露冷風高天氣悲，橋頭南望淚沾衣，遙知碧草磷青處，正是孤魂泣夜時。」這都反映了我們家庭生活那時淒涼的處境。

父親忍受著家庭的困難，還是全心全意地做革命工作。他在育英中學教書時，除了在課堂上宣傳革命學說之外，還領導學生舉辦各種集會，排演話劇。我們看過一個話劇《先驅血》就是他和學生們一起排演的，李林同志是當時在校的學生，他對父親有深刻的印象。

暑假時，八叔在青州十中教書待不下去了，和父親調換了位置。父親到青州教了一個時期，青州那時也有了黨的基礎，父親去後工作又有開展，劉子久同志是當時青州十中的學生，他對此也有回憶。

轉年以後，父親在女師代課，教的就是侯玉蘭那一班，父親在課堂上大講共產主義，侯玉蘭等人歡迎，陳鈿等人反對，父親叫學生舉手表決，問「共產主義是否適應中國？」結果遭到多數學生的反對，最後他不得不辭職下臺。父親在女師代課時間雖然不長，但在學生中留下了極大的影響。他臨走時還寫了一封告別同學的長信，再一次懇切闡明自己的觀點，支持他的雖然到底只有少數人，但這少數人卻是有覺悟的，有作為的。後來他在這些人當中通過聯繫陸續發展了一批團員和黨員，有侯玉蘭、於佩貞、朱容、王蘭英、牛淑琴（劉淑琴）、李惠蘭、秦緩雲、丘東苑、王玉襄等，形成了一支不小的力量。

大姐是 1923 年冬被吸收入團的。她記得舉行過入團儀式，地點是在魏家莊的一個里弄裏，那時團的書記是賈乃甫。父親也參加了那次會議，因為全省工運發展很快，鄧恩銘同志長期在淄博、青島等處工作活動，王盡美同志也經常外出聯繫，本市的許多會議父親都去參加，他特別關心青年，馬馥塘回憶說，他年齡大了，自稱是「特別團員」，經常參加團的集會。

這年冬天，發生了一件意外的事情。有一個黨中央派來幫助工作的吳慧銘，是南方人，他拿了一張共產黨的傳單到銀行敲詐，因此被捕了。後來虧得法官是他的南方同鄉，從輕只判了一年半徒刑，這就是轟動一時的吳慧銘事件。父親因為和吳慧銘有牽連，不得不

離開濟南，跑到青島去躲了幾個月，事情過去了，才又回到濟南來，這已經是一九二四年初春了。

父親回濟南以後，立即著手恢復因吳慧銘事件影響一度造成混亂的黨團組織，大姐記得那年春天在千佛山下開過一次重要的秘密會議，參加的有父親和大姐等幾個人。中央派遣李執芳來指導工作，大姐這時已經參加了團的領導，負責宣傳工作，這年秋天轉了黨。

這年夏天，李殿龍（李耘生）在青州十中畢業，調來當團委書記，冬天，丁君羊也離開上海同濟大學，回山東鬧革命，並參加了團的領導。劉子久晚些時候也來了，在團裏工作一個時期，李殿龍、劉子久他們都是父親教過的學生。

黨的三大於 1923 年開過以後，中央決定了國共合作的新路線，王盡美同志 1924 年 2 月參加國民黨的全國代表大會回來以後，我們的同志就按黨的指示，逐個參加了國民黨組織，國民黨黨員中，也有被吸收參加我們共產黨的，如鄭子瑜、秦茂軒（工專學生）、吳寶璞等。這一年的政治生活是沸騰的，孫中山發表宣言北上，北伐軍兵抵韶關。在我們的幫助下，濟南市成立了不少國民黨區分部，冬天成立了市黨部，父親也當選了，有一些老國民黨員如丁惟汾、閻容德、王仲裕等這時都回到了濟南。

國民黨的機關設在三和街，掛著育才小學的牌子，國民黨指定他的黨員明少華（雲峰）在那裡主持，名義是秘書。明少華以後不常住在這裡了，倒是王盡美和我們的同志有幾個人住在這裡，成了我們經常活動碰頭的地方了。學校沒人管，父親就揀起來自己教課，那時學生中有我家的王績、希堅，還有丁惟汾的兩個小女兒等。

我們全家為了靠近學校，從杆石橋搬到南馬路來。暑假前，國民黨在這裡召開了全省代表大會，延伯真、丁君羊都當選了執委，大姐當選為候補執委。那時國民黨的基礎工作和群眾工作全是依靠左派，就是依靠參加國民黨的共產黨員和團員們的力量，在選舉中，候選名單基本上是我們掌握。王樂平因此對我們不滿，我們照顧他，改選時多吸收了他們幾個人，做到了對他們的團結。

在黨的領導下，紛紛成立了各種群眾組織，如反帝大同盟、反基督教大同盟、濟南婦女學術協進會、女界國民議會促進會等等。1925

年春節期間，我們在趵突泉一帶作反基督教的演講，和基督教傳教士唱對臺戲，吸引了廣大群眾傾向我們，王盡美同志親自參加了那次大規模的宣傳活動，上臺演講的還有鄭子瑜等人。大姐 1924 年寒假在女師畢業，到竟進女學當教員，月薪 14 元，她和一些婦女同志一起，開始深入工廠，到魯豐紗廠去接近工人群眾，開展了女工工作。

這一時期，父親在一中教上了兩班學生，但他的主要精力還是放在出版編輯工作方面。從 1922 年開始，他主編了一份地方小報《晨鐘報》，這是一份三日刊的小報，發行五六百份。是仲文、李容甫兩人集資創辦的。大姐記得正當父親失了業，家庭經濟困難的時候，王杲到我家說，給父親在報館找了個事，每月十塊錢，這可能說的就是晨鐘報。父親掌握了這個宣傳陣地以後，實際上就把這份報紙變成了公開發行的黨的機關報，報上發表的社論和評論，很多出於王盡美的手筆，父親在這裡也寫過不少東西。這份小報出刊了三年之久，可惜現在除了一個報頭和當時印報的一架舊機器之外，存底都找不到了。

為迎接北伐的勝利，山東黨派了一批優秀的青年黨員到黃埔受訓，其中有我們的同鄉、父親最得意的學生刁步雲同志，多年來，父親一直念著他，打聽不到他的消息。後來聽說是在討陳戰役攻打淡水城時英勇犧牲了。

孫中山先生逝世後，濟南各界舉行了聲勢浩大的示威遊行，開展了大規模的悼念活動，掀起了群眾運動的高潮。但為時不久，隨著張宗昌的入魯和國民黨內部反動勢力的抬頭，濟南市又陷入白色恐怖之中。

1925 年下半年，形勢急劇惡化，除父親和大姐以外，全家人都離開濟南回了老家。南馬道的房子只留大姐一人住在哪裏，作為組織開會的地方。父親則不斷地轉移住處，防止暴露。他從三和街南屋搬到麟祥街一帶的小樓上，又搬到普利門外，後來風聞反動當局要通緝他，只好離開濟南。

離開濟南以後，父親還在各地進行過一些活動，馮毅之同志記得，他在青州上學時，參加過一次紀念孫中山先生逝世的大會，聽到過父親的演講。父親只是引用了孫中山的「革命尚未成功，同志仍須努力」那兩句話發揮了幾句，講得很簡單，意思卻是明顯地對

著反動派的倒行逆施進行了駁斥。

父親是否到青島為王盡美同志料理過後事不知道。1926 年，他才回到了家鄉。

父親回到家鄉，和黨的組織失去了聯繫。這以後兩三年內，還幾次有同志到我們家來找他，父親總是把他們安置在場園屋或是學屋裏僻靜的地方，按時給他們送飯，還找人打過一把匕首送給一個同志作防身武器，其中一個人父親稱他老田，我們以為因該叫他田叔叔，父親卻說：「他不姓田，他叫張耘田。」我們家藏著一部油印機，據說就是一個姓張的同志留下的，直到 1928 年以後，就沒人來聯繫了。

父親和黨失去聯繫，一方面時因為嚴重的白色恐怖，使他失去了公開活動的可能性，另一方面是因為黨內「左」傾路線的影響，使地下工作也難於開展，他覺得盲動路線的過早暴露只能招致組織的破壞，但他也找不到正確的出路，在他帶回家的最後幾種黨內文件中，我們看到有一篇是紅色油墨印的，標題是「廣州暴動經驗總結」，還有一部很厚的鉛印書，封面標題是「三民主義」，開頭兩頁有總理遺像遺囑，表面看好像不是禁書，裏面的內容卻是全面否定三民主義，一再講「三民主義就是剝削主義，就是壓迫主義，」很明顯，這是國共分裂以後李三路線時印製的文件。

父親雖然失掉聯繫，但大姐還是在外面作地下工作，並經常和家裏通信，父親對大姐的堅持鬥爭始終是支持的。大姐和八叔家懋堅到蘇聯學習，她回國後 1928 年在蕪湖被捕，在安慶坐牢二年半，父親一直想方設法多次寄錢去幫助她。大姐出獄後到東北作地下工作，環境很艱苦，父親又幾次給他寄過錢。

父親對王盡美同志有深厚的感情，盡美同志病故後，父親不避嫌疑，各處募捐資助盡美的大兒子王乃徵出來上學，據乃徵同志回憶，有一次他問父親，別人動員他參加一個什麼組織，他應該怎麼應付？父親語重心長地對他說：「你什麼組織也不要參加，還是去參加你老子的那個黨。」

父親脫離了黨組織，但是他沒有任何變節賣身的行為。始終還是堅持了自己的信仰，並經常無所顧忌地宣傳共產主義。在家裏，他為我們七八歲到十一二歲的姊妹兄弟五六人開辦了補習班，自己編選

教材給我們講課,講什麼是階級和階級鬥爭,講什麼是帝國主義,還多次給我們講十月革命,講馬克思和列寧,他針對著我們這個封建習氣很濃的家庭,特別強調剝削階級不勞而食的寄生生活最可恥,勞動最光榮。他給我們選讀古文「齊大饑」、「愚公移山」、「黔之驢」等,也都是聯繫到革命理論和道理加以解釋。他給我們選編講授的這些課文,有的直到現在我們還能背誦下來,對我們的思想改造起過決定性的作用。他寫過一篇論文,題目是《青年人的道路》,把青年人分為三種類型,革命派、落伍派和投降派,他認為自己不是投降派,但逐漸落伍了,希望我們能當一個真正的革命派。這說明他把一切希望寄託在我們下一代身上,相信自己的理想終究會實現。

有一年,他在學屋的大門上自己撰寫了一幅春聯,上聯是「此中人不足道」,下聯是「天下事尚可為」。他還寫了一首詩,自己刻在竹簡上,放在案頭。這首詩是:

唾壺擊碎意消沉,偷得餘生恨已深。

盡有交遊登鬼錄,愧無建樹示婆心。

玄黃大地龍蛇起,暗淡乾坤魑魅侵。

磨劍十年成底事?仰天一笑淚沾襟。

王翔千長子王希堅手書此詩（照片由其外孫女、北大王洪君教授提供）

　　這都充分說明了他當時的真實思想和內心矛盾：一方面恨自己的力不從心，慚愧自己的無所作為；一方面對革命的前途還是充滿樂觀，抱有無限希望。

　　他很關心時事政治，特別注意從反動報紙的字裏行間推測革命形勢的發展。他常說：「看報要會分析，今天說共產黨消滅了，明天還是那些人更『猖狂』了。國民黨從來沒說自己損失一兵一卒，可是那些軍長師長怎麼就不見了？這就看出來很多秘密。」

　　他寫過許多很有教育意義的文章，但都無處發表，我們看到最早的一篇是《以工作代運動說》，他列舉了六大理由，說明從事體育運動不如從事生產運動更有益、更有用，他說生產勞動同樣地能鍛鍊身體，怡養性情，煥發精神，調劑生活。這種說法雖然有些偏激，但重視和提倡參加勞動是正確的。另一篇是《耶穌教之真面目》，說明宗教的所謂慈善事業是帝國主義麻醉人民的工具，對我們很有啟發。他還寫過幾種破除迷信、宣傳科學與民主的東西，如《裹小腳的歎十聲》《請看今日之皇曆》《九九消寒歌》等。他還擬了個題目是《無錢旅行》，計劃寫一部長篇章回小說，但只寫了一回，沒能夠寫下去。那時寫東西無處發表，只能在自己人中傳著看看。有時他寫一段鼓詞，自己拿到街上去念，倒很受歡迎。後來，他把這些東西選編了一本《劬園雜拌》，這份底稿也未能保存下來。

　　在家的幾年，他一直從事田野勞動，不僅是為了韜晦隱遁，也確是真心誠意地想向勞動人民看齊，他開闢了兩片菜園，耕種了幾畝地，和農民一起吃飯，一同休息，結交了一些農民朋友。他還把西園的一塊地分給幾家貧苦農民種菜，還資助了一個佃戶的孩子上學念書。對我們兄弟姊妹們，他經常領我們參加勞動，使我們增強了一些勞動觀念。

　　他對於早年由他創辦的相州小學特別關心，常去關懷過問。有一次他去學校視察，寫了一篇批評文章，把學校老師請來家吃飯，當面朗讀自己的文章，雖然措詞未免尖刻，老師們都還信服他。

　　1924 年以後，空氣較為緩和，他又出外到莒縣縣中、昌邑玉秀

中學和濟南育英中學先後教過幾年書，在課堂上，他仍是常常直言
不諱地宣傳共產主義。在莒縣縣中時，有一次紀念週，他發現黑板
上講《聊齋》時寫的「不如為娼」四個字還未擦掉，於是借題發揮，
寫了一篇《紀念週，不如為娼》的短文，影射抨擊了國民黨的寡廉
鮮恥。因為他經常有這樣一些「不軌」的言行，所以被學校當局看
作是危險人物，每在一地短期內即被解聘。但青年學生們都對他有
好感，很多他教過的學生抗戰中出來參加了革命，提起來都很敬佩
他。

「七七」事變後，大姐一家和劉志奇（老董）一家從北平來到
我家，父親對他們熱情幫助照顧，使他們在我縣開展工作得到了有
力的支持。抗戰期間，父親送我們姊妹七八人先後外出參加抗戰，
在家裏他還不斷組織鄰近青年學習，動員了不少青年走上革命的道
路。我們家成了全縣開展黨的工作的中心點和聯絡點。

家鄉淪陷後，家庭經濟日益困難，父親以走街叫賣酒肴、掛牌
代刻圖章補貼家庭收入，他自己曾刻了一方圖章，篆文是「一無可
恨得歸老，寸有所長能忍窮」。這兩句詩反映了他身居敵後的沉痛心
情，所謂「一無所作」，實際是滿腔悲憤，恨敵人的殘暴橫行，歎自
己的抱殘守缺。所謂「能忍窮」，是表示自己寧折不彎，不肯隨波逐
流的意思。在敵偽統治的黑暗時期，他並沒有被敵寇漢奸的兇焰所
懾服。曾有某偽區長率區丁來我家武力威脅勸降，父親大義凜然，
臨危不懼，對他侃侃而談，大講抗戰道理，聲色俱厲，終於使他們
無計可施。汗顏告退。也曾有國民黨的親戚來訪，勸他出山任職，
父親也同樣婉言謝絕，不為所動。這些事蹟還曾受到山東分局書記
朱瑞的同志讚揚。

在家鄉淪陷期間，我們家一直還是地下交通的秘密據點，經常
向解放區傳遞消息，輸送幹部，和解放區保持了不斷的聯繫。

1944 年家鄉解放後，父親以將近花甲之年，親眼看到了自己畢
生願望的勝利實現，心情無限激動。他踏上了解放區的土地，煥發
了青春的活力，又出任縣中學教員，為培養青年學生忘我工作。他
擔任過縣參議員，1944 年到省任省參議員，1950 年參加全省第一

次人代會，當選為省人大代表、省政協委員和土地改革委員會委員。在這期間，他一方面積極學習，整理回憶山東黨創建時期的歷史資料，同時仍念念不忘家鄉父老。他每月節約自己的生活費，捐獻給家鄉生產隊，獎勵勞動模範，他最後刻成的幾枚圖章篆文是「廿年民眾老長工」，「向貧雇農看齊」。

晚年王翔千夫婦與長子王希堅（右一）一家，老夫婦中間站立者是兒媳劉炎
（照片由王肖辛（被站立婦女抱者）提供）

　　逝世之前半年，他雖已重病在身，還不顧勸阻，長途跋涉回家鄉一趟，用自己節約的錢買了一些東西，奉獻給家鄉的農業社，回濟之後，他就因心臟病重入院了。

　　在他彌留之際，馬老親自到醫院看望他，他不顧自身病痛，還是強打精神，向馬老列舉了一些事實，告誡馬老要防止幹部中官僚主義的滋長，盡一切力量保持黨的艱苦奮鬥的優良傳統。這些懇摯的遺言，使馬老感動得為之落淚。

　　1956 年 5 月 29 日晚十時半，父親心力衰竭，在省立醫院與世

長辭了，王統照先生曾為他作了六首挽詩，概述了他一生的經歷（詩見附錄）。

父親是山東黨的創始人之一，是老諸城縣的第一個共產黨員，在我們山東黨的開創時期，有不可磨滅的功績。雖然他後期失掉聯繫，但他畢生正直，熱愛真理，始終保持著對共產主義的信仰，並沒有變節失身，還為黨作了許多有益的事情，對革命事業有不小的貢獻。父親一生胸懷坦白，光明磊落，在宣傳黨的主張，擴大黨的影響，培養青年，教育子女方面，不愧為革命的先驅。當茲建黨六十週年和我們父親逝世五週年之際，我們姊妹兄弟六人共同寫出這篇簡略的回憶，以表示我們後代人繼承父親遺志，革命到底的決心，並為整理編修黨史提供一點資料。

由於時間久遠，我們當時都還年幼，記載的事蹟難免掛一漏萬，望熟悉情況的老同志批評指點！

〔附錄〕王統照先生為父親逝世所寫的挽詩六首：

學成恰遇革新初，皮屨西裝過市趨，
煙斗在懷舌在口，尚餘手筆肆抨籲。

諷刺能深指蠹奸，愛憎清辨筆先傳，
每朝民報爭來讀，韻語白文曲意宣。

同上黃河看巨橋，同評史蹟作詩謠，
丸泥刻杖孳孳意，趣永神凝藝事高。

中年晦跡似隱淪，灌畦烹鮮趣味真，
卻解新思先覺早，卅年前是黨中身。

幾年參議在山城，兒女都從鍛鍊成，
珍珠泉邊淮水上，掀髯一笑話平生。

衰病經春未可醫，良時惜欠到期頤，
一言須記君行傳，定識能先永護持。

1981 年於濟南〔註1〕

────────────

〔註 1〕諸城市政協學宣文史委員會編《諸城文史集粹》，濰坊市新聞出版局准印證（2001）第 003 號，2001 年 1 月，434～452 頁。

王翔千長子王希堅手書父親遺詩贈胞妹王平權
（照片由其外孫女、北大王洪君教授提供）

官方史料《中共諸城黨史人物傳》裏面的有王翔千專章，內容大致相同，故略。

二、文學裏的「王翔千」

　　王翔千即是對現當代文學很有影響的人物，也多次被當作人物原型寫進小說裏，臺灣姜貴長篇小說《旋風》中頭號主人公「方祥千」以他為原型，王統照的小說《春華》中，他也是重要原型之一。

　　《旋風》成書於1952年，小說以民國初年，山東早期動盪不安的社會為背景，知識分子出身的主角方祥千為人正直，品德高尚，面對憂患重重的國難家愁，積極探索救國救民之路，最後認定只有共產主義能夠救中國，於是他發動自己的家族兒女、子侄、學生等年輕人組建「馬克思學說研究會」宣傳發動共產主義革命，小說開端就是「文案方祥千」帶著他的侄子方天艾（以姜貴本人與胞弟王愛堅為原型）去大名湖上參加馬克思學會的「七星聚義」，長達四十回的卷衍浩繁的古典章回式小說由此展開，詳細敘寫方祥千與他的同仁「尹盡美」（王盡美原型）董銀明（鄧恩銘原型）等在T城一起創建、組織、宣傳共產黨及其活動的種種狀況。

　　小說裏，方祥千認為要救國，中國就必須進行政治改革，他確信共產主義才是最理想的政治主張。他對俄國十月革命略知一二，但從未到過俄國，並不瞭解實際情況。一些理念都來自《資本主義入門》，他把共產比附為大同理想。他親自主持「馬克斯學說研究會」，組建共產黨組織，被認為是「山東共產之父」，他們在大名湖畔積極宣傳、推動山東的共產主義運動，定期到大明湖上舉辦會議，他拒絕高官厚祿，不惜變賣自己的土地田產衣物等籌措經費，甚至把自己尚年幼的女兒方其蕙（王翔千長女王辯原型、侄子方天茂（王翔千侄子、王願堅胞兄王懋堅原型）派到遙遠的俄國去學習深造。他的學生，貧苦出身、也同樣堅信共產主義的尹盡美積勞成疾，在身患嚴重肺病的情況下仍堅持工作，不幸過早病逝。後來，王翔千曾寄予極大期望、極力培養的子侄們有的出家，如方天芷（王志堅原型）、有的逃脫，如方天艾等，就連派到蘇聯的方天茂學成回國後也倒向了國民黨，紛紛背叛了他，而他一直盼望的上級黨組織派來的領導人史慎之卻忙於煙花巷裏尋花問柳，最終因敲詐銀行而被殺頭。在形勢不利的情況下，他一直認為、并竭力培養的最符合共產黨要求的工人出身的汪大泉、汪二泉兄弟卻向國民政府叛變自首，出賣了曾一起奮鬥的同志戰友，把方祥千在 T 城苦心經營的共產黨組織幾乎全部葬送。

　　後來，方祥千從城市轉到鄉村，回到家鄉方鎮，試圖繼續在方鎮發展培育共產黨組織。他先是動員、說服綠林出身、以報殺父之仇出名的他的遠房侄子方培蘭（以相州村民王培蘭為原型）與他聯手，並作為黨的主要領導人。兩人經過苦心經營，與各方勢力斡旋苟合，不擇手段，共產黨組織在方鎮逐漸建立起來，還建立起一支規模不小的「旋風」縱隊，有組織、有軍隊，正當他自以為共產即將成功，革命勝利在望時，他苦心經營的這些組織、軍隊被他信任依賴的以革命名義加入進來的地痞流氓出身的村民篡奪，並取代了叔侄倆的職位，把「旋風」縱隊等的實際領導權攫取手中，肆意妄為。而上級派來的「省委代表」極具詩人氣質，辦事不分清紅皂白、率性而為，與地痞流氓出身的當地領導人沆瀣一氣，把方鎮搞的烏煙瘴氣，各種爭鬥以「革命」的名義殘酷進行，給當地百姓帶來了數不盡的災難。既徹底剝奪了方祥千叔侄的權力，也與方祥千原先期望設想的革命南轅北轍，最後，方祥千、方培蘭叔侄也被出賣被關押時，才徹底明白過來：原來他們是自己被自己的理想騙了！

　　在王統照的 1935 年創作的小說《春華》中，王翔千也作為人物原型出現過，只是變成了配角，是「飛軒」的原型，也是寫「飛軒」老當益壯跟著年輕

人參加革命的激情，也對侄子的出走表示出冷漠而受到朋友的批評，是一個重視革命勝過親情的革命者。

三、王翔千與「方祥千」比較分析

　　把王翔千本人的生平事蹟與小說描寫一對照，則不難發現，《旋風》中的主人公「方祥千」是以王翔千為原型的。是依據他作為山東共產黨之父與創始人的真實的事蹟展開的。王翔千與王培蘭都是實有的人物，他們合作之前各自幹的事都是真實的，其他人與事基本都能與史實對應，人名幾乎都是諧音，加上地域與民情風俗也是實際描寫，小說前半部分幾乎可以稱之為紀實小說。

　　而從上面王翔千的真實史料中，可以清楚地看到，「王翔千」本人1928年以後就與黨組織失去聯繫了，再也沒有什麼實質性的重大政治活動了。他本人的政治生涯很短暫，基本上就是在濟南約八年的時間，而後期，他也確實回到家鄉相州，他的兒女說他是與組織失去了聯繫，官方版本說他是在相州「隱居」，但可以肯定的是他在相州基本沒有實際性的政治活動了。而《旋風》中，他回到家鄉更為活躍與不擇手段，也把他的政治生涯往後延續了二十多年。

　　但王翔千的家人與相州百姓都證實他本人與王培蘭沒有交往，更沒有合作可言。相州本身也風平浪靜，是跟著外面的大環境走的，並無自發的內部勢力。諸城境內發生過幾起慘烈的還鄉團報復事件也不在相州。所以，據此可以明確地區分：《旋風》前半部分基本屬紀實，是根據王翔千本人及相州的真人真事來寫的，而後半部分則是完全的文學虛構，也就是說當「方祥千」從書生開始變成陰謀家、當他與王培蘭有合作就是虛構的開始，是小說從紀實到虛構的轉折點。

　　從上面的史料，也可以看出，回到相州後，生活中的王翔千始終是以一個知識分子的身份在活動、在生活的，而《旋風》中的「方祥千」則是完全越出了知識分子的本位，與社會上林林總總的人物糾結在一起，成為一位職業的「政治活動家」或者「政治陰謀家」了。

　　姜貴本人也是前段時間與王翔千有密切接觸與瞭解，在他的小說與自傳中都留下文字記載的人，後半部分，姜貴本人離家出走後也與他沒有了接觸和瞭解。也就是說「方祥千」是「王翔千」基礎上的虛構，而決非王翔千本人的紀實。如果說「方祥千」是一個不擇手段、只達目的堅定的共產主義行動者，「王翔千」則只能稱之為知識分子思想者。因為他本人始終是個知識分子，

也是以知識分子的身份參與或退出的。可以說王翔千比「方祥千」更書生氣，品行也更為純潔高尚，或進或退，採用的手段也稱得上光明磊落。

《旋風》儘管曾以「反共」著稱，但恐怕被描寫的最好的也是這些共產黨人了。王翔千早在 1928 年就與黨組織失去聯繫，基本脫離政治了，姜貴卻把他的政治生命在小說裏大大延長了，在小說裏比現實中來了一番更加偉大蓬勃的共產主義事業。姜貴在自傳中曾說：最讓他不快的就是這位管教他的「翔千六伯父」，小說對他最好的「報復」就是把王翔千曾反對並因之退出的左派做法統統加到他頭上去了。長達四十多萬字的厚厚的一本小說的主人公，基本就是這位「政治人物」的「政治活動」。可以說「王翔千」只是「方祥千」的一半，正如被劈成兩半的騎士，前半部分的「方祥千」是熱衷政治的知識分子，後半部分則是活動能力很強的「政治活動家」。

而「方培蘭」的原型王培蘭，他除了早年替父報仇那件事，也幾乎沒有任何政治活動可言，連個村幹部都不是，小說裏卻讓他與「方祥千」合作出了番轟轟烈烈的共產主義事業，一個令人膽寒的「旋風」縱隊。

在內地，王翔千是不幸的，他一直未獲得歷史上公正的對待，幾乎被歷史遺忘，但他又是幸運的，在海峽的對岸，得以以文學的方式流傳。因為王盡美與鄧恩銘去參加了中共一代會，而毛澤東又記住了「王大耳朵」，曾專門囑咐山東省委收集王盡美的史料，因此，現在中共黨史幾乎把山東建黨的所有功勞都記到了王盡美頭上，而王翔千則幾近被遺忘。王盡美自然是品德高尚，功勳卓著，但他家中赤貧，又很年輕，當時黨的實際工作正如《旋風》所寫，基本是年齡高、學問大的王翔千在主持。正如《旋風》中所敘寫，山東早期黨的活動所需經費也基本由他變賣田地、衣物籌劃得來。小說中黨組織封他為「山東共產之父」應該也是符合實際情況的，但這文件已無處可找，那樣的年代，估計保存下來也是很困難的，何況他們那時參加共產革命本身就是抱著犧牲奉獻的精神去作的，不能以今天的標準來衡量。

關於中共一代會，當時派年輕人去鍛鍊鍛鍊、見見世面，是他一個北京譯學館畢業的長者的考慮，也是當時黨的重要領導人陳獨秀的意思，因為當時共產黨的主要領導人陳獨秀、李大釗等也均未參加，都是派了年輕弟子參加。又因為他後來長期與黨組織失去聯繫，因此中共黨史對他的歷史功績長期以來的評價是不公正的，2007 年拍攝的反映王盡美的電影《星星之火》，是以受毛澤東的囑託的記者奉命到山東調查王盡美的事蹟為線索展開的，裏

面沒提到王翔千的任何事。直到現在還奉行「遵命」的歷史，拍著「遵命」的電影、電視劇，值得探討的是：我們是在樹立道德標杆、撰寫貫徹領導人意圖的歷史，還是要正視歷史本身的複雜性？毛澤東本人早已走下神壇，山東的文史研究者為何還借著毛的名義把王盡美推向神壇？況且毛說王盡美重要，也並沒有說其他人不重要，毛主席也不可能全面瞭解山東的實際情況，文史作者何以奴性至此？這位山東「共產之父」沒想到的是他的歷史功績要靠對岸的「反共」文學來給他銘記，這或許本身就是一個歷史的反諷。

　　事實上，王翔千比「方祥千」更複雜，更難以理解，但也更有智慧。他本人始終是以知識分子的身份與自覺來參加革命的，對於山東後來的左派做法他是堅決反對並抵制的，也主要是因此而退出黨的活動的。即便是在 1949 年之後，全國普遍歡慶勝利的時候，王翔千有的仍是在深深地擔憂，他的諄諄告誡曾感動得當時的山東省領導落淚，這在上面他兒女的回憶文章裏都提到了，這裡他列舉的事實是什麼沒有具體明講，但也基本可以確定是他早期經歷的一些事，也是令他失望地離開黨的那些事。身在其中，他完全明瞭吳慧銘敲詐銀行的事實，也應該明瞭王用章兄弟之所以叛變的真相，他眼看著自己苦心經營的黨組織因為公報私仇而付之一炬，這不能不令他深深地思考和憂慮。歷史的遺憾再次很不幸地發生，在後來的政治變動中他的真知灼見也未能被採納與接受，他所擔憂的卻是越演越烈，整個國家遭到空前的浩劫。可以說王翔千比「方祥千」眼光更遠大，也更深邃，更智慧。

　　王翔千的女婿王力（文革重要人物）曾寫詩悼念他：

紀念王翔千百年誕辰（一）

　　（1986 年 2 月）

　　　諸城自古哲人多，

　　　百歲精英逐逝波。

　　　星火燎原偕盡美，

　　　晨鐘醒世笑東坡。（二）

　　　焰傳薪盡沃桃李，

　　　劫歷灰飛踏棘柯。

　　　成得名醫三折臂，

　　　遺言猶足治沉屙。（三）

　　注（一）王翔千，中國共產黨成立前的共產主義小組成員，是王力的岳父。

（二）王翔千曾辦黨的報紙《晨鐘報》，蘇東坡曾任密州（密州）太守。

（三）王翔千臨終諄諄向馬保三議長建議，執政黨必須嚴防腐敗。〔註2〕

一大代表王盡美過世後，他的兒子受王翔千照顧頗多，王盡美長子王乃徵曾在王翔千百年壽辰時專門寫詩悼念：紀念王翔千百歲壽辰刊載於《歷山詩刊》1989 年 5 月（總 11 期）：

中華文明國，

齊魯英雄多。

小心播良種，

大膽鬥閻羅。

奮力擊晨鐘，（注一）

猛醒飢寒者。

報國育英才，

笑罵斥娼婆。（注二）

不齒權貴士，

廣交勞動哥。

舉燈指我路，

集資助我學。

厚恩寒泉去，

深情暖心窩。

今逢百歲日，

揮淚唱頌歌。

注一：山東建黨初期，王翔千等人辦的《晨鐘報》。

注二：解放前舊學校當局，在作紀念週時，借機反共，王斥罵他們「不如為娼」。（此注為原詩中所著，由王盡美孫子王龍提供給筆者）

王翔千不僅作為原型人物參與了作家們的創作，也直接或間接影響和培育了這些作家的成長和教育。研究者認為王翔千是給予王統照重要影響的人物之一，而年僅十四歲的詩人臧克家就是跟著他幹革命的，他更是自己的兒子王希堅、侄子王願堅的培育者、教育者，還親自為他們辦過私學，對女婿王力的影響也是不言而喻，臺灣姜貴更是認為給他最大影響的就是「翔千六

─────────────────────

〔註 2〕王力著《王力反思錄》（上），香港北星出版社，2001 年 10 月版，第 121 頁。

伯父」，無論自傳還是小說都對他述及最多。因此，王翔千對於文學的影響力也應該得到文學界的確認，他對文學的貢獻也應該得到重視和研究。

　　目前關於山東早期黨史的實際情況，爭議頗大，姜貴（王意堅）作為當時的參加者與見證人，他的一些自傳與紀實性小說也就有了重要的參考價值。文學可以虛構，但歷史不能虛構。他在自傳《無違集》中對共產之父王翔千、對山東早期「馬克思學說研究會」都有重要憶述，應該成為研究評價王翔千的、研究山東黨史的重要歷史資料，現輯錄如下：

　　　　帶星堂另一「名人」是王翔千，他有個名士派頭，三十歲不到，就蓄了一把山羊鬍子，經常戴近視眼鏡。從前宗法社會，不但注重男女之別，也嚴格長幼之分。「一歲為師，百歲為徒。」「輩大壓人。」連江湖上許多規矩，都基於宗法傳統，可見其影響之深遠。人不夠老，輩分不夠高，留鬍子和戴眼鏡，都是不大敬的行為。遇到年老輩高，有個性的尊長，擺你兩嘴巴子，你沒有話說。這種傳統的徹底摧毀，五四運動居功最大。而王翔千公然留鬍子，戴眼鏡，早於五四數年。……

　　　　等五四運動成了氣候，種種新說一時風起雲湧，不可阻遏。王翔千帶著當時流行的兩個「新戲」回到相州。在高級小學的大操場裏搭了戲臺子，上演這兩部戲，一個是《回門》。一個《瞎子算命》。此時之高級小學，即當日之相州中學。民初，不知從那一年起，相州中學停辦。停辦的原因，我想是為了經費。那時的中學生，由學堂按月發給幾兩銀子的生活費。……王翔千假高小大操場上演兩個新戲，意在開風氣。《回門》是反對舊式婚姻制度的，《瞎子算命》為破除迷信。這兩件事情，在當時的社會，根深蒂固，想動搖它，要大費一番手腳。但王翔千不在乎這些，他認為該做的就做，做了再說。他並不求誰幫忙，完全自掏腰包，一面找人排演，一面搭戲臺，戲臺前面又拉上布篷，擺好座位，準備得有點頭緒了，就挨家挨戶請人來看戲。

　　　　上演的這天下午，遇著好天氣。連平日不出門的女眷都到得不少，座上到八成，當然一律免票。戲，照例是戲子唱的，但這回是教員學生演的「新戲」，光說不唱，又沒有鑼鼓點子。新，誠然新矣，

可是沒滋打味，實在都看不出興趣來。《回門》先上，《瞎子算命》壓軸，王翔千自挑大梁，演瞎子。這會叫座了，叫座的原因是「吉星堂六爺」演瞎子，完全不為別的。大家前仰後合一陣子，戲完了，功德圓滿，就好散場了。但王翔千卸裝之後，偏又跑到前堂來演說一番。他演說的第一句話是：「你們的瞎老爹又回來了。」

此話一出，臺下譁然。原來看客之中，有許多是輩分比他高的，叔伯嬸娘之外，連爺爺奶奶都有幾位，在嚴格長幼之分的當時社會裏，他給人一種太過狂妄無禮的惡劣印象。背後種種不滿，他開風氣的目的不但沒有達到，無形中反而造成一種「厭新」的情緒。新，原來是這樣子沒大沒小的，可真受不了。

從這種地方可以看出王翔千的反叛性之強。他和那些辛亥烈士具有同樣的衝勁，只是衝錯了方向。孫水平長山東公立法政專門學校，王翔千為文案。文案者即今之「文書秘書也，「文案房」等於秘書室。……

他在「北京譯學館」讀德文的時候，認識孫寶琦。少年多才，孫寶琦對他很器重。清同治元年，總理各國事務衙門因通譯缺人，奏請設立「北京同文館」，以英法德俄各國文字及天文、格致、算、醫諸學教授生徒。二年，仿京館例，在滬設立「廣方言館」，在粵設「廣東同文館」。庚子後，京館改為譯學館，滬館改為「兵工學堂」。光緒二十四年戊戌，京師大學堂開辦，譯學館併入之。因此，譯學館是京師大學堂前身的一部分。

孫寶琦，浙江人，他做山東巡撫的時候，很想找幾個地方人士，置諸左右為親信，方便做事。王翔千彼時二十多歲，正青年有為，寶琦屢函招之，詞意懇切。王翔千還他個不應不理，人不去，信也不回。

這個人的浪漫氣息如此之重，但你想他不到，他居然熱心共產。從最早的「馬克思學說研究會」，他就是積極分子之一。那時，除他之外，還有印刷工人王呆、王全兩兄弟，省立一中學生貴州人鄧恩銘，省立師範學生王瑞俊（盡美），王翔千的女兒女子師範學生王辯。王鳴韶的遺孀，任氏的過繼兒子王意堅，這時也在濟南，是省立一中的學生，他入學的保證人是王樂平，但「監護人」是他的堂

伯父王翔千。我已說過，那時宗法傳統的權威還殘留著，尊長對於晚輩可以命令行事，晚輩在習慣上不得有異議。王意堅就在這樣的情形之下，接受王翔千的命令，給拖進「馬學會」去研究「馬學」。他們一共是七個人。（《無違集》77 頁）……

「馬學會」的其他分子，鄧恩銘在清黨時被殺。王全自首後，在青島一家鞋店裏買鞋的時候，被人從店門外亂槍打死。王瑞俊由俄返國後，死於肺症。王翔千把女兒王辯和侄兒懋堅送到俄國去，他本人在濟南不能立足，返回相州老家，變成一個孤立的「土共」。……

王翔千返回相州，急不可待，首先要實現「集體農場」的理想。「集體農場」的第一個條件，要耕地接連成一片。但當地地主所擁有的田地都是分散的，有的距離很遠。王翔千的父親，吉星堂王蘊樸名下，這時不過還剩幾百畝地。王翔千瞞著老爹偷偷把它們賣掉，想化零為整，另買進阡陌相連的一整片土地來，好辦集體農場。但零地賣出容易，整片相連的地買進則極為困難，甚或是不可能的。因為你想買的地，人家未必要賣。一出一入，時間耽擱，他賣地的錢已經花掉一些。為辦集體農場，他把他家的大核桃園，改為打糧場。嫌地勢太低，有淹水之虞，顧了許多短工，從他處用車運土來墊高。土方工程最不起眼，忙了幾個月，地方沒見墊高多少，賣地的錢已經用得差不多了。最後是集體農場沒有辦成，家產已經弄光，一家人落得少吃無穿。

更慘的是，他一生醉心共產，為此毀家，等匪軍來了，他不曾被視為同志，家無寸土，卻仍被列為地主，成為鬥爭的對象。他的結局不得而知。有的說他最後落得叫賣滷肉為生。我懷疑這一說法。因為肉是定期定量配給的東西，他從那裡弄肉來呢？滷了又賣給誰呢？那種制度之下，賣滷肉這一行業，恐怕根本沒有。〔註3〕

這些關於王翔千的史料應該成為研究山東黨史、山東作家的重要參考資料，在兩岸溝通、尊重歷史事實的前提下，應該承認他對山東早期歷史與文學做出的重要貢獻，對王翔千做出公平公正的評價。

〔註 3〕姜貴《無違集》，臺灣幼獅文藝出版社，1974 年版，78～79 頁。

第二節　王樂平民主主義革命家：山東國共兩黨的奠基人──《春華》「圓符」《旋風》「羅頻三」《重陽》「錢本三」原型

一、歷史上的王樂平

　　王樂平是現代中國歷史上曾有過重要影響的政治人物，也是王家在現代歷史上職位最高、對家族影響巨大的人物。關於他的歷史資料很多，他的家鄉諸城文史資料有較為詳實的記載，全文輯錄如下：

　　　　王樂平，名者墊，字樂平，1884 年 12 月 8 日出生於諸城縣王家樓子村（現五蓮縣西樓子村）。幼年隨父讀書，1902 年考中秀才。1906 年夏，去濟南考入山東高等學堂，1907 年由同學臧耀西介紹加入同盟會，從此走上革命道路，開始了反帝反封建的民族民主革命生涯。此後，因參與領導群眾反對清政府以山東礦產為抵押向德帝借款，被校方以「革命嫌疑」為由開除學籍。1908 年底，返回諸城，先後在相州、昌邑縣等處任教。1909 年夏重返濟南，考入山東政法專門學堂繼續求學，並開展革命活動。

　　　　1911 年武昌起義爆發後，王樂平作為學校代表加入山東省各界聯合會，積極參與組織領導了山東獨立的革命活動，曾在登州、黃縣、青州、諸城組織起義，並任革命軍司令。1912 年，中華民國成立後，王樂平受山東革命黨人委託，晉京謁見孫中山，後受孫派遣赴煙臺軍政府任秘書長。不久煙臺軍政府撤銷，山東臨時議會成立，他當選為省議員，任山東革命黨人機關報《齊魯日報》主編，1913 年「二次革命」失敗後，《齊魯日報》被迫停刊。1914 年，山東都督靳雲鵬大肆捕殺革命黨人，王樂平流亡甘肅。1916 年 6 月，袁世凱倒臺斃命，王樂平返回山東並恢復省議員職，1918 年 9 月，當選為山東省第二屆省議會議員兼秘書長。1922 年 10 月當選為國會參議員。1923 年秋，與山東籍的參政議員丁佛言等力持正義，拒絕曹錕賄選，離京南下。

　　王樂平是「五四」運動的積極參加者，也是山東地區傑出的組織者之一。期間，他以省議會代表的身份，往來於上海、濟南、北京之間奔走呼號，積極爭取了國際同情與國內支持。1919 年 5 月 4日，他在上海會同旅滬魯籍商人，以山東同鄉會名義致電北京政府，要求外爭國權，內懲國賊。「五四」運動爆發後，同年六月 19 日，他親率山東請願代表團赴北京總統府請願，並迫使北洋政府總統徐世昌、總理龔心湛等接見請願代表，為取得中國代表拒簽合約的巨大勝利做出了貢獻。12 月，他在議會上以確鑿證據提出動議，彈劾鎮壓民眾愛國運動、侵吞軍費 300 萬元的山東督軍張樹元，並取得勝利，轟動了全社會。

　　王樂平積極從事新文化運動，1919 年夏，發動進步人士「以介紹新文化，增高人類知識為宗旨」，在自己家中創辦齊魯通訊社，後擴大為齊魯書社。進步青年知識分子紛紛來書社借閱進步書刊，交流體會，探討真理。他盡可能給每一位求職者以指導和幫助，尤其和青年學生及知識分子的關係甚為密切。1921 年冬，王盡美被省立一師以「危險分子」嫌疑開除學籍後，就住在齊魯書社，開始了職業革命家的活動。

1920 年 8 月上海共產主義小組成立後，陳獨秀即函約王樂平在濟南組織共產主義小組。王樂平遂把正在研究馬克思主義的王盡美、鄧恩銘介紹給陳獨秀。濟南共產主義小組成立後，王樂平不遺餘力地給予支持並加以掩護，一切秘密集會、通訊及通融經費等事，都以齊魯書社為掩護進行。王樂平對山東新文化運動的推動和馬克思主義在濟南的傳播起了積極作用。

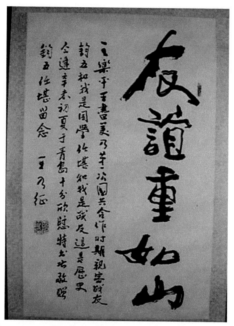

王盡美之子王乃徵贈王樂平二兒子王鈞五兒媳臧任堪
（照片由王樂平孫女王洽提供）

1922 年 1 月，王樂平放棄北洋政府要他參加華盛頓會議的派遣，毅然接受共產黨的邀請，作為山東革命團體的六名代表之一，赴蘇聯參加共產國際在莫斯科召開的遠東各國共產黨及民族革命團體第一次代表大會。回國後，去上海向孫中山彙報了蘇聯之行的觀察所得，建議採用「俄國之組織方法」。孫中山深以為然，遂按既定計劃著手改組國民黨。

1922 年秋，王樂平發動山東女子師範學監秦鳳儀，聯絡教職員工在濟南從事婦女運動。翌年成立女權運動同盟會，「是為山東女權運動之發軔」。又於 1924 年舉秦為校長，在濟南南關三合街創辦育才小學，該校為國共合作時國民黨山東臨時省黨部的秘密機關，實

際也成了山東共產黨組織的活動場所。1923 年，王樂平為培育基層
人才，陸續創辦了膠澳、先志等公學；為求黨務發展，組織「平民
學會」，總會設在齊魯書社，為黨務活動中心。另在青州、煙臺、曹
州、青島、武定等中等學校設立分會，吸收革命青年，奠定革命基
礎。創辦《十日》旬刊，宣傳「三民主義」，指導黨務活動，在全國
影響很大。

　　1924 年 1 月，國民黨「一大」在廣州召開。王樂平是孫中山指
派的山東出席代表，並在一屆一中全會上被委為山東臨時委員會籌
備委員，返回山東建立國民黨組織。4 月在濟南成立國民黨山東臨
時省黨部，王樂平被推為執行委員。此後，根據「一大」宣言精神，
王樂平與王盡美等在反帝反封建的資產階級民主革命的目標下，親
密合作，共同開展工人運動、農民運動、學生運動、婦女運動等各
項工作，動員革命青年參加廣州黃埔軍校與農民運動講習所，發動
組織「反帝國主義大同盟」，在《十日》旬刊上發表對帝國主義、北
洋軍閥猛烈抨擊的文章，為兩黨互相團結，順利結成革命統一戰線
做出了巨大貢獻。

　　1924 年 11 月，為支持孫中山北上召開國民會議和廢除不平等
條約的主張，王樂平赴北京參加了「國民會議促成會」召開的會議，
聽取了李大釗、瞿秋白等的報告。會後與王盡美等四人去天津謁見
孫中山，被委為國民會議宣傳員特派員。返魯後，在山東各縣、市
組建了國民會議促成會。1925 年 1 月，他作為山東代表之一，與王
盡美、路友於等出席了在北京大學召開的國民會議促成會成立大
會，並被推舉為總會籌備委員會主席。同年 2 月 20 日起草國民會
議促成會全國代表大會及全國總會章程。3 月 1 日參加了國民會議
促成會全國代表大會及全國總會章程。3 月 1 日參加了國民會議促
成會全國代表大會。

　　王樂平在茫茫的革命征途上，始終遵循著孫中山的教導前進。
1925 年 3 月，孫中山先生不幸病逝，他失去導師，痛苦異常。王
樂平是治喪委員會委員，在移柩安放社稷壇時，有十數萬群眾恭
送，形成了一次反帝反軍閥的群眾大示威，他任指揮員。同年 4

月，王樂平返魯後，在濟南公園主持召開了幾十萬人參加的山東各界追悼孫中山大會。不久，王樂平赴北京參加全國國民會議促成會第一次會議，並與劉清揚、顧孟餘、蘇兆徵等 7 人被推舉為常務委員。7 月，國民黨山東第一次全省代表大會召開，與共產黨人共同成立了國民黨山東省黨部，王樂平被推選為執行委員。此後張宗昌督魯壓迫愈緊，齊魯書社屢遭搜查，王樂平被迫出走北京。

1926 年 1 月，王樂平代表山東參加了國民黨「二大」，並當選為候補中央執行委員。同年「三・一八」反帝愛國鬥爭中，王樂平是天安門大會主席團成員之一，也是與段祺瑞交涉的五代表之一，鬥爭遭到埋伏衛隊的突然襲擊而致傷亡 200 餘人，五代表之一譚季箴當即身亡，王樂平肢骨受重傷。但敵人的兇殘絲毫沒有動搖王樂平的愛國宏願，他一如既往，奮勇向前。北伐戰爭開始後，王樂平被派為軍事特派員，潛入漢口秘密掌握郵電通訊。同年 8 月，軍閥吳佩孚在汀泗橋、賀勝橋失敗後，殘部退守武昌，王樂平策反武昌守敵團長賀對廷起義，成功地瓦解了敵軍，避免了收復武昌的戰鬥傷亡。11 月，孫傳芳敗退南昌後，王樂平派人至南昌城外收撫降兵，悉編為革命軍。不久，湖北政務委員會在武漢成立，王樂平為政務委員兼電政監察委員。

1927 年 3 月，國民黨二屆三中全會在漢口召開，王樂平等國民黨左派與共產黨員佔了多數。會議堅持國共合作，反對獨裁。撤銷了蔣介石的許多重要職務，削弱了其職權。4 月，蔣介石在上海發動反革命政變後，武漢地區展開了聲勢浩大地反蔣運動，王樂平參與了武漢國民黨中央執行委員會的署名討蔣通電。但此時國民政府矛盾錯綜複雜，武漢形勢十分緊張。期間有 300 餘名山東旅鄂同志、青年學生請願要求改組國民黨山東省黨部，打倒丁惟芬、王樂平、路友於等，並每日包圍王樂平住所，聲言捉拿「蔣介石之走狗」。王樂平對黨內同志間的暗箭倍感寒心，但仍坦誠地向中央執行委員會提出願到監委會申辯，堅持不去南昌就蔣，同年 6 月經宣傳部介紹去開封，任馮玉祥舉辦的黨務訓練班主任，親授《國民黨的組織與

訓練》的講義，提出恢復十三年精神、改組國民黨的政治主張。10
月去廣州開展反蔣活動。

1927年国民党二届三中全会代表合影　　前排右五：宋庆龄　中排右三：毛泽东　后排左二：王乐平

　　1928年2月與8月，王樂平與何香凝、陳樹人、潘雲超、王法
勤等粵方委員出席了蔣介石一手策劃下召開的二屆四中、五中全
會。通過會議，蔣介石達到了獨攬大權的目的。王樂平在四中全會
上遞補為中央執行委員；在五中全會上，與其他粵方委員聯名提出
反對蔣介石獨裁和地方實力派擁兵割據的提案《重新確定黨的基礎
案》，因遭到右派反對而中途退席返滬，致會議草草收場。同年6月，
王樂平與顧孟餘、范予遂創辦《前進》《檢閱》等刊物，並提出恢復
十三年精神、改組國民黨，整理出版自己所著《國民黨的組織與訓
練》與其他反蔣刊物，形成了聲勢浩大的反蔣輿論戰線。7月，與
王法勤、潘雲超、何香凝、陳公博等發起創辦大陸大學，陳公博出
國後，他代理校長。

　　蔣介石為加強軍事獨裁，定於1929年舉行「三全」大會，與會
代表不用選舉制而由南京政府指派、圈定，並使用威脅、操縱、收
買等手段，欲使大會徹底成為蔣的御用會議。因王樂平譴責、反對

這個會議，蔣便派陳果夫等人以三屆中委為誘餌再三游說，但王樂平不為所動，旗幟鮮明地投入反獨裁、反圈定的活動。蔣介石大怒，對他採取了堅決鎮壓的手段，並下令查封《前進》雜誌。1928 年冬，王樂平與陳公博、顧孟餘、王法勤、朱霽青等人議決成立「中國國民黨改組同志會」（社會上簡稱改組派），並於 1929 年 2 月發表了《中國國民黨改組同志會第一次全國代表大會宣言》。改組派總部設在上海，總負責人為陳公博，內設組織、宣傳、總務三部，王樂平負責組織部。1929 年 1 月陳去法國，王樂平成為實際上的總負責人。改組派發展很快，在浙、蘇、魯等十餘省市以及日本、越南、法國、香港、新加坡等地相繼建立了支部，會員遍布上海、南京、天津、北京各大學校以及全國各省市的國民黨組織，聲勢頗大。蔣介石對國內外的改組派變本加厲進行鎮壓，嚴令各地檢舉呈報，依法懲處。

1929 年 5 月，王樂平在上海主持成立「護黨革命大同盟」，發表《宣言》及《緣起》兩個文件，歷數蔣介石背叛革命篡奪北伐勝利果實、窮兵黷武、攻桂迫馮實行個人專制等罪狀。由於宣言提出的行動綱領與口號大大超出了汪精衛、陳公博等爭權奪利的一貫主張，使他們深感不安，因此汪精衛立即安排陳公博回國指揮一切。鑒於汪、陳的別有用心，王樂平決定護送父柩返原籍暫離滬。蔣介石密令山東黨部劉連漪在高密車站伺機逮捕，王樂平僥倖入諸城縣境，得楊虎城部屬保護始安全。同年九月初乘帆船返回上海。10 月，國民黨中常會以「勾結軍閥餘孽、顛覆黨國」罪，決議通緝王樂平和陳公博、顧孟餘等 10 人，並將王樂平等 9 人永遠開除黨籍（陳公博此前已被開除）。鑒於蔣介石的陰毒殘狠，同仁親友均勸王樂平加以防範，他卻漠然置之。

在改組派的領導層中，王樂平不同於汪、陳之流。王樂平與陳公博、顧孟餘之間，不僅政治主張、理論原則不盡相同，就連組織也不統一，王樂平是衷心擁護「三民主義」，堅決主張推翻國民黨反動統治的，而陳、顧只主張改組，是謀取權勢的政客。在王樂平負責期間，改組派的活動給蔣介石以很大威脅。在蔣介石看來，只有王樂平是「富貴不能淫，貧賤不能移，威武不能屈」的眼中釘，因

而派親信陳希曾到上海，囑令特務頭子楊虎派打手 7 人，於 1930 年
2 月 18 日深夜，闖入法租界邁爾西愛路 314 號辦公室，亂槍狙擊。
王樂平身中七彈，當即身亡，時年 46 歲。不久，上海總部垮臺，改
組派陷入癱瘓。

王樂平遇難後，靈柩安防於上海市南謹記路齊魯別墅。1933 年
春，由汪兆銘、陳公博、于右任、蔡元培、丁惟芬、孔祥熙、馮玉祥、
李宗仁、黃紹竑、何香凝、李澄之、范予遂、王立哉等 130 人發起公
葬並募捐修建陵園、紀念堂於濟南千佛山東麓，同年 10 月建成安葬，
但其墓在「文化大革命」中被夷為平地，至今未得修復。〔註4〕

王樂平被刺殺後，蔣介石下令上海警備司令部限期破案，嚴懲
兇手，又以「王樂平在北伐中卓著功績」為名，派員代表他本人奉
賻兩千元，以資治喪，被遺屬拒絕。長女王貞民（又名王平）時年
僅 22 歲，並為此特登報聲明（見《革命日報》（上海）1930 年 3 月
1 日第一版。）

本月 22 日，有警備司令部王某者，攜蔣介石致賻兩千元前來，
聲言為先父治喪之用。竊先父為何而死，與孰致之死，世人早已大
白。當此元兇尚未授首，貞民何人忍受仇賻，當嚴詞拒絕。深恐外
界不明真像，特此登報聲明。（再，此項啟事，昨送上海各報，均被
淞滬司令部禁登。）

王貞民泣啟

1930 年 2 月 24 日

李烈鈞先生悼念輓聯：

如此河山，難乎後死；半生瑰傑，邈矣先行。

——挽王樂平先生聯（1933 年 10 月 15 日）

著名詩人柳亞子挽王樂平先生　上海《自決》（1933 年）

慷慨竟成仁。不見陸沉君有幸。

棲皇慚後死。曠觀世變我何言。

〔註 4〕見中共諸城市委黨史研究室著，《中共諸城黨史人物傳》第一卷，齊魯出版社，
　　　2002.11，33～41 頁。

　　柳亞子是當時著名詩人，先後為王樂平本人及女兒做詩三首，可以見證他們之間的深厚情誼與交往，留下一段文壇與政壇的雙重佳話。

二、文學裏的王樂平

　　王樂平是職業革命家，同時又出身於文學世家，本身又關愛青年，熱衷交文會友，因此與作家們有著千絲萬縷的聯繫，也在無形中影響了這些作家，並成為了作家們頻頻敘寫的人物。姜貴的兩部力作《旋風》《重陽》都有關於他的重要敘寫，《旋風》中他沒有正面出場，只是作為影響前臺的背景人物「羅聘三」，如草灰蛇線般貫穿一生；在《重陽》中「錢本三」則是作為小說主要人物活躍於小說前臺，不但正面出場，而且得到了生動細緻的詳實敘寫。對照王樂平的真實歷史資料可以看出：姜貴小說中無論《旋風》中的「羅聘三」還是《重陽》裏的「錢本三」，就他們的政治生涯而言，基本上與王樂平真實的政治生涯是相符合的，尤其是「羅聘三」基本與他的真實政治生活與身份沒有太大出入。家族兄弟排行中，他行三，大家普遍喊他「樂平三哥」，王翔千女兒王辯也曾說：「初到濟南，我們住在樂平三哥家裏」。包括姜貴在內的王家同輩人基本都喊他「三哥」，姜貴小說裏從命名上也都強調了他這「行三」身份。《重陽》裏面倒是加了些虛構的成分，但比「方祥千」那樣補充出大半的虛構成分要少很多，基本是按王樂平本人的政治生涯來寫的。

　　《旋風》中關於「羅聘三」的敘寫：

　　　　「倒是民志報的羅聘三提醒我。他說我們對外雖是用馬克斯學術研究會這塊牌子，好像祇是在研究學術，也並不是一個可靠的辦法。那些走狗們哪裏替你分辨這許多！他們看起來，還不都是過激

黨！所以我今天請大家特別注意：我們以後要採取完全秘密的方式，取消用馬克斯學術研究會對外的這個辦法。至於工作，我覺得我們過去的努力實在太差了。我們 SY 成立半年，到現在還祇有七個人。我們研究研究，要得發展才成。」……

「六爺，」汪二泉用手抓抓自己的平頭頂，怔怔的說，「你剛才提到羅聘三，我們能不能和羅聘三合作呢？他們國民黨歷史久，比較有辦法。我老覺得，憑我們這幾個人，赤手空拳打天下，恐怕不容易。」

「這個可以考慮。不但羅聘三，任何可以利用的人，我們都不妨考慮一下。」

……

這時候，史慎之已經在雀花街民志報館附近租到住處。方祥千把他當作一個普通朋友介紹給民志報館的羅聘三，他也替民志報寫寫無所謂的文章，漸漸就成了民志報座上的常客了。他從上海並沒有帶來什麼方略，而是先來看看情形，然後再定方針。他也以為國民黨是一個可供利用的朋友。他同意方祥千過去的許多布置，以原有的幾個 SY 分子，作為 CP 的基幹，著手組織 CP。他對於方祥千頗致慰勉之意。

……

以後不久，當選派同志赴俄觀光的時候，雖是董銀明自告奮勇，極願一往，史慎之卻一口回絕了他，而另行選派了尹盡美。那時，俄人以國民黨為其友黨，所以那次赴俄的人包括兩黨分子，國民黨方面參加的有民志報的羅聘三等人。

……

那時，從前在 T 城辦民志報的羅聘三也在漢口，他是國民黨的要員之一，為共產黨攻擊的目標。羅聘三有一個女兒名叫羅如珠，也是武昌軍校的學生。有一天，張嘉把羅如珠約到一家小旅館裏，沒有經過求愛手續，就要解決某種問題。他的理論是：漸進的求愛方式，是陳腐的，落後的，反革命的，右傾機會主義的。真正的革命青年男女，應當刪除這種多餘的方式，直接完成最後的原始目的。否則便不夠左。

不幸這一理論，非羅如珠所能瞭解，她毅然拒絕協助他解決那一問題。不但此也，她反而以為受了委屈，原原本本把事情告訴了羅聘三。羅聘三一怒之下，以鄉前輩資格，把張嘉找了來，大大訓斥了一番。

此後的發展，顯而易見的有兩件事。第一件是羅如珠在女生隊裏不能立足了，她受到集體檢討和個人譏諷，原因她的思想太落伍，太封建，她的行動太禮教，太保守。第二件事是反羅聘三的運動發展到了最高潮，嚇得羅聘三不得不躲進法租界裏的「法國飯店」去，忍痛支付每天六十元的高貴房金。

　……

「羅聘三，方慧農，都是有面子，有力量的人，能不能託他們給說句話？」

　……

羅聘三是一個老民黨，為實現中山先生的政治理想，奔走多年。「九一八」事變先後，他在上海公共租界內被人暗殺身死，打得渾身窟窿。有人說，他其實是在自己的陣營中，被擠在兩個力量的夾縫中活活擠死了的。〔註5〕

在《旋風》洋洋灑灑的長篇巨製中，關於羅聘三的描寫實在是不多，總共全書也就上面幾小段，分散在各章節中，沒有一筆正面出場，但卻如草蛇灰線般，把他的一生經歷與巨大影響力都包含其中。結合上面他的真實史料也很明顯基本就是「王樂平」本人的真實政治人生經歷，包括他最後的死，他也確實是在國民黨的左、右兩派鬥爭中犧牲的，也是符合實情的。

而在《重陽》中，隱居幕後的「羅聘三」走到前臺，化身「錢本三」，成了主要人物原型，他的堂弟王立哉則成為另一主角「錢本四」的原型，連同他的女兒王平由「羅如珠」變成「錢守玉」，也就是說這些王家國民黨的人物在《旋風》中未正面出場，到《重陽》則正面登場了。《重陽》裏面以王樂平為原型的「錢本三」是小說的重要人物，也是影響當時武漢的重要政治力量，小說以他為中心，敘寫了 1927 年北伐前後武漢作為政治漩渦裏面的風雲激蕩，有人甚至認為是「文革」的預演，從中看出許多與文革相通之處。小說中

〔註5〕姜貴《旋風》，臺灣九歌出版社，2009 年重版，19～523 頁。

從他住在法國飯店、女兒暫別大學輔助他的政治生活；到他傾向於與共產黨合作，與軍閥吳佩孚屬山東同鄉（被南方人譏稱「侉子」）；北伐中策反過軍閥部下，與何香凝、汪精衛、陳璧君等交往密切，一起參政議政；與堂弟「錢本四」（王立哉）（聯共與清共）的政見分歧等，結合前面的史料可以看出基本都是王樂平本人的真實經歷。最大的不同的是結局和私生活方面（歷史上結局是王樂平被殺，王立哉逃生，《重陽》裏是錢本三左右逢源活著，錢本四被殺。）

也可以說《旋風》側重敘寫的是王家在共產黨的人物，《重陽》重點敘寫的則是王家在國民黨的人物，兩部小說的敘事手法也很相同，都是在人物紀實的基礎上虛構：在紀實中開始，在虛構中結束。王家之外，期間許多重要的真實歷史人物也都粉墨登場，如《旋風》中的藍平、張宗昌、韓復渠等，而《重陽》裏面則有惲代英、廖仲愷夫人何香凝、陳璧君等歷史名人穿梭其中。相對王家而言，姜貴在《重陽》序言中自稱其中人物是虛構（姜貴這是此地無銀三百兩，因為錢本四的原型王立哉就在臺灣活的好好的）紀實性反而比《旋風》更強，「方祥千」的後半生基本是虛構，「錢本三」「錢本四」則更符合人物原型，除了結局與私生活。《旋風》與《重陽》兩部小說裏面也頗多呼應與重疊之處，有著明顯的互文關係。《旋風》裏面許多略寫的場面與人物，在《重陽》裏面得到詳寫與關注，因此被稱為兄弟文學是合適的。

而這兩部以家族人物為原型的小說公認是姜貴最成功的小說，而姜貴其他不以王家為原型的小說則相對弱些，因此可以說是王家的集體智慧成就了這兩部小說。

王統照小說《春華》裏面以王樂平為原型的「圓符」儘管沒有寫他政治生涯的全貌，只選取了他動員組織年輕人前往蘇聯考察參加遠東國際會議的一段經歷，基本是寫實的，是他政治活動的中一幕生動的寫照與場景。「巽甫」的原型王象午是他的相州同鄉，後成為山東共產黨早期重要參與者與領導人之一。

> 「我知道還有別的人，不過我是決定約你同行！這是個稀有的
> 機會，先要看你的膽力如何，你懂得，這件事我說話的力量最大。
> 無論如何……」
> 「就這樣快？頂好另找一位去，如找得到，我是沒有準想去的

心思。」巽甫眼對著坐在帆木大椅上的圓符正經地說。

圓符快近四十歲了，短髮，黃瘦的面孔，眼眶很深，從近視鏡中透出那兩份有力的眼光，照在人身上，──經他一看，簡直可以把人的魂靈也看透一般的銳利，一雙微微破了尖的黑皮鞋他的腳下輕輕踏動。他臉上毫無表情，既不興奮，也不急悶。他的一對眼睛看到那裡彷彿那裡就馬上生出破綻。巽甫對於他向來不能說謊話。為他原來具備著敏銳的觀察力，又富有組織的幹才，是一個機會他隨手便能拏的過來，交換利用。比許多中年人來得敏捷多了，又加上從前清末到現在的社會經驗，一方是增加了他有為於世的野心：一方是擴展開他的組織的──作領袖的才能。所以雖然這是一個新時代了，他能以利用時機與拏得到同情與機會的需要，在這個大城中，暗地裏對於許多青年不失領導的地位。有報紙容納青年的文章，有書報社給青年流通消息，有豐富的經驗可以幫助青年們的運動，──總之，他在新青年中有他的力量。

「凡事決而不斷，斷而不行能成？一輩子沒出息！不是外人我才同你說這樣的切己，⋯！怪！怎樣年輕人老是畏首畏尾，這可真沒有辦法！⋯」

「我記得我加入同盟會時比你們年紀小，約當身木的年齡吧。那時簡直是大逆不道，亡命叛徒！」

主人說到這裡且不續說下去，端正地坐起來，對巽甫直看，等待他的答覆。

話裏明明有刺，雖是比較算深沉的巽甫不自覺地臉上一陣發燒，接著緩緩答道：

「不是，⋯⋯不是畏首畏尾！我怕像我沒有什麼用。講到這個，還是老佟──你也認得──他好得多，有研究，有毅力。⋯⋯」

「不！」圓符把小桌上的花茶杯端起來呷了一口，「不，巽甫，我觀察人的本事，不誇口，相信不會大錯！老佟是幹才，與你不同。──因此我不能與他同行可不是嫉妒；笑話了，我還同年輕人去爭功？你相信，用不到解釋我另有意思，頗為複雜，現在不能談。一句話，你走不走？給我答覆。日子定了，不能再遲疑下去，別人都

　　說妥了，只有你，只有你！」〔註6〕

　　……

　　這個片斷從外表到言談表情都是高度寫實的。王樂平1924年與王盡美、鄧恩銘、王象午等一起赴蘇聯參加莫斯科遠東國際會議是一件哉入史冊的重要歷史事件，也是王樂平政治生涯的一件大事，這在他的歷史資料裏有記載，在姜貴的《旋風》〈重陽〉中也都提到過，在小說裏得到了生動的文學描述與記載。就連外貌描寫也與他本人一致。

　　看看王樂平本人的照片，正是如此，尤其是那雙目光銳利，能洞察一切的眼睛！

三、在歷史與文學之間——王樂平與「圓符」「羅聘三」「錢本三」比較

　　無論是王統照還是姜貴都借助小說給我們生動勾勒出了王樂平這個民主主義政治家的形象。結合歷史，我們也可以看出，王統照的小說《春華》的紀實性更強，基本可以說《春華》中，「圓符」那些片段是王樂平本人政治生活中的一些真實歷史片斷。而姜貴小說裏面在紀實的基礎上則有不少虛構成分。

　　比之歷史，姜貴小說裏「羅聘三」「錢本三」的政治生涯與王樂平本人高

〔註 6〕見王統照《春華》，《王統照全集》第三卷，中國工人出版社，320～322頁。

度一致，虛構的是他的私生活方面，給他和女兒、堂弟都虛擬了些風流韻事。他們本人在生活中以潔身自好著稱，在文學裏則被虛構出許多色情成分。《重陽》中「錢本三」的私生活裏有 244 頁「他年青的時候，曾經為了太太，用三眼鳥槍從背後打死他的廚子，連帶太太的一隻眼睛受傷致盲。他為這事，用去祖傳窖藏的白銀數千兩，才算沒有吃上官司。而其中大部分銀子，是明明被人敲詐去的。他從那回，深深體驗到一個人不可以不有勢，而勢從官來，他才決心從事政治活動，由省議員而國會議員了。」這甚至成為他從政的動力。又加了一段他女兒錢守玉與家庭教師的一段私情，小說後來竟上演了一曲他與原配離婚，另娶的鬧劇，這些基本都是虛構。

據他尚健在的兒子、孫女所提供的資料，王樂平有一個父母包辦的原配妻子，是他母親的侄女，所謂親上加親。他對這位不通文墨的髮妻伉儷情深，共生育了四個兒女，一女三子，在家鄉傳為佳話，他到上海後，即把妻子與孩子、老人都接去共同生活，他父親還是病逝於上海。當時王樂平帶著父親的棺材回鄉安葬時被蔣介石派人追捕，他的小兒子王銓吾（一直在青島中學當教師）生前回憶文章也都詳細闡明這點：形勢緊張之時，為了家人的安全，他把老婆和幼小的兒子也都送回諸城老家，只留下女兒王平在身邊做個幫手。這點上，他與王翔千有相似之處，妻子是不通文墨的鄉下女人，有個能幹的長女跟著做幫手。他有三個兒子都留在大陸（長子在文革時，驚嚇中在濟南臥軌自殺）。王樂平被殺後，他妻子被刺激的神經失常，三個兒子尚小，後主要由長女王平（原名王貞民）照顧長大，而《旋風》裏面「羅如珠」為父報仇變成了蕩婦。王樂平是國民黨改組派的實權人物，被殺震驚全國，是年僅 22 歲的王平挺身而出為父親料理喪事、發表聲明等。王平當時已經與丈夫王哲在戀愛，據說王樂平生前曾反對，他去世反而成全這對佳侶，他的後事也是王哲幫著王平料理的。他們夫妻在動盪不安、坎坷起伏的命運中相伴到老，恩愛一生。王哲是北大學生，1925 年留蘇是帶隊隊長，與蔣經國等同學，五十年代擔任過山東省副省長，八十年代任省政協副主席，兩人有一女兒名海燕。

王樂平兄弟與姜貴的矛盾應該也主要是在私生活層面。姜貴與王翔千的矛盾衝突還可以借著黨派（王翔千是共產黨）做做擋箭牌，而與同屬國民黨、且交往甚多的王樂平、王立哉兄弟則無法從黨派說起，只好借著私生活發洩一下。筆者其他的文章（參見《比戈多更無望的等待》一節）已查實姜貴與家族衝突決裂的主要原因是父母為他包辦的那個原配太太。王志堅的女兒也曾

對筆者說王家人對姜貴參加國民黨並沒有不滿，只是對他把原配太太扔在家裏不管頗多抱怨。而王樂平、王立哉兄弟婚姻也同屬包辦，尤其是王樂平，他那個原配太太在他被殺後神經失常，而據他家人所說，當初他這位原配神經也不是很機靈，但王樂平對她不離不棄，即便是在官位騰達之時，也把她接到身邊，生兒育女，一直保持了良好的操守，贏得眾鄰讚譽。而王立哉也是與原配互敬互愛，兄弟兩人都在這方面有口皆碑。而姜貴則是對拋在老家的原配不理不睬，並在上海另娶，且常有緋聞軼事。或許出於「補償」心理，《重陽》裏面為這兄弟倆都補上段風流韻事，「錢本四」王立哉（在他自傳《九十憶往》寫明是 1911 年結婚，1912 年女兒出生，）早在家鄉娶妻生子，武漢時期沒有婚事可言了。

《重陽》中，為他改姓錢，或是暗諷他貪財？但王樂平並不斂財，死後沒有留下資產，房產都沒有，以致兒子不得不借住本家族王統熙在青島的房子「居易里」。當地有土匪也認為他家人從上海遷回可能有錢，曾綁架了他的二兒子王鈞吾，才發現他家也確實沒錢，根本拿不出贖金，所幸沒撕票，把他放了。

從上面的歷史資料也可以看出，王樂平在國民黨的改組派中，也不是《重陽》中寫的是個傀儡部長，而是改組派的實權人物，這也是蔣介石派人暗殺（蔣到臺灣後始終不承認是他派人暗殺，或許部屬所為）的原因，他被殺之後，改組派陷入癱瘓狀態也說明了這點。

中國人民大學林茂生等教授撰寫的《中國現代政治思想史》，對改組派領導人有這樣的評論：「至於這個集團中的成員，確應具體分析。改組派主要頭目中，如汪精衛、陳公博、顧孟餘等是地地道道的政客。這班人，在『七一五』後一直充當大地主大資產階級反共反人民的鷹犬。但是改組派中也確有一些衷心擁護孫中山先生的信徒，王樂平就是代表」。他曾被當時同仁認為「只知有國有民，不知有身」，以致捨生取義。王樂平本人儘管是政治人物，但與作家交往頗多，與王統照是本家本族不用說，還寬容大度地原諒臧克家，救過臧克家的命，還與詩人柳亞子交誼深厚，成為一段佳話。

王樂平是在中國現代歷史上有重要影響的人物，也是一些歷史學者一直要深入研究分析的人物。王統照、姜貴也都是現當代文學史上有影響力的作家，他們的作品有重要的文學意義和歷史價值，《春華》《旋風》《重陽》都是重要的文學著作，也因此他們作品中如何敘寫歷史人物也就有了辨析考證一

下的必要。但文學畢竟是虛構的藝術，文學真實畢竟不能簡單地等同於歷史真實，在文學與歷史之間有著巨大的闡釋空間，在這個空間裏儘管是見仁見智，但一些關係歷史本質的問題還是有探討的價值和意義。也因此，王統照、姜貴的作品還提供了歷史文學化的一種方法和思考。借著這樣的角度，歷史人物也在文學中得以復蘇、重現，對文學與歷史同樣具有重要意義。因此本文只作了淺顯的原始材料梳理，歷史與文學之間複雜的糾葛關係還有巨大的闡釋空間，還要期待後來者。值得指出的是關於王樂平的歷史，目前也存在一些爭議：

居住在濟南的王樂平的孫子，如今已 70 多歲的王渤老人和王永江老人也有自己的看法。他們在幾十年裏搜集了很多資料，證明王樂平在早期不僅宣傳了馬克思主義，應該也是中共黨員。廣東研究近代史的學者苗體君和竇春芳的《王樂平與濟南早期黨組織的創立》一文發表於濟南市政協文史資料委員會主辦、《濟南文史》編輯部 2007 年 3 月編輯出版的總第 36 期《濟南文史》上，他們根據俄羅斯國家檔案館移交給我國中央檔案館的資料進行了考證，認為王樂平是中共黨員。

王家後裔、王笑房之子、現任國家行政學院教授的王偉當年曾親自採訪過共產黨元老羅章龍，也提出了近似的看法。他在《超然臺》雜誌發表《王樂平——山東共產黨早期組織的創立者》一文，其中一段寫到：

在訪談中，羅章龍先生明確說道，中共一大召開之前，他曾帶著陳獨秀的親筆信，前往濟南去見王樂平先生，邀請王樂平「在濟南組建共產黨」。王樂平讀完陳獨秀給自己的信，並聽取了羅章龍對有關情況的介紹後，欣然允諾。

據《中共黨史資料》第 39 期所刊發的俄羅斯國家檔案館的文件：1922 年 1 月出席在莫斯科召開的遠東各國共產黨及民族革命團體第一次代表大會的中國代表團由 44 人組成（其中共產黨 14 人，國民黨 1 人也就是中國代表團團長張秋白，青年團 11 人，無黨派人士 13 人）。最具權威的中共中央黨史研究室所著《中國共產黨歷史》明確肯定了此事實。當時山東參會的「中國共產黨員」有五人，他們是：王盡美（諸城王氏十六世）、王筱錦（也就是王象午，諸城王氏十五世）和鄧恩銘、王福源（復元）。他們五人到達蘇俄邊疆時填寫的表格十分清晰，在「屬何黨派或團體」欄目中，王盡美填的

是「中國共產黨山東部」，王樂平、鄧恩銘等四餘人填的都是「中華
共產黨山東部」。經中央檔案館與中共中央黨史研究室認定，「中華
共產黨」就是「中國共產黨」。現在，已經有史料證明，當時共產國
際、蘇共和列寧、斯大林都是更加看重中國國民黨而相對輕視中國
共產黨的。但即便在這種政治背景下，作為同時是國民黨元老級人
物的王樂平，卻堅決明確地填寫了自己的共產黨員身份。這明確而
有力地表明，王樂平早在 1921 年就已經是中國共產黨黨員；同時
也可以間接證明，王樂平是山東早期組織的創立者之一。〔註7〕

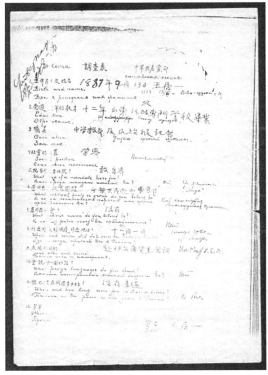

王樂平以共產黨員身份赴遠東莫斯科會議所填表格
（照片由王樂平孫女王洽提供）

　　基本可以確認，王樂平是懷著滿腔救國熱情投身政治的民主主義革命家，
是國、共兩黨在山東誕生、成長的奠基人和締造者，他對中國革命的貢獻不該
被忽略。可以相信，隨著一些重要歷史資料的進一步浮出，兩岸進一步的開放
交流，像王樂平這樣一些涉及兩黨的人物能得到全面而客觀的認識和評價。

〔註 7〕見《超然臺》雜誌，諸城市地方文化研究會主辦，2011 年 4 期，25 頁。

第三節　王深林：中國愛國民主運動的先驅──
《春華》「身木」與《旋風》「方慧農」原型

一、歷史上的王深林

《中共諸城黨史人物傳》對王深林專關一章，有詳細介紹，全文輯錄如下：

王深林（1903～1978）原名王蛙林，1903 年 7 月出生於福建省一個官宦家庭，幼時全家隨他告老還鄉的父親還回老家諸城市相州鎮相州三村。王深林早年就讀於相州高等小學，小學畢業後，考入濟南山東省立第一中學讀書。

1919 年「五四」運動爆發後，諸城在外地的許多愛國學生和進步人士，紛紛回到家鄉參加活動，積極開展反帝愛國和新文化運動的宣傳鼓動工作。期間王深林、王翔千、王志堅等從濟南回到家鄉相州，以學校為基地，召開師生座談會，分析國內形勢，介紹城市各界運動開展情況，在他們的影響、動員下，廣大師生利用集會、遊行、演講、說唱等形式，在本地或到附近集市村莊進行宣傳，並發起成立國貨維持會，大力宣傳抵制日貨，禁止土特產品外運等，使相州一帶成為「五四」時期全縣最活躍的地方之一。期間，他還在濟南參加了反帝、反封建的一系列愛國活動，在一年多的時間裏，他曾因此幾度被軍警毆打、逮捕、傷害。

1920 年 11 月，王盡美、鄧恩銘等人在濟南發起成立「勵新學會」，創辦《勵新》半月刊，積極研究、宣傳新思想、新文化，為山東黨組織的創建做準備，不久王深林加入這一進步組織。1921 年春，王盡美、鄧恩銘、王翔千等在濟南成立「馬克思學說研究會」，同時成立「勞動週刊社」，出版《勞動週刊》，宣傳「提高勞動者的地位，改善勞動者的生活」。會員發展到五六十人，王深林是其中之一。

王深林中學畢業後，考入上海同濟大學學習土木工程。1924 年孫中山先生和共產黨合作改組國民黨，實行三大政策，期間，王深林加入國民黨。不久，學校當局藉口他咳血、缺課太多，強迫退學。1925 年初，王深林病癒後返回濟南，在國民黨山東省政府任秘書，同時給一些進步分子辦的刊物寫文章。經中共山東黨組織推薦、國民黨北京執行部介紹，同年 11 月初，王深林同王辯、王懋堅、王哲

等 10 餘名山東籍學員，秘密登上一艘蘇聯貨輪，從上海出發，經日本海到海參崴，乘火車到達莫斯科，進入蘇聯莫斯科中山大學學習，主要學習政治經濟學和經濟地理學。同行的還有前去參加國際會議的蔡和森夫婦、李立三夫婦及其他省學員沈澤民夫婦、王稼祥等。莫斯科中山大學是蘇聯黨和人民為紀念孫中山和為中國培養革命幹部而創建的，王深林等人是中國派往這個學校的第 2 期學員。1927 年仲夏，王深林回國，當時，國內反動勢力高派，國共分裂。翌年，王深林追隨王樂平參加了反對蔣介石的國民黨內部「改組派」的秘密活動，名義上擔任國民黨青島市黨務特派員。1930 年，王樂平遇刺後，王深林也被國民黨開除黨籍，後去北平。

　　1931 年春，王深林由北平轉道益都到青島，不久被國民黨逮捕，坐了三個月的監獄，後經丁惟汾保釋出獄。出獄後，他秘密到上海、廣東繼續參加反蔣活動。後來，「改組派」向蔣介石政府妥協，他即擺脫了「改組派」的活動，託友人介紹到鐵道部，在職工教育委員會和編譯室搞編譯工作。由於懼怕王深林再從事反蔣活動，1933 年夏，國民黨迫使他離開中國，名義為公派到柏林德國鐵路公司實習。到德國後，他一方面在鐵道公司實習，一方面到柏林大學攻讀。不久，他恢復政治和社會活動，參加了旅德華僑抗日救國活動。1934 年「一·二八」事變紀念日，在中共旅德支部的推動下，王深林與一些進步同學組織了「旅德華僑抗日救國會」，並被推薦負責對外聯絡和編輯油印工作。同年秋，因中國駐德大使程天放、武官馮提揭發，德國鐵道公司停止了王深林的實習，國內鐵道部也撤了他的職。當時駐德大使館還要求柏林當局把他押解回國，因為其行為未觸犯德國法律，反動派未能遂願。此後，他繼續留在柏林大學和科隆大學研究經濟地理學，並更多的從事華僑的抗日救國運動和幫助華僑提高文化水平的工作。

　　1937 年夏，王深林從柏林大學畢業回國，應廣西留德同學的邀請，去廣西大學經濟系任教授。抗日戰爭爆發後，他毅然投身到抗日前線，在桂系將領李宗仁的要求下，9 月底到徐州，任第五戰區長官司令部參議、李宗仁隨從秘書等職，期間參加了著名的臺兒莊戰役。同年，徵得李宗仁和廣西部分將領同意，王深林創辦了潢川抗敵青年

團，並擔任該團的抗日宣傳委員會副主任兼代政治總教官，此間，他曾介紹多位有志青年奔赴延安，投奔到八路軍參加抗日。因王深林與朱德總司令相識，所以李宗仁需要與中國共產黨聯絡時，就派他與朱德總司令會晤，期間朱總司令曾為王深林題詞留念。1938 年秋，王深林在湖北麻城被敵機炸傷，治癒後，調桂林任廣西綏靖公署政治部秘書、代主任和西南行營參議，負責領導幾個文工團的工作，敵佔區的許多著名藝術家，都曾在他的直接領導下開展過抗日宣傳工作。後來，李宗仁與蔣介石勾結日益明顯，桂林政治氣氛日益惡化。1940 年春，王深林藉口治腦病，離開桂林赴重慶，由丁惟汾介紹到抗日總動員委員會任專門委員，後又被推薦到國民政府中央研究院總辦事處任專員。1942 年，王深林參加中華民族解放行動委員會（農工民主黨前身）和中國民主政團同盟（民主同盟前身），擔任組織和聯繫工作。「中華論壇」發刊時，擔任該刊專任編輯。1943 年，王深林的活動逐漸公開，被迫辭去中央研究院的職務。

德国留学时期的王深林

在德國留學時期的王深林（照片由其侄子、國家行政學院王偉教授提供）

　　抗日戰爭勝利後，王深林在重慶冒著生命危險，參加了文化界
人士反內戰的簽名活動，這批文化名人的簽名資料一直保存在中國
革命歷史博物館內。隨後，他去上海，在中華民族解放行動委員會
中央和中國民主政團同盟總部的組織部門工作。1947 年 1 月，中華
民族解放行動委員會舉行第四次全國幹部會議，並改名為中國農工
民主黨，王深林任農工民主黨中央常務委員會委員兼組織部長。同
年春，各民主黨派被蔣介石政府宣布為非法組織後，8 月，王深林
被派往香港，組織農工民主黨中央駐港辦事處，負責推動全國各級
組織繼續進行鬥爭的工作。在中共駐港負責同志的協助下，1949 年
9 月，他到北京出席了中國人民政治協商會議第一屆全體會議。

　　中華人民共和國成立後，王深林被委任為政務院參事。1949 年
底，農工民主黨第五次全國幹部會議召開，他當選為中央工作委員
會委員（常委）。1950 年 2 月，應召返回山東工作。同年三月當選
山東省各界人民代表會議協商委員會副主席、山東省人民委員會委
員兼政法委員會副主任。1952 年，在農工民主黨第六次全國幹部會
議上，當選為中央執行局委員（常委）兼組織部部長。1954 年，當
選為山東省人民委員會委員、政協山東省委員會副主席。1959 年冬，
在農工民主黨第七次全國代表大會上當選為中央委員會委員兼副
秘書長。他是山東省第一屆人民代表大會代表，第一、二、三屆全
國人民代表大會代表。

　　「文化大革命」開始後，周恩來總理點名指示保護一批為中國
共產黨的事業做出貢獻的民主人士，王深林是其中之一。「文化大革
命」結束後，1978 年，他又當選為第五屆全國政協委員。同年 8 月
7 日，王深林在北京病逝，享年 75 歲。〔註8〕

　王深林與王統照作為本家本族，有密切的交往關係。王統照之子王立誠
先生在《瓣香心語》中回憶到王統照與王深林的一些交往情況：

　　1953 年 9 月，他（王統照）約我和妻子到來今雨軒會面，在座
的朋友不少，多是山東的親友。記得有臧克家先生，很瘦，穿著一
身用花條西服改制的中山裝，甚為瀟灑，這是二十多年來我第一次

〔註 8〕見中共諸城市委黨史研究室著，《中共諸城黨史人物傳》第一卷，齊魯出版社，
　　2002.11，49～53 頁。

見到他，和當年大不一樣了。有張季寰先生，是山東某校的校長，還給我們拍了一張兩人合影。還有諸城王氏族兄王深林和王斐兄弟二人，王深林是在三十年代官費留學德國，學工程技術的，父親歐遊到了德國，就由他陪同。《歐遊散記》中還提到他。不過改個名「參令」。他回國後不滿國民黨的統治，參加了農工民主黨，先後擔任組織部長、副主席兼山東省政協副主席。王斐則是從抗戰尹始，青年時代就投身革命奔赴延安的老幹部，當時是冶金工業部的人事司長，我稱深林為五哥，稱王斐為九哥。〔註9〕

　　王深林是詩人臧克家的髮妻王慧蘭（又名王深汀）的胞兄，他們之間的關係自然是極為密切的。王深林因反抗蔣介石的獨裁專制，倡導國共合作，在王樂平被刺殺後，他也被開除國民黨，並被捕，在國民黨元老丁惟汾的斡旋搭救之下，被釋放，但國民政府當局怕他留在國內鬧事，遂派遣他到德國考察留學，因此，他到德國去時的心情是極為沉重的。妹夫臧克家寫詩為他送行：

默默的歌

——送革命戰士深林兄去德

> 厭倦了眼前的祖國，
> 追一粒黃金的希望，
> 你要去天的那一角，
> 渡過一片大的海洋。

> 瞅著帶你去的那條船，
> 我用一雙感傷的眼，
> 這意義你該明白，
> 全不是兒女的惜別。

> 默默是我送你的歌，
> 真是，這時候還有什麼話說？
> 奇重的災難像暴烈的雨點，
> 打得人心抬不起頭來！

> 好，去了，你一個人，
> 天風搖著你悲壯的胸襟，

〔註9〕王立誠《瓣香心語：王統照紀傳》，山西人民出版社，1999年10月版，141頁。

海那邊一樣也有秋颱吧？

留意你的頭髮，你的心。

　　1933 年 6 月在青島

（輯自《臧克家集外詩集》）〔註10〕

　　臧克家的詩形象地寫出了王深林在國民黨改組派遭受重創，自己最親近的家人、嫡系領導王樂平遇難後，他悲憤去往德國的壓抑心情。而這也正是他從國民黨轉向第三黨派農工民主黨的重要心路歷程。

　　王深林等在國民黨的遭遇也使其家族後繼者開始轉向，從國民黨轉向共產黨，他的九弟王甡珙抗戰中就參加了共產黨的游擊隊，臧克家也有送給他的詩，從中也可看出一些歷史端倪。

從軍行

——送珙弟入游擊隊

今夜，燈光格外親人，

我們對著它說話，

對著它發呆，

它把我們的影子列成了一排。

為什麼你低垂了頭，

是在抽回憶的絲？

在咀嚼媽媽的話，

當離家的前夕？

忽然你眉頭上疊起了皺紋，

一條皺紋劃一道長恨！

我知道，你在恨敵人的手

撕碎了故鄉田園的圖畫，

你在恨敵人的手

撒散了我們溫暖的家。

大時代的弓弦

正等待年輕的臂力，

今夜，有燈火作證，

〔註10〕見《臧克家全集》第一卷，時代文藝出版社，2002.12 月版，68～69 頁。

為祖國你許下了這條身子。

明天，灰色的武裝，

會裝扮得你更英爽，

你的鐵肩頭，

將壓上一支銅槍。

今後，

不用愁用武之地，

敵人到處，

便是你的戰場。

　　　　1937 年 12 月 11 日〔註11〕

（注：琪弟指王惠蘭九弟王甡琪，後改名王斐）

1938 年 10 月至 1946 年 5 月，中華民族解放行動委員會（中國農工民主黨前身，當時簡稱第三黨。）中央機關設於重慶半山新村 3 號（今渝中區嘉陵新路 55 號）。圖為 1939 年第三黨負責人莊明遠（右一）、王深林（右四戴禮帽者）等在半山新村 3 號的 1 號樓前接待來訪的新四軍軍長葉挺（左四）。

〔註11〕見《臧克家全集》第一卷，時代文藝出版社，2002.12 月版，228～229 頁。

王深林在文革中是周恩來點名保護的五十位民主人士之一，因此在文革中幸免遇難。但他的胞弟王笑房卻在文革中被迫害至死。這是 1978 年當時的《人民日報》刊發的他去世的報導：

王深林同志追悼會在京舉行：

> 據新華社北京電，政協全國委員會委員王深林同志因病醫治無效，於一九七八年八月七日在北京逝世，終年七十四歲。王深林同志追悼會，十四日上午在北京八寶山革命公墓禮堂舉行。

> 政協全國委員會副主席季方、童第周，秘書長齊燕銘送了花圈。

> 追悼會由政協全國委員會常委、農工民主黨中央主席團委員徐彬如主持，政協全國委員會常委、農工民主黨中央主席團委員嚴信民致悼詞。

> 悼詞說，王深林同志是山東諸城人，早年曾留學蘇聯中山大學和德國柏林大學。解放前，他先後在重慶、上海、香港等地從事民主黨派工作。解放後，他曾任政協全國委員會第一屆會議代表，第一屆、第二屆、第三屆全國人民代表大會代表，山東省政協副主席等職務。王深林同志長期從事民主黨派活動，在中國共產黨的影響下，積極參加愛國民主運動，在抗日戰爭和解放戰爭時期，做了一些有益於人民的工作。解放後，在中國共產黨領導下，他繼續進行民主黨派活動，在推動民主黨派成員參加社會主義革命和建設中，發揮了一定的作用。

> 中共中央統戰部、政協全國委員會、中國農工民主黨中央委員會、中國民主同盟中央委員會、山東省政協送了花圈。孫曉村、孫承佩、胡子嬰、王炳南、姚仲明、周谷城、劉樹勳、嚴信民、徐彬如等也送了花圈。

> 參加追悼會的有：人大常委會委員及政協全國委員會常委胡愈之、孫起孟、孫曉村、薩空了、李文宜、甘祠森、孫承佩、吳茂蓀、周士觀、黃鼎臣，以及有關方面負責人和王深林同志的生前友好等。

（1978 年 8 月 20 日《人民日報》）

在 1978 年政治氣氛依然濃重的情況下，對民主黨派人士能有這樣的評價已屬不易。其實，王深林作為民主黨派人士所做的大量工作並未得到應有的

重視，比如，他曾做過李宗仁的秘書，在德國期間又與朱德相識，這使他自如地在兩黨之間斡旋奔走做了許多工作，李宗仁的後期歸國，王深林就從中做過很多工作，而他早期在國民黨的活動更是一直被遮蔽，但作為中國愛國民主運動的先驅，他為推動中國民主事業做出的貢獻是巨大的，隨著歷史的發展，越來越見出他的歷史意義與價值……

二、文學裏的王深林

王統照的小說《春華》裏面寫的最生動的「身木」就是以王深林為原型的。從中正可看到他從小立志科學救國，後來在王樂平等的引領下投身政治，參加國民黨，而在國民黨受挫後，參加第三黨的內在動因，也與他一直追求科學救國的理念相一致。關於他的部分段落輯錄於下：

小說裏主人公「堅石」出走，身木的反映最強烈：

> 頭一個著急的是身木，他告了假四處尋找，一切朋友的地方都走遍了，甚至城廟的空閒所在，廊宇，山上，附近四鄉的小學校中，然而都不見他的蹤影。

> 這整個下午，身木在各處亂跑，無目的地搜尋……

> 向來是倔強的身木，從中學三年級回過故里一次之外，他決心要把自己做現社會的一員。對於古舊的一切他真想用了自己的力量向後打退，老家族制度下的家庭，從他在鄉間小學校讀書時，他早早便認為非粉碎就得拋開。眼見著他的上一輩人的揮霍，自私，模型的紈褲子的行動，他的平輩遠一層的兄弟們，才力的誤用，游蕩，奢侈，女子們的敵對，爭吵，每個人與另一個嫉妒，傾軋，面子上是那麼雍容和平，其實這已是同居了三世的老家庭，十足代表了一個沒落的士大夫人家種種的壞現象。他在心中原有下了憤恨的種子。恰好他方升入省城的中學便遇見了全國學生的劇烈運動，新思潮到處澎湃起來，身木投身其中，覺得自己的生之力

> 有了儘量揮發的機會；覺得他的前途有一把明麗的火焰，等待著作他終身前進的引導。他看不起那一般專在會場上與報紙的記事欄中出風頭的青年。秉了父親幹練做事的性格，與南海邊鄉村女子的母親的沉毅忍耐力，他是要找一條道路去對社會打交手仗的。所以在種種集合中，他不妄言，也不與那些浮誇的學生做朋友；他更

不輕易憑著一時的感情衝發便加入什麼主義的小組團體。「幹」的一個字卻是他的特長，認定的事曾不向回頭想。因此大家都叫他做豹子頭，借用了水滸上勇氣與頗精細的好漢諢號送給他，絕沒有取笑的意思。在紛亂虛浮的青年團體中，誰都明白他是一個硬性的，熱烈的，能咬住牙向前衝的人物。雖然那些高論派的學生譏笑他不會思想，不懂分析理論的方法，他皆不計較，心裏卻對他們冷笑。

　　從再一度被拘留以後，他不作重回故里的夢了。還有母親，妹妹，小弟弟們，但他另有所見，有工夫要盡力地讀書，活動，不肯把他的時間讓家庭的溫情消磨了去。

　　正是巽甫隨了那位政治運動的領袖遠行的期間，身木卻升學到吳淞的一個德國式的工科的大學中了。

　　他立志要從科學的發展上救中國，雖是在思潮激蕩的幾年中，他在學校對於算理與理化一類基本科學的功課卻分外用力。所以能考入這個素來是以嚴格著名的大學。當時北方的唯一學府成立各種思想的發源處，青年們都掙扎著往裏跑。他卻走了別途。他不輕視思想的鍛鍊，可是他認為在這個時候如果要輸入西方的思想須有科學的根基，否則頂容易返回中國人的老路子去，——議論空疏找不到邊際，也無所附麗。

　　……

　　為科學而犧牲一切呢？還是為急於求國家與民族的解放運動而投身於爭鬥的政治生活中呢？

　　他對於恐怖己身的屬害觀念倒不在乎，他要選擇的是走那條路，可以迅速地揮發自己的力量，能為這快要沉落的國家擔負點救急的責任。

　　對於自己的個性還難得有明確的判斷。他想：「也許他們都把我看做一個有力的鬥員，不避艱難，不辭勞苦地向前衝：也許他們認為像我從此沉潛於專門的科學中是緩不濟急，是用違所長，但我自己呢？在這如火如荼的時間中，在這屢弱疲亂的社會中，一個懷抱著熱情的青年究竟要走那條大道？」〔註12〕

〔註12〕見王統照《春華》，《王統照全集》第三卷，中國工人出版社，2009年版，270
　　　　～338頁。

姜貴在《旋風》中也間接地敘寫過以王深林為原型的「方慧農」，此時他在國民黨已權高位重：

> 方八姑從北京回來，在 T 城停留了幾天，特地去探望方通三。方通三留她吃飯，張嘉同座。方通三祇說，「這是我的學生，姓張。」沒有告訴她名字。方通三也把方八姑介紹給張嘉。說道：
>
> 「這位八姑娘，是我的侄女，方慧農先生的令妹。」
>
> 「可是做國會議員的國民黨元老方慧農先生？」張嘉關心的問。他自幼就熟悉方慧農這個名字，他知道方慧農在國民黨方面是極有力量的。
>
> 「是的，正是他。」方通三點點頭說。
>
> 「能在這裡見到方八姑娘，」張嘉殷勤的說，「真是我的幸運。我們青年人，很多都是崇拜慧農先生的，革命老前輩，青年人的領導者。」〔註13〕
>
> ……

姜貴這裡引進「方慧農」似乎主要是為成就他妹妹的個性描寫與婚姻的，而對王深林本人卻沒有詳加敘寫，尤其在主要以王家的國民黨人為原型的《重陽》裏面也沒有直接寫王深林。王深林從國民黨再到第三黨，一生熱愛科學事業，致力於愛國民主運動，該是很有一筆寫頭的，從《旋風》看，對他的評價也不低，王深林一直是王樂平身邊的得力幹將，也是武漢時期的活躍人物，科學救國的有力倡導者，姜貴對他沒有敘寫實在是很遺憾，或許是他只著重於敘寫國共兩黨，而沒有涉及第三黨。

三、在文學與歷史之間：王深林與身木、方慧農比較

結合王深林的真實歷史資料，基本可以看出，《春華》與《旋風》裏面對他的描寫是真實的，尤其是《春華》，把他青春期的成長與叛逆、理想與志向生動地描述出來，也把他善良、熱情、酷愛科學、勇於前行的個性生動地描寫出來了，以及他走上與王樂平合作的道路的前後過程都清楚地敘述出來，為他以後的人生道路奠下基調。結合這部小說，我們也就不難理解他後來走上民主運動科學救國道路、到德國留學，參與農工民主黨這個第三黨的活動了。

〔註13〕姜貴《旋風》，臺灣九歌出版社，2009 年重版，345 頁。

　　《春華》裏面顯然對他科學救國的理念與思考十分推崇，而《旋風》裏面只把他作為一個很有能量的政治人物來推崇，比如，他無形中左右個性剛烈的妹妹「方八姑」的愛情與命運，小說中的詩人張嘉與其說看上他妹妹，不如說看上他的權勢，儘管沒出面，僅僅是對妹夫的釋放，縣官判他家案子還要向他寫信彙報等細節就從側面把他巨大的政治影響力表現出來了。但也僅止於此，不但沒有一個正面描寫，對他具體的政治活動隻字未提。王深林一生主要致力於愛國民主運動。在國共兩黨你死我活的鬥爭過程中，第三黨的身份與活動是很微妙的，值得探索的意義與空間很大，但遺憾的是也正因為長期被兩個政黨的主流意識形態所遮蔽，第三黨的價值意義始終未得到足夠的重視與研究，這些年，隨著政治形勢的進一步開化，兩岸關係的進一步放開，一些史料逐漸浮出水面，一些重要研究領域被突破，成果也隨之誕生，相信在未來的中國民主化的進程中，尤其和科學救國觀念對今天乃至未來的中國發展依舊意義重大，對第三黨的重視與研究也會得到相應增加。

　　歷史與文學的交互回應，讓我們得以立體、生動地看到這位傑出的第三黨重要領導人的風采，也走進他深沉博大的內心世界，在國難當頭的年代，他投身政治，致力於中國的愛國民主運動與科學救國之路的探索，對中國民主事業的推動是巨大的，其歷史貢獻是不可磨滅的。

　　而值得欣慰的是，王深林科學救國的探索精神得以傳承，他的女兒王恩多是著名的生物化學與分子生物學家，中國科學院上海生命科學研究院生物化學與細胞生物學研究所研究員、博士生導師、研究組長，中國科學院院士，第三世界科學院院士。

第四節　王平：從國民革命到共產革命：政治風浪中的新女性——《旋風》「羅如珠」、《重陽》「錢守玉」原型

一、歷史上的王平

　　王平是王樂平的女兒，一代新知識女性，在近代歷史政治和文學的舞臺上，都曾留下她的身影。這是諸城文史資料中關於她的專章介紹：

　　　　王平（1908～1985），女，原名王貞民，曾用名王靜君，1908 年

出生於諸城縣王家樓子村（現五蓮縣西樓子村）一個士紳家庭。其
父王樂平是山東省卓越的反帝、反封建的民主革命鬥士和領導人之
一。父親對王平影響很大，幼年家中為她纏足，父親發現後即令停
止，從而使她免受了這一舊社會少女必受的酷刑，心靈上亦受到很
大鼓舞。10歲時，王平開始隨父親到濟南、北京、上海等地的著名
學校上學，受到良好的教育；同時，她經常協助父親料理一些事務，
耳濡目染，心中逐漸萌發了反帝反封建的民主主義革命理想，上學
期間多次參加反對學校封建主義的束縛，爭取民主、自由的進步學
生運動。1925年，王平積極參加了「五卅」慘案後的反帝愛國運動，
她走上街頭，宣傳抵制日貨，為「五卅」慘案死難的同胞家屬募捐；
北伐戰爭期間，她曾暫時中斷學業，到北伐部隊中擔任女生指導員
等。投身革命實踐，使王平在思想上、政治上日益成熟。

　　1930年2月18日，父親王樂平遭蔣介石暗殺後，在國內外引
起強烈反響，一時輿論譁然，紛紛指責、聲討蔣介石，蔣介石狼狽
不堪，為遮羞蓋醜，賊喊捉賊地下令上海警備司令部限期破案，嚴
懲兇手，又以「王樂平在北伐中功績卓著」為名，派員代表他本人
奉賻2000元，以資治喪。時年僅22歲的王平獨立處理父親的喪事，
她在愛人王哲（曾用名王少文、王衷一，曾任山東省副省長、政協
副主席）的幫助和支持下，斷然嚴詞拒絕並撰文聲明：「本月22日，
有警備司令部王某者，攜蔣介石致賻兩千元前來，聲言為先父治喪
之用。竊先父為何而死，與孰致之死，世人早已大白。當此元兇尚
未授首，貞民何人忍受仇賻，當嚴詞拒絕。深恐外界不明真像，特
此登報聲明。王貞民泣啟」1930年2月24日，在白色恐怖嚴重籠
罩下的上海，此舉充分顯示出王平作為一名中國年輕女性的浩然正
氣和勇敢精神。但是，她奔走了一天，上海各大小報館皆屈於白色
恐怖，紛紛拒刊。直到次日方尋到一小報——《革命日報》，予以刊
登（1930年3月1日第一版），為此，王平又於文後加注「再，此
項啟事，昨送上海各報，均被淞滬司令部禁登。」事後，王平到何
香凝等革命左派領袖處謝孝，何香凝淚流滿面，給她以極大的支持
和鼓勵。經過這一場刻骨銘心的整治鬥爭，王平進一步成熟和堅定
起來。

　　父親犧牲後，王平一度遷居青島，先後在青島私立文德中學、山東大學圖書館工作。1937年抗日戰爭爆發後，王平重返上海，此後，她先後在上海女青年托兒所、上海私立儲能中學、市立實驗民校工作，同時根據黨組織安排，利用在上海的上層關係和身份做地下工作，並改名為王靜君。1941年，丈夫王哲根據黨組織安排去了抗日根據地，王平一個人帶著幼小的女兒貝貝（王海燕）留在上海，繼續開展地下工作。王平以私人租房的名義建立起黨的地下交通站，很多從根據地來上海的女同志以探親訪友的名義在此落腳、轉移。當時，老百姓只能買到糙米，王平就從糙米中挑出白米做飯給同志們吃，並經常買當時頗為昂貴的雞蛋招待來客。做地下工作總是如履薄冰，一次，一位從根據地來的小姑娘無意中在弄堂裏唱起了「解放區的天」，於是十幾分鐘內又是一場匆匆的搬遷，棄家而去。對此，王平總是無怨無悔，換個地方繼續工作。期間，在日寇殘暴的統治下，王平經常出生入死保護和傳送秘密文件，靈活機智地應付日寇漢奸借「查戶口」之名的翻箱倒櫃，一次次甩掉特務的跟蹤，有時深更半夜才能回家。1942年冬，王平在一次走路時不幸將縫在旗袍下擺的秘密文件丟失了，黨組織指示她不要回家，並派人接出她六歲的女兒，母女二人被迫冒著嚴寒登上日本武裝控制下的輪船去青島弟弟家躲避，二三個月後不見敵人動靜，才根據黨組織決定重返上海。1946年7月，王平在上海加入中國共產黨。

　　在上海做地下工作期間，王平還利用她的特殊身份開展了大量統戰工作。她多次去看望魯迅夫人許廣平和海嬰公子，多次前往趙樸初的禪堂，多次為冼星海的老母親送去節日的問候和經濟資助，曾在著名教育家俞慶棠辦的實驗民眾學校內工作，還曾去著名教育家陶行知在上海大場辦的行知藝術學校訪問，等等。十餘年中，王平時時作出犧牲的準備。她經常叮嚀少未更事的女兒：「爸爸在美國。」「媽媽和叔叔阿姨們的來往不能和任何人講，人家打你也不能講，講了人家會打你更厲害，還會殺掉這些叔叔阿姨。」「如果人家打媽媽或者殺掉媽媽，你可以大聲哭，但是什麼都不能講，以後爸爸會來接你的。」由於王平對敵鬥爭的勇敢頑強，地下黨的同志們用她姓氏「王」字的諧音給起了一個外號叫「橫豎橫」（上海話中

「王」與「橫」音同），取意為「勇往直前，什麼也不顧及」。

1949 年 3 月，黨組織根據王平在鬥爭中表現出的堅定性和默默奉獻精神，選派她為國統區的代表赴剛剛解放的北平參加第一界全國婦女代表大會，受到毛澤東主席的接見。1950 年，她調回山東工作，被分配到山東省婦聯任福利部副部長，並更名為王平，從此與分別八年的丈夫王哲重聚。1954 年 7 月，調任省衛生廳婦幼衛生科副科長。1962 年 7 月，調到省醫學會任秘書長。王平在山東從事婦女兒童保健工作期間，全身心地投入工作，足跡遍及山東城鄉，並多次到最貧困的魯西南山村蹲點，和農民群眾同吃、同住、同勞動，廣泛瞭解情況，聽取意見。為了表彰她工作的成績，1952 年，黨組織安排她作為婦女代表團赴朝慰問。

1959 年，全黨反右傾運動時，單位黨組織對王平在工作中宣傳計劃生育「一兒一女一隻花，多兒多女是冤家」的提法，錯誤地進行重點批判（王平與王哲只生育了一個孩子）。十年動亂中，她又受到林彪、「四人幫」的殘酷迫害，身體狀況每況愈下。1971 年 12 月，王平離職休養，後到北京女兒家居住。十一屆三中全會後，她的問題得到徹底平反昭雪。1985 年 1 月 18 日，王平在北京病逝，享年77 歲。〔註 14〕

二、文學裏的王平——《旋風》「羅如珠」、《重陽》「錢守玉」原型

王平本人沒有直接涉足文學，但她與文學卻頗有淵源，姜貴在《旋風》與《重陽》中都以她做了重要人物原型。王平與姜貴是同齡人（1908 年生），都誕生、成長在王氏大家族，因此她和其他族人一起有意無意中成為姜貴的家族小說的人物原型，也在情理之中。

他們之間直接的交往隨著當事人的離世與海峽兩岸的長期阻隔已是難以考證了，但姜貴對她的敘事是最為矛盾的一個，從《旋風》中的蕩婦到《重陽》中的大家閨秀，大起大落，但都能看出她的影子。

《旋風》中的羅如珠：

> 羅如珠是羅聘三的女兒。羅聘三是一個老民黨，為實現中山先

〔註 14〕中共諸城市委黨史研究室著，《中共諸城黨史人物傳》第一卷，齊魯書社，2002年 11 月，305〜309 頁。

生的政治理想，奔走多年。「九一八」事變先後，他在上海公共租界
內被人暗殺身死，打得渾身窟窿。有人說，他其實是在自己的陣營
中，被擠在兩個力量的夾縫中活活擠死了的。羅如珠傷心之餘，便
走了一條相反的路，企圖在精神上為父親報仇雪恨。她一改當年嚴
拒張嘉的那種陳腐的貞操觀念，人還不到三十歲，已經四次結婚，
四次離婚。她一點也不注重所謂男女之愛，僅僅為了追求一個為父
親報仇的單純的政治目的，而以笑面迎人。什麼時候，她發覺了她
所把握的那個男子已經失去了這一意義，她立刻把他丟掉，像丟掉
一個吸過了的香煙屁股一樣。

　　她來到方鎮，投效旋風縱隊的時候，是單身一個人，剛剛第四
次離過婚。她想不到旋風縱隊的戰鬥人員，生活過得這樣苦。她提
出建議說：

　　「也要讓他們獲得一點調濟。像皮球一樣，不打足了氣，它是
不會有彈力的。應當馬上成立一個婦女工作隊，擔任慰勞和調濟的
工作。打氣，給他們把氣打足！」

　　方祥千取得省委代表的同意，核准了她的這一建議，就派她擔
任婦女工作隊隊長。在革命婦女委員會委員長龐錦蓮的熱心協助之
下，一個包括二十個隊員的小規模婦工隊就成立了。這些隊員，大
半是從方家大戶的姑娘少奶奶群中挑選出來，又加以特別訓練的。
他們在羅如珠隊長的親身率領之下，每天在各個大大小小的營房裏
進出。她們和那些襤褸而又飢餓的縱隊隊員，一塊兒扭秧歌，一塊
兒說笑，甚至於摟摟抱抱，親嘴咂舌。

　　……

　　一陣狂呼之後，羅如珠一轉身，看見一個禿子隊員要去摸一下
坐在他懷中的那個婦工隊員的腳，而那個婦工隊員不肯。她便走上
去，把那個婦工隊員打了兩個嘴巴子。說道：

　　「你這不要臉的騷貨！他要摸摸你的腳，你怎麼不好好的教他
摸？你不想想，你是幹什麼的，你這浪蹄子！」

　　羅如珠把那個婦工隊員拉開，自己坐到禿子懷裏，把一隻腳一
直伸到禿子臉上，教禿子玩個痛快。說道：

　　「你看見嗎？應當這樣子。你，你來，做做我看。」

她起來，讓那婦工隊員再坐到禿子大腿上，翹起一隻腳來讓他摸，禿子摸了。羅如珠還嫌她腳翹得不夠高，再要打她。幸虧禿子說：

「隊長，不要打她了，夠高了，夠高了！」

羅如珠這才罷了。那個婦工隊員深感禿子幫她說好話，抱著個禿頭連連親著。說：

「好人，好人，好人。」

引得禿子大樂。羅如珠看了，抿著嘴兒一笑，對於那個婦工隊員，她也感覺得滿意了。〔註15〕

　　與《旋風》中短短的敘寫不同，《重陽》中的錢守玉是小說裏面的主要人物之一，有著詳細的長篇大論的刻畫，把她這個「守身如玉」和「守精神之操守」的大家閨秀塑造的生動逼真。在歷史資料對她一句話介紹的短暫人生經歷「北伐戰爭期間，她曾暫時中斷學業，到北伐部隊中擔任女生指導員」等。投身革命實踐，使王平在思想上、政治上日益成熟。」在《重陽》中則是得到了細緻入微的展現刻畫：從大學輟學輔助父親、照顧弟弟、經歷武漢動盪、擔任女生指導員、與錢本三、錢本四的家族關係等也基本都是寫實的，結合前面的歷史資料，基本符合她本人的真實經歷。

　　前面的介紹中曾提到：1959 年，全黨反右傾運動時，單位黨組織對王平在工作中宣傳計劃生育「一兒一女一枝花，多兒多女是冤家」的提法，錯誤地進行重點批判。而《重陽》244 頁中寫到「他們老家裏有句俗語，道是『一男一女一枝花』」。可見姜貴與王平是從共同的鄉土文化裏吸取營養，在新的環境靈活運用家鄉諺語。

　　姜貴本人對自己後來成為作家大概是出於不滿與無奈的，他小說裏的文學人物是他著力嘲諷、挖苦的對象。《旋風》裏面的「方通三」、「張嘉」是在真實人物身上的醜化，到了《重陽》中，出現的兩個文學人物更加醜化。一個是把好好的家庭弄得傾家蕩產的小說家「魏文短」：「他做了詩，要教人看，又要教人說好。這年頭，人人都忙著自己的事，有誰有空兒，吃飽飯沒事做，來捧著你的歪詩讀，讀了還要贊好呢？……他沒有辦法，就養了些不三不四的酸貨在家裏，每天大盤大碗的供他們又吃又喝。他花許多冤枉錢招待他們，只圖一樣：

〔註15〕姜貴《旋風》，臺灣九歌出版社，2009 年重版，522～524 頁。

要他們搖著頭吟他的詩，吟完之後，大聲喝彩，他就手舞足蹈，大樂特樂。」另一個是不諳世故的窮酸小說家司靈鸞。《旋風》裏張嘉對羅如珠那段「有一天，張嘉把羅如珠約到一家小旅館裏，沒有經過求愛手續，就要解決某種問題。他的理論是：漸進的求愛方式，是陳腐的，落後的，反革命的，右傾機會主義的。真正的革命青年男女，應當刪除這種多餘的方式，直接完成最後的原始目的。否則便不夠左。」這幾句話簡要概括的小故事，到了《重陽》裏面錢守玉與司靈鸞又演繹了一番，而且得到了長篇幅的細緻入微的詳細描寫（381～398頁）。這個小故事不知為何如此令姜貴惦記，在兩部小說裏都去敘寫刻畫。武漢時期，臧克家是與一個叫劉鳴鑾的在一起，並一起從漢口逃回諸城，劉也是諸城人，武漢時期的活躍分子，姜貴是否在這裡借著「死靈鸞」諷喻他們不得而知。這段歷史在邱家淦的《詩人臧克家與烈士臧緒迴》一文有明確記載：「臧克家和劉鳴鑾離開教導團，化裝從九江經上海、青島回到家鄉諸城。臧克家在相州由王翔千、劉鳴鑾介紹加入中國共產黨。」

總之是《旋風》裏面略略提及的一些人物事件，在《重陽》裏面得到了長篇幅的精細刻畫，這兩部小說之間從主要人物到許多細節都是有著多處互文效應的。

留在大陸的本家族作家的作品對王平幾乎沒有提及，但她幸運地得到父親王樂平的好朋友、著名詩人柳亞子的贈詩，也是一段文壇佳話。柳亞子詩中的「賢女」與「合璧聯珠」都直呼其名的把她的品行與婚姻生活交代清楚，與史料上的記載互為佐證。

1949 年春，王樂平的女兒王平（原名王貞民）由濟南到北京，參加中國婦女第一次全國代表大會，與柳亞子相遇，柳甚感欣慰。暢談中，柳亞子才知道老朋友王樂平原厝於上海的遺體，已於 1933 年由于右任、李宗仁、蔡元培、馮玉祥、何香凝、李澄之、何思源等 130 位知名人士募捐公葬於濟南千佛山東麓革命烈士陵園王樂平紀念堂內，柳前未知，深為遺憾，當即作詩二首相贈。

　　《贈王平女士二首》（摘自《柳亞子詩詞選》人民文學出版社1981 年 4 月湖北第二次印刷）

　　　　王平為舊友王樂平之女，樂平則被蔣賊所暗殺者也。

　　　　故人賢女快初逢，大道能行天下公。

樂平為中國國民黨二屆中委，王平已加入中共，故云，

兩世交情真不忝，當年壇坫各稱雄。

潘王已歎同時盡，叔寶還憐末路窮。

潘雲超、王勵齋均已逝世。

千佛山頭慳奠酒，濟南高冢郁龍蔥。

樂平葬千佛山，余未前知，過濟南時，未得以斗酒隻雞一奠故

人，甚為遺憾也。

合璧聯珠喜兩王，嬌雛海燕已高翔。

王平女士之夫婿為王哲，亦中共同志，現任山東省教育廳廳長，

兩王有女初名海燕，後自更為王宇。

千刀應正元兇罪，萬死難償吾友亡。

倘見表彰新浩令，難忘神彩舊飛揚。

懸頭太白應非遠，一矢期君返錦囊。

（詩中所注為柳亞子原詩中所注）

柳亞子這兩首詩中充滿了對友人後輩健康成長的喜悅，與痛失故友的哀思情傷，更表達對老朋友的深切懷念與痛惜，對暗殺者的痛恨與悲憤。

柳亞子與王樂平是同時代人，均生於十九世紀九十年代，是堅定的國民黨左派，孫中山先生的忠實信徒。王樂平比柳長兩歲。此時中國正處於內憂外患風雨飄搖之時。從青年時代起，他們即為孫中山先生的號召與偉大人格所折服，以國家興亡為己任，壯志滿懷、豪情激蕩，積極進行反帝反清反新舊軍閥之鬥爭。先後參加了同盟會，參加了辛亥革命、反袁鬥爭、北伐戰爭、五四運動等各個著名革命歷史時期，功績卓著。在國民黨二屆代表大會上，兩人同被當選為中委（柳為監委）。因堅持孫中山的三大政策，反對蔣介石的獨裁專制，而引起當權者的忌恨。先後被加以違犯國策、污蔑中央、甘心為赤色帝國主義之工具等罪名而被開除黨籍，下令通緝。後工作轉入地下，行動秘密，鮮為人知。柳亞子與王樂平在革命鬥爭中相識相知，推心置腹，志同道合，友情甚篤。（此資料來源於王樂平孫女王洽）。

三、在歷史與文學之間：王平與「羅如珠」「錢守玉」比較

筆者在前面的文章中已經查證《旋風》前半部分紀實，後半部分屬文學虛構，也因此小說裏面的人物（包括主要人物方祥千、方培蘭）也基本是一

半紀實一半虛構，「羅如珠」也無例外地是一半紀實一半虛構。

　　借著《旋風》後半部分「方鎮」這個虛搭的舞臺，姜貴像招魂似地把那些早已衝出相州老家幾乎再也沒回去過的王家人又召喚回去，在「魔幻」的舞臺上扮演一回「魔幻」演出，包括王辯、王平，甚至姜貴自己借著「方天艾」這個魔形，在虛幻的舞臺上上演了一齣數典忘祖的醜劇，姜貴本人17歲離開家鄉後從未回去過，倒是借著小說彷彿又回去夢遊了一番：

> 　　就在這個時候，方天艾回到鎮上來了。……
>
> 　　在C島，他小作停留，和田元初採取了聯繫。直到田元初正式應許了他，他才回到方鎮。二十年他鄉作客，不要說內裏，就是表面上，方鎮也大非昔比了。在方天艾的記憶裏，方鎮的大街小巷，都是整整齊齊，乾乾淨淨的。二層樓，高大廳房，青磚牆垣，比比皆是。就是小戶人家的茅屋，也露著粉白的圍牆，顯出一種富裕的氣派來。現在不同了，高樓大廈沒有了，有也東倒西塌，被落得不像樣子，小戶房子，也變得少門無窗，搖搖欲墜。尤其奇怪的是，從前，全鎮上都是鬱鬱叢叢的樹木，二十里外就可以望見的，現在連一棵樹都不容易找到了。人物也變了，從前鎮上的人，臉是光亮的，身體是結實的，沒有人穿著帶補釘的衣服。如今，十個人至少有九個，囚首垢面，面黃肌瘦，襤褸而又污穢。陰慘的寂靜，代替了以前愉快而活潑的氣氛：方鎮是大變了。〔註16〕

　　就王平而言，在《旋風》前半部分，那個守身如玉的女孩基本是她自己，而後半部分，她回到相州的那段放蕩墮落的生活則是完全的虛構，因為相州既無旋風縱隊，她也壓根就沒回去過，且早已與王哲結婚生了女兒了，這讓她在紀實與虛構之間變成一半天使，一半魔鬼。

　　但就名字而言，姜貴對這個本家族的同齡女性還是欣賞的：「如珠」，「守玉」，以「珠玉」比擬，尤其是在武漢動盪混亂的時期，她的不肯隨波逐流，一腔正氣令人起敬，也可見姜貴本人對她至少還是保持了尊敬和愛護，褒揚多於貶低。即便是《旋風》中虛構的她的放蕩也是她父親遭遇不幸後反抗的一種方式。事實是王平在父親被殺之後私生活沒有放縱，政治生活卻發生了轉向，投向了共產黨，她離開殺害了父親的政黨，於情於理都可以理解，而

〔註16〕姜貴《旋風》，臺灣九歌出版社，2009年重版，539～542頁。

姜貴則從私生活層面予以揭示，是否意味著姜貴用私生活的放縱隱喻政治立場的轉變？

所幸，她還認識柳亞子，還有為她寫的詩，文學與歷史交織的複雜性也可見一般。

事實表明，王平本人比之小說，更為純粹高尚，行事也更為光明磊落，追隨父親，投身革命，在歷史風雲動盪變換的政治漩渦中，大智大勇，有擔當有勇氣，一生潔身自好，忠於愛情，眷顧親情，與父親一樣，為國家民族奉獻、奮鬥了一生。

第五節　王志堅：獻身教育的懷疑論者——《春華》「堅石」與《旋風》「方天芷」原型

一、歷史上的王志堅

《中共諸城黨史人物傳》第一卷中，關於王志堅的一章是這樣寫的：

王志堅，字石佛（也寫為石甫），1899 年出生於諸城市相州鎮相州七村一個地主家庭，是山東早期共產黨員王翔千的侄子。王志堅早年畢業於相州高等小學，1917 年赴濟南考入省立一中。為節省費用，後復轉考入省立第一師範北園分校，入預科學習。王志堅和王盡美是同班同學，並住同一宿舍，又都是學校的高材生，都長於文學，兩人的交情也特別深。期間，他受王盡美的影響，積極參與組織開展了許多進步活動。

1919 年「五四」運動爆發後，諸城在外地的許多愛國學生和進步人士紛紛回到家鄉參加活動，積極開展反帝愛國和新文化的宣傳鼓動工作。王志堅與王翔千、趙震寰（相州人，時為省立一中學生）等從濟南回到家鄉相州，以學校為基地，召開學生座談會，分析國內外形勢，介紹城市各界運動開展情況。同時，發起成立國貨維持會，大力宣傳焚毀、抵制日貨，禁止土特產品外運，時相州一帶成為「五四」時期全縣最活躍的地方之一。同年暑假過後，王志堅在省立一師升入本科第十一班。新學期開始不久，他和王盡美針對黑暗腐敗的教育方針和教學方式，針對一師限制學生思想、言論、行動自由的清規戒律，聯絡省立一中學生鄧恩銘、王克捷以及育英中

學教師王翔千，在一師鬧了一次學潮，要求撤換校長，廢除腐敗的舊教育制度。這次學潮，來勢迅猛，席捲了整個一師，一師本部、二部 1000 多名學生舉行了總罷課。他們還走出校門，走上大街遊行示威，並到省教育廳請願，學校一度完全陷入癱瘓狀態。學潮持續了一個多星期，最後，終於迫使教育廳撤換了一師校長。這次學潮在濟南乃至全省學界引起強烈震東，產生了轟動效應。

1920 年 11 月，王志堅和王盡美、鄧恩銘、王象午、吳隼等十多人，在濟南發起成立「勵新學會」，同時創辦《勵新》半月刊，積極研究宣傳新思想、新文化，團結了一部分進步青年學生，為山東黨組織的創建準備了必要條件。王志堅與張世炎、王克捷任勵新學會交際主任，他在做好交際工作的同時，還積極為《勵新》半月刊撰文，其中在《勵新》雜誌第一卷第一期（1920 年 12 月 15 日）上發表了文章《貧乏的研究》和詩《暴雨》。同年 10 月 1 日，省立一師學生自治會創辦刊物《樂源新刊》，該刊以介紹新刊物、宣傳新思想、揭露社會陋習、批評舊教育、倡導教育改革為主要內容，共出版發行了至少 40 期。期間，王志堅在該刊上發表了《小學各科教授的研究》《鄉村教育與文化運動》《勸大家快些助賑》《對於中國現代文藝的感想》等若干改造社會方面的文章。1921 年春，王盡美、鄧恩銘、王翔千、王象午等在濟南成立「馬克思學說研究會」，同時成立「濟南勞動週刊社」，出版《勞動週刊》，進行「提高勞動者的地位，改善勞動者的生活」的宣傳，為革命進行了一定的思想準備。會員發展到五六十人，王志堅是其中之一。

為了與英、美等國召開的華盛頓會議相抗衡，在列寧的倡導下，共產國際於 1922 年 1 月在蘇聯莫斯科召開遠東各國共產黨及民族革命團體第一次代表大會，王志堅與王盡美、鄧恩銘、王象午、王復元、王樂平等 6 人，作為山東的共產黨、國民黨及產業工人的代表，參加中國代表團出席大會。王志堅等在參加會議的同時，還在蘇聯參觀了好多地方，受到深刻的共產主義教育和巨大精神鼓舞。2 月會議結束，王志堅回國。同年，王志堅在濟南加入中國共產黨。1923 年，王志堅從省立一師畢業。不久，他參加了王樂平在濟南組織的「平民學會」。後來，他到青島膠澳中學教書。執教不久，經朋

友趙揮塵（馮玉祥部隊團長）介紹，去河南鄭州參加了馮玉祥部隊，任軍部秘書，後因對部隊作風看不慣而退出。1927 年，蔣介石叛變革命，白色恐怖籠罩全國，王志堅去杭州半山寺出家為僧。1928 年，由其兄王鐵佛從杭州找回家鄉相州鎮。1929 年春，經王志堅與王鐵佛奔走籌劃，一度停辦的相州王氏私立小學得到恢復，王志堅接任校長。期間，王志堅堅持選賢任能，選聘思想開明、有學識、有才能的人士擔任教師，王翔千、王潤存、王蔚銘、孫樸風等都曾在該校任過教。他堅持大膽改革教育教學內容，並引進當時陶行知提倡的「知行合一」的先進教育思想，在教學方法上強調理論與實踐相結合，既大面積提高了教學質量，又使學生在實踐中學到了各種勞動技能，更重要的是幫助師生消除了輕視工農、鄙視勞動的思想。相州私立小學當時被諸城縣長李承綬稱讚為「三好」（校長辦學好，老師教學好、學生學習好）學校，隨著學校知名度的提高，方圓幾十里，包括安丘、高密縣等地的家長，都把孩子送到該校就讀。在搞好教學的同時，王志堅積極組織領導對師生進行愛國主義教育，開展抗日救亡宣傳活動。當時該校教師中有好多已經入黨，也經常有共產黨員來該校講課，開展革命活動。1936 年國民黨馬洪奎部隊來相州時，曾聲稱「相州為赤化小學」。1937 年抗日戰爭爆發後，王志堅堅持及時向師生報告抗戰形勢，組織師生組成抗日救亡宣傳隊，晝夜趕排了話劇《吼！打鬼子去》、廣場劇《放下你的鞭子》以及快板、大鼓等節目，到街頭、集市和外村去宣傳演出，在群眾中造成很大影響。1937 年冬，由於日寇入侵，學校被迫停辦。

1930 年二次蔣、馮、閻戰爭爆發，蔣系五十五師師長范熙績率部圍攻諸城馮系駐軍高建白旅，戰鬥自 2 月中旬打響，直至 8 月底結束，歷時 6 個多月。王志堅因到城裏辦事，被圍城內。期間，他以日記形式記述了整個戰爭過程的所見所聞所感，反映了兵災匪患給諸城人民帶來的深重苦難。（注：這本日記現在諸城檔案局保存，毛筆小楷寫成，筆者見過，圍城結束，日記裏記載他由佩軒七叔接回家，「佩軒」是姜貴生父）相州私立小學停辦後，王志堅攜妻帶子先後到青島、泊里等地教書。1944 年，舉家重返相州，到相州三村親戚家借住。

1945 年 9 月諸城解放後，他曾到縣教育科工作，後回村，以開
小商店賣書筆和日常生活用品維持生活。

1947 年國民黨進攻諸城前，王志堅因被懷疑是國民黨員，村政
府和縣工作組對其隔離審查，後轉到縣公安局。縣公安局在戰備轉
移時，王志堅因腳疾走不動而被槍殺於郝戈莊鎮西莎溝一帶，時年
48 歲。1979 年 11 月，經中共諸城縣委研究，確定王志堅被槍殺屬
於誤殺，1987 年 8 月為王志堅案作了糾正，定為因公犧牲。〔註 17〕

　　儘管最新出版的黨史如此記載，根據最新發掘的資料，濰坊學院的王憲
明教授曾對此作出考證，他認為，史書所記，根據的多是當事人的回憶。但
由於相隔時間太長，當事人的回憶也有顛倒含混的現象，由於回憶者、研究
者多是王志堅的親友，又難免「人情遮掩」。其後，他根據自己找到的資料，
對黨史中關於王志堅一文作出新的辨析與論證：從現在發現的《勵新》《灤源
新刊》等刊物，以及保存到現在的山東早期黨團活動檔案，王志堅從 1920 年
底就已經「退出」進步文化組織，沒有參加什麼政治組織。馬克思學說研究
會、共產黨、共青團都與他無關。他也沒有參加 1922 年初在蘇聯莫斯科舉行
的共產國際遠東各國共產黨及民族革命團體第一次代表大會，與會人員填寫
的本次大會代表《調查表》已由俄羅斯國家檔案館移交給我國中央檔案館的
共產國際檔案，其中由山東去的代表前面已例舉，根本無王志堅的名字（包
括化名）。明確提到王志堅參加遠東會議的是叛徒王用章解放後寫的《筆供》，
但王用章在代表團出國前，本來在淄博工作，王復員出國（出國費用由王翔
千帶他到省議員張公制處募得一百元），由他來代替王復元原來的工作。他到
濟南後，沒有見到以前的活躍分子王志堅，以為他也隨代表團出國了。其實
這時王志堅已到杭州出家。《春華》中堅石出走前，只告訴了齊思（王統照）
一人，而齊思答應給他保密，關於他出走的情況，濟南方面知道的人不多。
《春華》中有一句堅石的自白「記得以前的來信中，彷彿曾提到過被派到什
麼地方去作了一次考察。那正是堅石自己出家的時間。」那次考察就是王樂
平、王象舞等人的赴蘇聯考察，正好與王志堅出家的時間段重合，這也是王
志堅直到現在出版的黨史裏一直被誤認為也到了蘇聯去考察的原因。曾在他
手下當過教師的臧仲余回憶，他曾對臧說過：「我們教學是為了教書育人，任

〔註 17〕見《中共諸城黨史人物傳》，中共諸城市委黨史研究室著，齊魯書社，2002 年
　　　　11 月版，22～26 頁。

何時候，教人識字念書還不對嗎？」在共產黨解放諸城後，他也沒到所謂縣教育科工作。

關於他被槍殺的情況，據原諸城黨史研究辦公室主任、新《諸城市志》總纂鄒金祥先生告知，押解他的公安人員因他腳上患有雞眼宿疾，行動遲緩，落在轉移的隊伍之後，遂決定除此累贅。假意放他逃走，然後從背後開槍將他擊斃。

王憲明教授的這些歷史資料的辨析與考證，對我們認識那段歷史，知識分子在那段歷史中的思想軌跡與命運遭際有了更切實的現實依據，也使我們能更好地辨析小說中的形象與作者思想意識的表達。

王希堅在對王統照的懷念中也清晰地指出，他的那位王盡美同班同學的二哥，是前後兩次出家，而不是直到現在還在沿用的歷史傳記中的只有1927年的那一次，這也就是說無論是王統照年的《春華》還是姜貴的《旋風》，比黨史書籍更真實地反映了歷史，至少王志堅的情況是如此。

王翔千的長子、曾任山東文聯主席的王希堅也曾在回憶王統照的文章《一代宗師　名垂千古》也非常清楚地說明王志堅是先後兩次出家，這篇文章寫於1990年，而直到現在出版的黨史卻堅持寫成他是1927年大革命失敗後出家，這些失誤，就對王志堅的理解產生了認識偏差。

姜貴在自傳中認為王志堅是個怪人，《旋風》裏面都認定方天芃是個孤僻的人，他在自傳中寫道：「第一個祖母留下一個兒子，是個秀才，即我的大伯父，他為了田產，下鄉爭論，當時氣死。」關於這些王統照《春華》裏面也寫到了：「最痛心的是讀書人的父親為了地土交易在某一年的冬天往親戚家借錢，在路上病倒因而致死的慘狀。……大哥這樣反覆著說，那椿難忘的事情。大哥自十多歲便經歷著困苦生活的學生，以後在社會上幹過事，現在在鄉中混著。雖然不是一個母親生的，然而待自己毫沒有一些歧異，這次走後把所有的責任全給他擔上，他會不怨恨這個為潮流激蕩下來的怪僻的弟弟嗎！」

姜貴自傳中繼續寫到：

> 大伯父的第二個兒子，即我的二哥，也算是一個怪人。他廢寢忘食，迷於做舊詩，又跑到杭州去當了和尚。還俗後，任相州小學校長，卻又討小老婆，放印子錢。所有他這些行動，都帶「叛逆性」。我家祖制，以「詩書繼世，忠厚傳家」為訓，從來沒有人納妾，沒

有人放印子錢，更不要說當和尚了。

　　我這二哥，屬於「陰沉」的一型，對人都無感情，好像對我尤甚。民國十二年，我與濟南萃貴場樓上說京音大鼓的一個女孩鬧戀愛，引起家庭反對，社會非議。我為此事出走，南遊滬杭，並由杭湖江而上，抵金華。一路之上，故作悲觀，做了許多詩，寫在一個小本子上。以後資斧斷絕，迫得返回相州。父親和二哥都看了我這本詩。父親沒有說什麼，二哥看了，卻指出其中一首，說是我抄人家的。問他抄誰的，他又說不出來，當時我很生氣。〔註18〕

王志堅的女兒王南為給父親平反，文革後曾到北京奔走，去找過堂姑、王力的夫人王平權（其時王力還在監獄），後來往頗多，王平權還曾寫下詩作：

見王南姪憶志堅兄

（1985 年 11 月）

披荊斬棘創新篇，風雨如磐憶故園。

未擲頭顱愧先烈，猶存信仰勝時賢。

育成桃李多棟樑，枉斬園丁滅舜弦，

自古好人常命舛，明時難明不白冤。

注：志堅兄係山東建黨時期之黨員，立三路線時失去關係，在家教小學，土改時被民兵打死。

　　筆者曾專門去濟南採訪了王南，王南儘管很早就參加了八路軍，但父親的陰影似乎一直籠罩著她。她當年參加八路軍，她伯父王心堅曾說她：你爸爸被八路打死了，你還參加八路！她說當時想伯父怎麼那麼落後呢（注：落後、進步、光榮大約是那個年代最時髦的詞語），儘管都說王志堅婚姻不幸，但他卻有幾個如花似玉的女兒，但經歷都很悲慘。最美貌的二女兒，嫁給趙明宇（《春華》中的義修原型，日本進攻相州時自殺）侄子趙永烈，在青島當店員，當時國民黨元老邵力子到青島視察，趙去找他，說是王志堅的女婿，邵力子就安排他到軍艦上去，後去了臺灣，人回不來，組織動員王志堅女兒與他離婚，離婚後這個美麗的女兒不久就病逝。趙永烈到臺灣後一直給青島這邊寄錢，王南根據地址給他寫了封信，還到公安局蓋章、通過公安局發送，結果因這「海外關係」被審查了一輩子，文革中丈夫與她離婚，老年孤苦伶仃，王翔千孫子王肖辛對她多有關照，常去看她，還一度接去他家照料。她

〔註18〕見姜貴《無違集》，臺灣《幼獅文藝》叢書，1974 年版，99 頁。

三妹也參加八路軍,但因運動中對父親的死不服,被折磨出神經病,生活也很不如意。據王南說她的母親(即王志堅那個備受詬病的大老婆)是劉羅鍋劉家的後代,個性確實彪悍,曾衝到王志堅新娶的姜家裏砸個稀巴爛,晚年跟著女兒流落青島,住草棚子,是王統照得知後把自己家的兩間房子給她住,文革中,那兩間房又被紅衛兵佔了去。王統照與王志堅私交甚好,日記曾多次提到,《民國十年日記》於6月2日下記云:

> 志堅來信言予前此與彼之信甚以為佳,敘及其思想近甚安定,
> 且生活亦有興味。末又言甚嗜閱佛典云。彼自今春後之澈悟頗好,
> 蓋前此衝動之熱今悟過來。從此使心境先安,無論研究學業或服務
> 俱當不如從前之魯莽矣。〔註19〕

王志堅致力於教學育人,桃李滿天下,他對窮苦學生多有關照,常減免他們的學費,我採訪過的鄭伯祥老人就是當年讀不起書,王志堅知道後為他全免了學費,使他得以成為文化人,後來還在諸城市的書法比賽中獲過獎。他的學生王仲欣專門寫長文章懷念他《懷念王石佛校長》〔註20〕,對他一生辦學的業績作了全面的追述,可以說作為教育家,他是無愧於時代的。

二、文學裏的王志堅

王統照的《春華》中的第一主人公是堅石,姜貴的《旋風》裏的方天芏,都是以王統照的侄子、姜貴的堂哥王志堅為原型的。從前面的歷史資料已可看出。王志堅是個熱衷教育的懷疑論者,《春華》寫他「別人堅決主張的事,自己越容易生疑。」他與王盡美是同班同學,早期跟著伯父王翔千參加革命,後來兩度出家,其後致力於教育事業。他當年的兩度出家直到現在還是個在黨史上存在爭議的問題,兩部小說也都重點寫了他出家的事,尤其是在王統照的《春華》中,更是圍繞著他出家的前後思想做了詳細的書寫。《春華》裏面頭一個要描寫的人物就是堅石,是圍繞著他將要出走杭州當和尚的複雜心理來敘寫的:

> 那叫堅石的客人恭敬地側坐在主人的對面,連有污泥的長衫
> 並沒脫下來,把兩支發汗的手交互握著。「二叔,說什麼理想,這

〔註19〕見王立誠《辦香心語——王統照紀傳》,山西人民出版社,1999.10版,249頁。
〔註20〕見《諸城文史集粹》,諸城市政協學宣文史委員會編,濰坊市新聞出版局准印證(2001)003號,694~708頁。

名詞太侈華了！許多人一提到這兩個字，便覺得其中藏著不少的實物，可以找出來變賣，太聰明了，也太會取巧！我到現在再不敢借這個名詞欺騙自己了！不錯，這兩年以來，就是為了他把我的精神擾成了一團亂絲，什麼事我沒幹過！真的，什麼『慚愧』我說不上，……這不止我自己說不上吧？時代的啟蒙運動天天使青年人喝著苦的，甜的，辛辣與熱烈的酒，誰只要有一份青年的心腸，誰不興奮！這兩年，就在這原是死板的省城裏也激起許多的變動。一般人做官，吃茶，下圍棋，讀老書，還有做買賣，做苦工，看小孩子，自然這運動還搖憾不了那些人，但是，有血有肉的青年人那個不會被這新運動打起來？我，示威，遊行，罷課，學生會的職員；演新劇，下鄉查 X 貨，發傳單，與警察而且還做了這兒青年運動中的主要份子……黎明學會的組織與討論，……啊，啊我，在其中費過了多少心思，連失眠，吐血甚至一天不吃飯的事不是沒有！二叔！……」

　　他本來不想急切地說出他這兩年來在興奮生活中所感受的苦痛，因為不容易有這麼好的機會，激動心情的火焰還不容易完全在這個青年的胸中消減。他的房分不遠的叔叔，暑假中從北京回來，與他是第二次見面，他決定要從頭講起，好使他的叔叔根本明瞭他要出走的心思。

　　他的叔叔知道他的脾氣，便不肯打斷他的申訴的長談，慢慢吸著了一支香煙靜聽著。

　　「可是現在呢？我什麼都沒有了？誰欺負我，誰奪去了我的時代的信念？不！你曉得我這點倔強，雖然是鄉村中的孩了，骨氣呢，咱們總能自傲。那些官吏，政客們的把戲，我經過學校外的生活的顛倒算多少明白一點！……」

　　主人忍不住微笑了：「你只是明白一點點吧？」

　　「因此我只覺得社會的毒惡。青年人都是傻幹，人家卻在他們中間用種種的計策。本來自己就不會有團結，學說，思想，你有一套，我也有所本，他呢，又有別致的信仰。起初是議論不同，日子久了簡直分成派別。……」堅石的態度這時頗見激昂了，他立起來重複坐下，黃黃的腮頰上染上了因感情緊張的紅潤。但是主人卻冷

靜地在留心他的神情。「你以為青年人分成派別便覺得悲觀嗎」他再問一句。

「……是，……也不全然如此，令人想不出來所以然來！」堅石對於這個問題覺得確難用簡單的話答覆。

「所以然？這不是想到哲學上的究竟觀了！哈哈！……」堅石的叔叔想用滑稽的語調略略解釋堅石的煩悶。

「像我，想不到把人間的是非判別的十分清楚，我沒有那麼大的野心。不過我們那樣熱烈的學生運動經過挫折，分化；經過人家的指揮與一家人的爭執，不是一場空花？也許不是？但我卻受不了這些激刺，與當前的落漠……再說回來，我更辦不到像兩年前沒經過這一段生活的我，安心去讀功課書，求分數，盲目地混到畢業，拋棄了去找新意義的生活。……」

「怎麼樣？你也有這個決心？」

「決心是有了，我一進門的那句話：兩個月來再三地作自己的決定，如果不走這一途，我怎麼活下去！我能夠怎麼樣？」〔註21〕

王志堅的出走與不理想的婚姻情況也有關係。五四時期有「愛情至上」的口號，《春華》中的義修（趙振寰）是奉行此「主義」的一個。但王志堅的妻子是個村姑，與他根本無共同語言。《春華》第四章堅石想到自己的妻子，以為「婚姻更是一件滑稽的趣劇。她是一個完全的農村姑娘，像這些事儘管對她說是不能明白的……她只會高興地癡笑，與受了冤屈時的擦眼淚。」

王志堅後來娶了個漂亮的同樣是不識字的農家姑娘為妾，《旋風》中是娶了他的學生張繡裙，且是她向共產黨告密說方天芷私藏財產，致使方天芷橫遭不幸。）王志堅的納妾行為，不只是因為對妻子不滿，也與妻子沒生兒子有關。而根據筆者在相州的走訪，一些相州的當事人回憶，王志堅妻子只生了四個女兒，分別叫：王覺民、王安民、王利民、王化民，他後來娶的妾姓隋，是個貧農的女兒，後來並沒有嫁給當地幹部，而是在王志堅死後，帶著與王志堅所生的兒子，逃難流浪到北海的鹽場（壽光一帶），改嫁了當地鹽

〔註21〕見王統照《春華》，《王統照全集》第三卷，中國工人出版社，2009 年版，255
　　　～257 頁。

工，兒子走時有五六歲了，那裡至今是發送勞改犯的地方。文革後他的三女兒王利民（後改名王南）為他的事情奔波，落實政策後，曾找到她的小媽與弟弟，讓弟弟享受烈士子女待遇。從他給女兒起的名字看，他是個十分關注民生的人。王統照《春華》中曾不惜筆墨細細敘寫他出家前後內心複雜的掙扎與彷徨。這些複雜的心理糾葛正反映出那個時代給年輕人帶來的思想動盪。王志堅應該是「五四」以後山東先進團體「分化」出去最早的一個人，也是最突兀的一個。由搖旗吶喊的愛國青年，轉眼披上袈裟，成為佛教徒，在那樣短的時間轉變，也有些不可思議。以至於有人讓他改在 1927 出家，說受不了大革命失敗的刺激，這對後人確實更容易理解些。

　　王統照先生《民國十年日記》1921 年 2 月 16 日晚飯後，王翔千、王志堅兩人訪他：

> 志堅侄自陰曆年前忽隻身南去，由南京歸此，予初次見彼也。
> 予語以此後務宜斂心向學，即應活動之事業亦不必棄置，總須量餘
> 力而為之，不可使有害學課。趁此青年，須及時努力，萬勿為虛矯
> 之事所誤也。九點鐘皆去。〔註22〕

　　《春華》第八章通過飛軒（王翔千）提到堅石南京之行：「堅石，不行！從去年我看他就有些受不住。有一天他從南京回來見我，說話便有些顛倒了。」

　　王志堅這次趁寒假到南京，不是去從事學生活動，而是到金陵刻經處楊居士那裡去求佛經──《春華》第五章提到的「《大乘起信論》與帶注解的《金剛經》」一類的東西。小說中對堅石皈依佛門有過重要影響的《海潮音》創辦者太虛法師，也曾在這裡學習。《春華》第六章說「在那個時候就是一般學說更高點的人們，也是隨手抓來的新思想」，「不能有確切的解說與歷史的根據」，而王志堅當時尚在受「中等教育」。

　　無論是小說裏還是日記裏，都可以看出，王統照與王志堅叔侄之間有著深厚的感情與頻繁的思想交流，也因此，王統照對他的關注與影響不可低估，《春華》裏他被當作頭號主人公來寫也就不難理解。基於以上的分析，我們也可以清晰地看到，王志堅是一個始終要保持自己的獨立思考投身教育的知識分子，他對一切都充滿懷疑，也對一切都不盲從，姜貴在自傳與小說《旋

〔註22〕見王立誠《瓣香心語──王統照紀傳》，山西人民出版社，1999.10 版，174 頁。

風》中說他「怪」，是個怪人，大抵也是指他總是異於常人的言行。

姜貴大約 1927 年離開家鄉就再也沒有回去過，他對王志堅後期的生活情況該是從親屬的信中得知，他與父母、肆母基本都斷絕關係，但與胞弟王愛堅有聯絡，與臧克家前妻王深汀感情深厚，還是 1938 年她離婚的兩個見證人之一。王統照《春華》中，有身木（王深林原型）小妹的來信：

> 信是他的妹妹寫的，很長，很亂雜，有許多瑣事本來不需寫的也說得令人可喜。有一段是：

> 石哥有過來一趟，往往半天沒有話講。他這個人稀奇古怪，自從下山以來在鎮中很少有見他與人說話的。我不管，見面便來一套，儘管譏笑他，他可不生氣。一次出家，深得多了。近來與老先生們研究舊詩，聽說大有進步！安大哥從前瞧他不起，如今倒稱讚起來，說「他另有慧心，（會？還是這個慧呢？我說不清楚。）青年中算是有覺悟的！」這真是各有所見呀！不過據堅鐵哥說：「他不能長久這樣蹲下去，」不知什麼緣故，有時外面有信給他，似乎人家約他到那裡去幫辦學校？這事連大哥也說不十分明白，我看也是如此。學校，自然他不想再入了。三哥，你也覺得他是可惜嗎？

> 想到回家的和尚學做舊詩倒不是出奇的事，然而看到才十五歲的妹子能長篇大論地寫這樣有趣的信，身木覺得異常高興！比起那個政治領袖與巽甫由冰天雪地的怪城中發出的那封信來，這封瑣細溫和的平安家報分外令他感到閒適的柔美。家庭，——這個古老溫情的舊影子有時也在懷抱著遠志的身木的心中躍動。〔註23〕

王深汀是王深林唯一的妹妹，可以合理推測，關於王志堅，姜貴也收到過王深汀大致相似內容的信，這是他寫到小說裏的「方天芷」的資料來源。

王志堅曾任教的膠澳中學《春華》裏面也有敘寫：

> 但自從頭一年的冬天起，這小都市的中心居然有了一個預備著散佈春陽的集體。

> 那是個規模較大的中學校。頭一次在一些教會學校與東文的速成學校以新動的姿態向有志的學生招手。創辦的人一方為教育著想，另一方卻是利用民黨的老方法，想把學校與思想宣傳打成一片。

〔註23〕見王統照《春華》，《王統照全集》第三卷，中國工人出版社，2009 年版，343 頁。

學校的成立是與巽甫同走的那個政治領袖有關係。因此靜修了一個
時期的堅石又有機會重向熱烈的群體中去作生活的掙扎〔註24〕

姜貴《旋風》中也有一段：

有一部分國民黨黨員，在 C 島創辦一所中學，叫做惠泉中學，
作為一個掩護工作和培育後進的機關。方祥千決定教方天艾轉學
過去。他有兩個目的：一是繼續和國民黨聯合，作為患難中的一
個朋友，初期的共產黨，這個思想極為普遍。二是也看看國民黨
暗中在做些什麼，以便相機加以防範和利用，這是帶有「特務性」
的。〔註25〕

這裡的「C 島」是青島，所謂「惠泉中學」指的就是膠澳中學。王統照
「與巽甫同走的那個政治領袖」即是王樂平，他正是膠澳中學的創辦者（詳
情見王立哉的《九十憶往》）。1923 年初，王樂平等到青島，創建了國民黨外
圍組織平民會青島分會，年底創辦膠澳中學，將平民學會總部設於此校，並
著手整頓組織，培養幹部。由於當時國共在合作時期，所以共產黨組織也派
了人進入膠澳中學，身份有公開的，有不公開的。作為山東共產黨的「教父」，
同時是王翔千安排王意堅到膠澳中學臥底，也是可能的。王志堅（《春華》中
的堅石、《旋風》中的方天芷）也曾在這所學校工作，實際上，這所中學也是
1927 年前共產黨在青島活動最頻繁的地方，王盡美、鄧恩銘、關向應等都曾
在這裡活動。上個世紀二三十年代，膠澳中學也是青島乃至山東現代文學的
一個重鎮，當時不少文人如顧隨、馮至、黃宗江、陳翔鶴、陳煒謨等都曾在此
任教。王意堅喜歡文學，可能從此發軔，據《旋風・自序》他在報刊上第一次
發表作品，就是由「王統照先生拿去，把它在《青島民報》發表」的一篇描寫
戀愛的小說。膠澳中學初在登州路德國人辦的毛奇兵營，1924 年 7 月遷至匯
泉路原伊爾底斯兵營，《旋風》中稱膠澳中學為「惠泉中學」，可能因為它在
「匯泉」路。

膠奧中學曾長期由王樂平的族弟、王慧蘭的七兄王笑房任校長，王志堅
等都曾在此任教，姜貴也曾在此讀書並轉向國民黨，教師多是以王家人為主，
現為青島一中，前兩年青島一中校慶，還曾紀念兩位創辦人王樂平、王笑房。

〔註24〕見王統照《春華》，《王統照全集》第三卷，中國工人出版社，2009 年版，345
頁。
〔註25〕姜貴《旋風》，臺灣九歌出版社，2009 年重版，75 頁。

所以，膠奧中學也是王家在國民黨的大本營和活動中心。

曾在青島曾擔任膠澳中學校長的王笑房一家（1944 年）（由其子王偉提供）

三、在歷史與文學之間

王志堅從早期黨員到兩度出家，最後投身教育，黨史直到現在對他的誤讀等，這些極富戲劇性的因素與人生經歷，使他成為作家們熱衷書寫、津津樂道的人物，也使他成為歷史上最具悲喜劇色彩的人物，也展現也動盪年代知識分子躁動不安的精神處境與迷茫困惑，他最後全力投身教育，自以為找到了救贖之道，歷史本身卻給他最大的反諷：兒子、孫子均成為文盲。

比較而言，王統照的《春華》裏面對他的敘寫是比較紀實的，基本符合他的真實人生經歷與心靈動盪。尤其是對他靈魂、精神受到的激烈沖刷、刺激有著深刻、細膩的展示刻畫，生動展示了那個時代知識分子的一個重要面向，也與作者與他深厚的交誼有關。而姜貴《旋風》裏面，尤其是後半部分，則不屬實，但比起對王翔千、王培蘭後半部分的完全虛構而言，王志堅又有些影子在裏面，比如納妾、被殺等，還不算太離譜，但也加上了作者的虛構與發揮，不可完全對照。

總之，在文學與歷史內外，王志堅從共產黨到國民黨、從信佛出家到投

身教育，終致被殺，是一曲沉痛的歷史悲劇。是知識分子在那樣的時代上下求索、反覆追問思考的一種寫照。從投身政治又試圖獨立於政治的知識者的可貴的獨立思考與探索精神，最後堅持知識分子教育本位的回歸等，聯繫到他後人的遭際，他個人的悲劇是一個民族近一個世紀悲劇的縮影。而這樣複雜、彷徨、苦苦求索的知識分子並不是個案，而是代表著一個知識分子群體，這個群體試圖擺脫政治而獨立、堅守於教育，卻也始終沒有得到受政治挾持的主流知識界的認同與重視。王志堅們如歷史的一面多棱鏡，照出歷史那個一直沒得到太多聚光的比較陰沉的一面，但卻不可否認這也是歷史的一個重要面向，時至今日，更看出長期被壓制的知識者這種探索的意義，兩位作家的難能可貴，就是把這一面藉由小說裏把它留下來了。

第六節　王立哉：堅定的三民主義追隨者——《重陽》「錢本四」原型

一、歷史上的王立哉

　　王立哉（1894.12.10～1986.11）在堂兄王樂平的影響和引導下，接受和信仰孫中山先生的三民主義，投身中國民主革命歷史進程，是山東國民黨早期的重要組織者和主要領導人，1948 年與老伴赴臺灣，長期擔任考試院考試委員。

王立哉夫婦（照片其小女兒王缽提供）

　　王立哉最小的女兒王鉢有《先嚴王立哉傳略》載於諸城文史資料，全文輯錄如下：

　　先嚴諱培禔，字立哉，以字行。1894 年農曆十二月初十日出生於山東省諸城縣西南鄉王家樓子村（現為五蓮縣），該地田園縱橫，環境優美。先祖父子駿公在鄉倡辦教育，濟弱扶貧，鄰里敬慕，鄉親推崇。立哉先生幼時，家境貧寒，只從先祖父學識字，讀舊書。至 15 歲，始就讀於先伯祖父紀龍公（王樂平父親）教之鄉立枳溝高等小學。紀龍公係遜清舉人，孫中山先生領導的同盟會會員。彼熱愛鄉里，滿懷救國壯志，言傳身教，促進移風易俗，從教育中培養英才。先生篤志好學，勤奮不倦，復孜孜習聞中山先生倡導革命之主義與事蹟，由此激起革命意識，決心追隨中山先生，從事推翻封建王朝之偉業。於 1912 年 18 歲時，經負責諸城黨務之王樹成及王瑞年二先生介紹，參加國民黨，開始一面參與民主革命，一面讀書辦教育，待學有所成，更全力投身於民主革命工作。

一

　　先生於枳溝小學畢業後，1912 年考入青州師範第一部，後登州、萊州兩公立師範與青州師範合併，改制為省立第四師範學校，校址在青州。1917 年畢業。先生在校五年，珍惜光陰，苦修課業，維勤維儉，成績卓著。此期博覽群書，廣集知識，文化水平大有提高。後又考入山東省立法政專科學校深造。

　　先生第四師範畢業後，返鄉探望，原擬即赴北京報考高等師範，詎料母校枳溝高等小學老校長徐廣華先生聞訊，即邀紀龍公與先生前往會晤。歷述：該校為彼所創，在地方人士的慷慨捐助、大力支持下，已有相當基礎，初具規模。且枳溝西鄰莒縣，南界日照，為三縣邊區的教育中心，附近學子，不分縣籍，均以就讀該校為榮。惟彼年事已高，無能長期供職，培禔昔讀本校，今已師範畢業，學成返鄉，正應服務鄉梓，雖志願升學再造，但再過三年五載亦不為遲，故擬請培禔擔任校長，全力辦好學校。由彼出資，負擔全部經費。紀龍公則謂：培禔初出校門，經驗不足，何能擔此重任，提議仍由徐先生擔任校長，一如往昔，培禔可以教員身份，代拆代行，全力負責日常事務，遇有要務，則向校長請示處理。此後，先生傾

心辦學，增添設備，改進教學，擴充班級，以節約的經費修建學生宿舍 10 間，便於外地學生寄宿。由於經費短絀，除聘專業教師外，已無餘資增聘教員，彼乃每週三十節正課，另兼辦教務、事務、會計、文書等一切雜務，可謂全身心投入。對家境貧寒無力購書的學生，則解囊相助。當時，學生多已超出學齡，均能刻苦攻讀，懂事明理，畢業後，無論升學深造或服務鄉里，均有良好表現。至 1921 年，因黨務活動頻繁，對外關係日增，且杌溝地處偏僻，聯絡不便，不得不忍痛辭去教職。為有一工作據點，設法調至縣立高等小學。此間，邊聯繫黨務，邊從事教學，宵衣旰食，殫精竭慮，後因工作需要，又調任本縣縣立初級中學任教，繼續從事黨務。先生當年嘔心瀝血，獻身桑梓教育，雖備極辛勞，但後有不少學子，成為棟樑之才，先生每言及此，深感欣慰。

二

先生在學習和執教期間，即開始革命活動，聯絡各地有志青年，參加組織，壯大革命力量。辭去母校教職後，即赴濟南與革命先進會晤，聆聽工作指示，被指派回鄉負責地方黨務。此時先生執教的縣立高小，成為該地黨務活動中心。1923 年被選任山東臨時省黨部秘書，移往濟南，當時該黨部負責人丁惟汾、王樂平二先生因防軍閥迫害，相率暫避居北京，而其他委員又以個人職務，工作繁忙，甚少過問黨部事務，故省黨部工作，多由先生負責處理。為對外保密，兼任齊魯書社經理，該社係秘密活動場所，門市出售大量有關新思想的書籍和文具，後邊廳房數間，則為秘密會議所在地和公洽人員駐足之地。為發展黨務，加強組織工作，先後整理組建社會各業之工會組織，選出適當人選，積極開展工作。籌備改組青年學生會，先生以法政專科學校學生身份，聯絡各校，選出代表，組成籌備會，先生被選為臨時主席。因原學生會長期未有活動，形同虛設，決定改組，另選負責人，並定期舉行大會。後按期召開成立大會，選出正副會長，公開進行活動，成為濟南地區青年工作的領導中心，工作大為開展。齊魯書社雖係秘密活動場所，但時日一久，不能不為當地軍閥爪牙所察覺，致有數次軍警前來滋事尋釁，先生各處奔波，進行疏通，機智應付，始轉危為安。為保存此一活動基地，亦費盡心機。

　　1924年冬，先生由省黨部派赴膠東，任益都、濰縣、諸城等十三縣及青島市黨務指導員，當以諸城為據點，就任紀龍公為校長的諸城縣立中學教員，以為掩護，化名楊興邦，經常與各地負責同志聯繫，大力開展革命工作。二年後，國民革命軍誓師北伐，奉中央令，積極開展敵後活動，秘密宣傳革命救國，揭發軍閥罪行。此時由滬、粵寄來的宣傳資料倍增，函電諸城，經常檢查郵電，扣獲黨義書報及宣傳材料。先以校長紀龍公有亂黨嫌疑而被捕，經地方士紳力保，並另託請與孫勇熟悉之許卓然先生疏通，始准辭校長職，釋放返里。隨後即準備逮捕先生，幸賴縣長李鑑堂先生暗通信息，才得以脫離險境，遂潛伏上海，轉赴武漢，直接參與北伐戰爭，被委派為北伐軍團黨代表，負責官兵政治教育工作。為大力開展敵後工作，配合北伐軍向北推進，又被派任山東省黨務特派員，秘密返魯，與其他八位特派員，共同制定暴動工作大綱及印刷大量宣傳文件，分區負責全省工作之進行。先生仍負膠東十三縣及青島市黨務督導之責，旋即輾轉各地與當地幹部共同策劃，組建地方武裝，趁機暴動，投送宣傳資料，瓦解敵軍士氣，並利用各種渠道策反守軍。勸導高密警察大隊長李勳臣棄暗投明，宣布獨立，獲得成功，使革命旗幟飄揚於此一魯東重鎮。而敵人猶作垂死掙扎，張宗昌所部膠東防禦司令顧震率其殘部及各縣警備隊數千人，以熾烈炮火圍攻此城。我守軍部隊只300餘人，先生布置城防，團結軍民，固守數月，終以敵力單薄，後援無繼，糧食亦成問題，乃不得不棄城轉移。此間，先生奔走各地，秘密工作，組織群眾，與敵爭戰，此對牽制敵軍，保證北伐的順利進行起到重要作用。

三

　　北伐勝利後，先生調任國民黨政府實業部青島商品檢驗局長，在職期間，廉潔奉公，拒收賄賂，如當時青島有兩家酒精廠，依市財政局規定，酒精由商品檢驗局檢驗後，即可進行出售，不再歸市財政局管轄。廠商聞訊後，即託商會主席前來洽談，稱：只要上報時，每箱檢驗費不超一元，當以鉅款相酬，先生嚴詞拒絕，告以檢驗費按規定不超過千分之三，每箱最多只收一角錢，應照此規定辦理，並囑不可投機取巧，抬高價格，使廠商深受教育。任職三年，

在業務上公正嚴明，經濟上清白無瑕，工商界人士交口讚譽。後調任原行政院參事。

1937 年，抗日戰爭爆發，先生隨國民黨政府遷往重慶，1939 年，調任原山東省臨時參議會秘書長職，此時山東已淪陷，原省政府在魯南山區，先生由重慶至安徽阜陽，該地距敵交通線較遠，地理形勢特殊，成為淪陷區與大後方的聯絡中心。但至山東，尚有兩條鐵路相隔，沿線敵偽密布，難以通行。幾經研究，決定由熟悉沿途情況者帶路，化裝步行。途徑皖北、豫東、魯西，費時年餘，始抵魯南原省府所在地。沿途數經敵偽扣壓，遭受刑訊，幸均脫離虎口，安全抵達，其所受艱苦自不待言。到任後，即籌備成立參議會，迭經與各方協商，但因地理環境特殊，人事意見各異，調和說服，煞費周折，又人員分散各地，聯繫不易，常是晝夜兼程分赴各地，遇有敵人出動，更要各處躲藏。在各方大力協助下，原省參議會終於 1942 年春正式成立。此為最初代表本省的民意機構。兩年後被選為原國民參政會參政員，遂返渝就任。該會為國民黨政府戰時之中央民意機構，其主旨為徵集民意，協助抗戰，先生代表山東，對本省的政治、經濟、教育、賑災救濟等問題，以及對國民黨政府的意見等，均斟酌時弊，詳列提案，提請大會決議，轉付實施。如抗戰勝利後，接受工作混亂，貪污受賄者多，先生提案，由參政會組織接收清查團，查明劣跡，進行懲治，並公諸於世。此案討論時，一些頑固分子極力反對，但因係正義之舉，終獲大會通過。又抗戰八年，山東同胞所受敵偽的蹂躪，甲於全國，而勝利之年，又旱災肆虐，飢饉踵至，哀鴻遍野。山東旅渝同鄉極為關切。先生邀請各位鄉長共商對策，隨即召開同鄉大會，決定為謀緊急拯救，應即向國民政府請願。當時群情激憤，痛述疾苦，紛提質詢，請求救濟，相持竟日，國民黨政府秘書長吳鼎昌始做出保證，定謀救濟之策。此一愛鄉救民之舉，引起各方重視，日後山東救濟分署成立，開辦救援工作。1948 年 5 月，原國民參政會結束，先生鑒於國民黨政府日趨腐敗，國事日非，仍返任原行政院參事職，藉以糊口，不願再掌政事。

1948 年底，先生疏散至杭州，再轉桂林，在桂林遇至友徐仲陽

先生的學生王富嶺君，彼在桂林經商，由其援助於 1949 年秋與先慈和王君一同去九龍其親戚處。到後，王君即辦一飼養場飼養雞鴨。先生多年身任公職，清正廉潔，兩袖清風，素無積蓄，只能協助王君負責管理事務。時過年餘，農場因經營不善而停辦，先生生活維艱，經各友人援助，於 1951 年夏與先慈同去臺灣，寓居臺北，後即音信斷絕。1981 年，海峽兩岸間接通訊後，始有書信往還，信中只云在臺身體健康，生活良好。先慈已於七十年代初去世，至於所任公職從未言及，做晚輩者亦難以詢問。後在親戚處得悉，先生經同鄉孔德成先生的推薦，曾任考試院考試委員多年，孔先生係考試院院長。待年事已高，遂告退休，1986 年 11 月病逝，享年 92 歲。

　　先生的一生，為促成民主革命而出生入死，為興辦地方教育而奮力拼搏，為保護民眾利益而奔走呼號。對此諸端，人民群眾有口皆碑，先生當安息於九泉矣。

1993 年 3 月於重慶市〔註 26〕

王立哉夫婦墓地（當時的臺灣蔣經國總統與嚴家淦副總統分別為
他們夫婦題字，照片由其女兒王缽提供）

〔註 26〕見《諸城文史集萃》，諸城市政協學宣文史委員會編，2001 年版，500～506 頁。

他的同鄉、同族，早年他親自選拔、推薦到黃埔一期、後成為臺灣國民黨空軍總司令的王叔銘將軍在他去世之時特撰文悼念，全文輯錄如下：

悼念吾師王立哉先生

王叔銘

當我得知王老師立哉先生逝世的消息，內心甚感難過，不禁回憶起六十年前的諸般情況。

民國十年左右，北洋軍閥在華北地區橫行割據，倚勢凌人，土匪為禍，綁票搶掠，鄉民痛苦，觸此情景，在我年幼的心靈中總是憤憤不平，怒恨日增，因而立定了我將來投筆從戎、掃除惡勢力的決心。民國五年，曾有中華革命軍在魯省膠東一帶進行革命任務（後傳說革命軍司令是黨國元老居覺生先生），極受民眾歡迎，當時我曾邀約同伴數人前往革命軍營地要求加入，對方因為我們童年未準收納。自那時起，革命二字已烙印在我腦海中，苦無門路參加。後來在諸城讀書時，認識了王老師立哉先生，我看他氣度非凡，待人誠懇，學識豐富，愛護後進，有時與我談及國家情勢；不久，他即去濟南任齊魯書社的總經理。後來我才知道：該書社是國民黨在山東省的秘密領導機構，立哉先生是該機構的負責人。

某日，立哉先生託其友人親自交給我一本《建國方略》，叫我秘藏詳讀，並說明送書的人。我詳細閱讀，愈讀愈有興趣，對著書人孫中山先生的卓見欽佩萬分。從此以後，我對中山先生更產生了衷心敬仰之心。又過了數月後，立哉先生的友人交我一封立哉先生的親筆密函，函中問我願否加入國民黨，為國效力，我欣然同意。不久即接到入黨志願書，經由丁惟汾先生具名介紹，於是我正式加入了中國國民黨。

民國十三年初，接到立哉先生的密函告稱：廣州革命政府即將在廣東黃埔成立軍官學校，問我願否報名考試，並說如願意報考，即於月內去濟南與之面談，但要絕對守密。我堅信這正是我報效國家的好機會。心中興奮激動，決定前往。但同時我考慮，如先回家說明，必被家長阻止，而時間倉促，勢必誤時、誤事；如萬一因而洩密，必將受當地文武官方之阻擾，被扣誣陷，故乃背離家庭，於

翌日向友人以急用為名借了少許的錢,先到高密,再乘火車到了濟南,當晚即會見立哉先生,與之詳談並表示決定報考軍校。先生云:此事須保守機密,行期要快,明晚啟程,另外,還有由本社引介的李仙洲、項傳遠、李子玉、李延年、习步雲等,你與他們同行。到了上海,要住在法租界的名利客棧,並與法租界環龍路國民黨辦事處取得聯繫,聽其指示,並領36元粵幣作路費去廣州。當時我沒有路費,只好向立哉先生告貸,他含笑贈我十元大洋,我虔誠致謝。次日以七塊多大洋買了張最便宜的火車聯票——鐵皮貨車。當晚我背著我的被褥,立哉先生與我另一位友人送行,他倆人把我推上了鐵皮車,他並笑著說:「叔銘,這就是你坐的車箱。」我就在那漆黑的鐵皮車裏,忍受著寒夜與污濁的空氣,經南京到了上海。

到了上海,住在名利客棧,即到國民黨辦事處取聯繫,方知尚須在上海通過初試再去廣州復試,而距初試之期尚有月餘,我又為了旅費問題增加了很多的困擾,幸賴黨方濟助。在上海大學初試及格,領到國民黨辦事處發給的路費後,乘日本貨輪通艙去廣州,在廣州大學參加復試,亦蒙錄取,乃進了黃埔軍官學校,接受革命教育的洗禮。

進入黃埔軍校,達成了我投筆從戎之志,參加了革命行列。更榮幸的是畢業後被分配到中國航空自習所,派往蘇俄學保衛祖國,迫使日本帝國主義無條件投降,起到了應有的作用。回憶此中緣起,多半是立哉先生給我的慈惠。

立哉先生為人忠厚誠懇,忠黨愛國、熱心負責,重義輕利。他反帝意志非常堅決,愛國精神超出常人,是好老師、好同志、好朋友、好長者。離開大陸前,由於情況緊急,立哉先生來不及顧及親眷兒女,僅偕同夫人隨政府來臺,服務於考試院。勤勞盡職,艱苦樸素,淡泊自若,兩袖清風,是一位忠黨愛國的志士仁人,是現代的哲人。現在因病逝世,令人挽懷。敬述以上幾句話,作誠懇的悼念!

(原載臺灣出版的《山東文獻》第十一卷第四期)〔註27〕

〔註27〕見《諸城文史集萃》,諸城市政協學宣文史委員會編,2001年版,74～676頁。

1986 年王叔銘將軍在王立哉葬禮上（照片由其女王鉢提供）

　　王立哉本人在臺灣留下了《九十憶往》一書，對自己的一生做出簡略的記述，因為王立哉是國民黨在山東創立之初的親歷者與參與者，後又長期擔任國民黨山東省黨部的主要負責人，到臺灣又長期任考試院考試委員，因此，他的回憶自傳具有極為重要的史料價值。

　　其中在武漢一段如此回憶：

> 　　時武漢各種黨部為商討武漢黨務推展問題，推派代表，於三月十日在漢口血花世界舉行會議，共商進行。而共產黨徒之工人代表，公然張貼「打倒蔣介石」之標語，被余同隊同學蔡文政發覺，立即將標語撕毀，並毆打張貼標語之工人。許多同學在極端憤怒之下，自動聚集，將該工人捆綁，帶迴學校。共產黨徒即慫恿學校當局召開大會，由惲代英主持。會後，由全校同學冒雨將該工人送至江邊。
>
> 　　接著第六隊黨部會議，鬥爭蔡文政。余即以隊黨委員身份解說事件發生經過，並聲言：「工人居然張貼標語打倒我們校長，蔡同學之行動，在維護正義，自屬正當。」會後不到三天，誣告檢舉余之文件，竟達三百餘份，自屬捏造與報復，欲加之罪而已。當由第二大隊隊黨部開會審訊，最後以極右派罪名，逮捕入獄。余在獄中，堅強不屈，堅決擁護蔣總司令繼續領導北伐，俾早完成統一大業。

當時共黨已不顧本黨以三民主義為革命建國最高原則，遂行發動階級鬥爭，清算武漢政權所控制各地之資產階級。共黨所發動之遊行，亦強迫各商號各行業參加。罷工排外。反對南京國民政府之標語，遍布各處。接收工廠，沒收土地，經濟紊亂，達於極點。漢口長沙各地，每日殺人無算，民心惶惶，氣氛恐怖。幸本黨多數領導階層，不論中央執監委員，或各省負責同志……一致要求南京中央政府迅將所有共黨分子，由本黨組織中全部清除。蔣總司令遂奉命於四月十二日，首先在上海舉發清黨運動，繼之南京廣州等地亦完全禁止共黨活動。

余在獄中聞已屬行清黨……每逢槍斃人犯，即將余拉去陪決。曾三次同被解赴法場，軍威森嚴，生死俄頃，企圖迫余「覺悟」，勿再執迷反對共黨。余即獻身革命，早執生死於度外，當以正義嚴詞與共黨分子相抗辯，彼亦無可奈何。延至六月間，武漢政權始藉開除黨籍學籍之處分，迫余離校，並押解出境。而共黨田裕暘、臧克家、曹肖青、劉鳴鸞、安哲等猶到處搜索，必欲置余於死地而後快。幸經王樂平朱霽青兩先生，運用關係，密搭英輪，潛赴上海。在滬友好，方傳余已遇害，于沐塵、陳雪南、范錫三諸兄，正在先樂平兄家中集會籌商追悼。以余生還而罷。

王立哉《九十憶往》22～23 頁，曾在臺灣《山東文獻》連載

王立哉留在大陸的四個兒女，長女早年溺水而亡，這在他自傳中已提及，長子王銘（後改名為王金名），早年畢業於南京大學歷史系，思想左傾，這也是導致他們沒能去臺灣的重要原因之一，後被打成右派，再後來是極右，被投入監獄，但不久被平反，2001 年以 86 歲高齡病逝。次女也已病逝，最小的女兒王缽北師大畢業，一直在北京教中學，目前已離休在家。王立哉在臺灣致力於臺灣的教育事業，但他孫子、孫女們在大陸受的教育很有限。八十年代初期王立哉與大陸的兒女有通信，也通過香港的朋友寄錢來接濟他們，但 1985 年他病逝時，兒女們都沒能去奔喪，直到 2008 年小女兒王缽跟著旅行團偷跑出來一天到他們墳墓祭拜。王立哉在臺灣與相州王家族人過往密切，王兆斌之子王志鋼告訴筆者他小時候，父親常帶他去看望王立哉。著名作家平路也說，小時候逢年過節，常隨父親去看望他，王立哉葬禮上，相州在臺王家人也多數到場，包括王兆斌與王叔銘將軍等。

王心堅畢業照照片由王鉢提供，王瑞華翻拍於其北京家中

　　2008年王鉢赴臺灣帶回的王立哉遺物中，居然有帶星堂十五個堅的老大王心堅1916年在山東公立商業專門學校的畢業證書，可見王立哉與王家的密切關係，這張畢業證歷經戰火硝煙在海峽兩岸傳遞保存至今，近百年後，又回到大陸，實屬不易。而王鉢在大陸一直與王願堅一家關係密切，王願堅生前對其多有幫助照顧也是本家親情。

小女兒王鉢北京家中客廳擺放的王立哉夫婦照（下），
上面是王鉢（前排左一）全家福（王瑞華2009年5月攝）

二、文學裏的王立哉

「錢本四」姜貴小說《重陽》裏面的重要人物之一，是武漢時期國民黨要員「錢本三」（王立哉堂兄王樂平原型）的弟弟，「錢守玉」的叔叔。

《重陽》中關於他的敘述是如此開場的：

> 他的弟弟錢本四就和他認識不同，哥兒兩個常常抬槓，有時至於鬧得臉紅頸粗。錢本四特別重視共產黨的國際性，他們喊「世界革命」並不是喊著玩的，也不是喊著要嚇唬哪個的，而是一個老實的表明，那是他們最後的目標。過程中策略可能有變，目的則已呆定。所謂「工人無祖國」，有其充分的國際性意義，而並不一定說工人的祖國是蘇聯。

> 錢本四常常說：

> 「共產黨的做法是，把舊有的一切全部摧毀，另起爐灶再來過。他們有個新的藍圖，但不一定是一個真能實現的合理的模型。他們有階級和組織的權利，而沒有個人的自由。」因此，他的結論是：要保障國家民族的傳統，要維護個人的自由，就一定不能容許共產黨的存在。斬盡殺絕，客氣不得！

> 他搖著頭對三哥說：「你打算玩弄他們？小心，不要叫他們把你玩弄了！」

> 「共產黨不通人性，不合國情。」錢本三笑笑，萬分不屑的說，「他們要是能成功，那麼史上黃巢、李闖、張獻忠，早就得手了，還輪得到他們今天？」

> 「過分輕視他們，或防之不得其道，就是給他們機會！」

> 「老四，我跟你打賭！」錢本三把墨晶眼鏡摘下來放在茶几上，搖著雪茄說：「要是共產黨能反得起來，你先殺我的頭！」

> 說畢，放聲大笑。心裏說：「這個老四怎麼這樣糊塗！」

> 「照你這樣一個態度，共產黨起來定了！」

> 錢本四不耐煩的瞪他一眼，正要負氣而去。有人敲門，原來洪桐葉來了，他最近特別留心三哥來往的人，這個面生，從來沒有見過，就又坐了下來。錢本三問洪桐葉的情形，給本四介紹了……

> 錢本四站起身來，門後頭拿了個呢帽說道：「我有事走了，我們兩個永遠談不到一起。」

這位討賊總部的中校軍法官，一直穿著一件藍布長袍，光腦袋剃得亮亮的。錢本三摘下墨晶眼鏡來，看他出去，對著他的背影，狠狠瞪一眼。然後對洪桐葉說：「我這個四弟，不是個開通人物。你住在他家裏，要多將就點」……

錢本四抄著雙手，從法蘭西大飯店出來，心裏非常彆扭。對於三哥輕蔑共產黨的那個態度，產生一種深長的疑慮。他莫名其妙的直覺，以為北洋軍閥，甚至帝國主義者，都沒有什麼真正了不起；共產黨才是最可怕的。冥頑不靈的軍閥把一切新興的事物都視作赤化，胡亂給以殺害、壓抑或堵塞，傲然以維護傳統的道德文化自命，究其實，僅僅為消除異己而已。其結果，是騙使更多善良的人鋌而走險，為共產黨的擴張幫了忙。他想：「但像三哥所代表的那一種見解，就無異開門揖盜，給他自由生長的機會，是更可怕的。」

錢本四想不出來怎樣遏制共產黨才是最好的方法，只覺得事情不對，引起他的不安。他穿通馬路，在江邊的石凳上坐了一會，望望江景，遠遠高聳的馳名的黃鶴樓，他曾去登臨流連過一番。十餘年前，武昌為中華民族的新生射出了第一槍，舉起了第一面義旗。可惜以後一直是一個擾攘紛亂的局面。江上，洋船洋旗，是看得見的。共產黨的萌芽和滋生，則在暗處，在被人忽略的角落。暮春天氣，餘寒就重，錢本四打個寒噤，覺得坐不住了，就起身走了……〔註28〕

其後，他在武漢的風潮中被共產黨的柳少樵和洪桐葉拘捕，被關押，儘管其兄「錢本三」等極力營救，也沒能救出，被柳少樵扔到大海處死……

可以看出「錢本四」在武漢時期與王立哉本人在武漢時期的經歷、思想、信念與他大致不差，他與堂兄王樂平、侄女王平一家國民黨在武漢時期的經歷，「哥哥」「兄弟」「侄女」的親屬關係也基本就是他們生活中的關係，乃至許多細節都吻合，如此的高度契合，考慮到姜貴與他又是本家相識，姜貴與他們如果沒有深入的接觸與交往是不可能寫的如此符合他們本人的情況的，因此，基本可以推斷，姜貴小說《重陽》裏面的「錢本四」是以王立哉為原型的。

〔註28〕見姜貴《重陽》，臺灣皇冠出版社，1973 年版，168～172 頁。

三、在歷史與文學之間：王立哉與「錢本四」比較

王立哉與王樂平本就是堂兄弟，在他們那一支的兄弟排行中，王樂平行三（同族弟弟妹妹一般稱他樂平三哥），王立哉行五，兄弟倆都是信仰三民主義，國民黨早期黨員。

通過王立哉的歷史資料與小說裏的敘寫對比可以看到，王立哉與「錢本四」在武漢時期的那段生活經歷大致不差，包括與其堂兄王樂平、侄女王平的關係基本就是紀實的，尤其是他堅定地信仰三民主義這點也完全吻合。生活中的王立哉就是這樣一個堅定不移地追求民主自由的人，即便在他堂兄王樂平被殺，同在國民黨陣營的家人、族人紛紛政治轉向的情況下，他依然毫不動搖。即使在國民黨兵敗大陸，兒女也都留在內地的情況下，面對慘痛的骨肉分離，他也堅決地去了臺灣。忍受著巨大的家庭不幸，致力於臺灣教育事業，為國民政府兢兢業業地工作，晚年把僅有的積蓄都捐給學校，設了獎學金，可以說是把畢生的精力和才華都奉獻給了他信仰的三民主義。

王立哉與「錢本四」相比，儘管經歷大致不差，但歷史上，王立哉儘管被共產黨拘押，但最後，被他堂兄王樂平、朱霁青（該是朱廣濟原型）成功救出，並沒有慘遭殺害，後來儘管生活多有跌宕，卻長壽延年，一直活到 92 歲平靜去世。他的人生結局與小說中的錢本四的結局並不相同。在王立哉自傳中，去逮捕拘押他的是他的諸城同鄉兼親戚：田裕暘、臧克家等，但核對這兩人的史料，則與柳少樵、洪桐葉相似度不高，最明顯的一點是，田、臧二人武漢時期儘管活躍偏激，但均未婚，都是武漢革命後回到諸城結婚，田在成親路上被捕，還是重新回到國民黨要員崗位上的王立哉下的命令。而臧回去後娶了王立哉的族妹、王深林的妹妹王深汀，在蜜月期間也同樣遭到國民黨的拘捕逃亡東北。最後還是王樂平為不讓堂妹守寡而原諒釋放了臧克家，可見，真實的王立哉要比「錢本四」更為機智和智慧，也更為堅毅和堅強。小說裏的「柳少樵和洪桐葉」兩位主角難以找到確切的原型人物，1927 年武漢時期的中共領導人是劉少奇，可以說柳與洪是從當時眾多的武漢活躍人物中雜糅虛構出來的人物。

王立哉與「錢本四」還有一個很大的不同是在私生活層面，小說裏給他和洪桐葉的妹妹洪金玲來了段戀愛訂婚故事，而在武漢時期的王立哉早已在故鄉婚娶，在他的自傳《九十憶往》（4 頁）中清楚地寫道：「先伯父（指王樂平父親王紀龍）為國父孫中山先生領導之同盟會員，以是得習聞，國父領導

革命之主義與事蹟，激發革命意識，乃與民國元年十八歲時，經負責諸城黨務之王樹城字韌三及王瑞年字新甫兩先生介紹，參加國民黨，從事革命工作。並於是年與同邑孫士益小姐結婚，民國二年，長女鈞出生，備受全家寵愛……」其後，王立哉與這位孫女士甘苦與共，從大陸輾轉臺灣，恩愛相守一生，可見，到 1927 年，他已經有十幾年的婚姻，兒女成群了，是絕不可能再有戀愛、訂婚的故事的。因此，小說中「錢本四」的戀愛故事是虛構，那個戀愛對象「洪金玲」也該是從當時眾多女青年中雜糅虛擬出來的人物。

可見，王立哉本人與「錢本四」既有相似，也多有不同，顯示出姜貴塑造人物的一個重要手法，在真實人物紀實的基礎上中虛擬、虛構人物，這在王家其他人物的塑造上，都能看出這點，充分利用他的家族資源。

但從姜貴自己的經歷看，他個人與這位同在臺灣、同在國民黨的本家同鄉關係並不密切，他們之間有著怎樣的恩怨外人已是難以知曉，不只是他，姜貴與在臺灣的其他本家也不來往。他在自傳《無違集》中，對共產黨陣營的家族人物多有記述追憶，而對國民黨的、臺灣的親戚本家則基本不提，是避諱，還是隔閡？也許不足為外人道也，或許感情層面上，姜貴對他共產黨的家人、族人感情更深。

值得提及的另一位赴臺王家族人王志信先生，他在臺灣與王立哉先生過從甚密。他晚年亦有憶作《王志信：前塵往事憶述》，他在書中也提到了姜貴（王意堅）。他也是妻子兒女都留在大陸，隻身赴臺，但他未再娶，一直等到晚年與大陸妻兒重逢。他曾任澎湖防衛司令部子弟學校校長，對山東當年到臺灣的流亡學生關心備至，做出了巨大的犧牲與奉獻。